Kapitel 1: Schutzengel?

Endlich konnte Maria das Gebäude verlassen. Mit blauen Augen und brünetten Haaren mit blonden Strähnen sah sie nicht weiter ungewöhnlich aus. Sie hatte ihre schlanke Figur unter einem wärmenden Mantel versteckt und die Beine steckten in schwarzen Lederstiefeln. Bei jedem Schritt den sie tat, wippten die Locken brav im Takt ihrer Schritte und der Wind wirbelte sie um sie herum.

Kaum war die Tür hinter ihr zugefallen, atmete sie erleichtert einmal tief ein und aus. Dabei genoss sie, wie sich die kalte Nachtluft den Weg durch die Nase hinab in die Lunge bahnte und selbige als warmer Atem wieder verließ. Die kleine weiße Wolke, die sich dabei bildete, verflüchtigte sich schnell und sie machte sich auf den Heimweg.

Es war nicht so, dass sie ihren Nebenjob nicht mochte. Ganz im Gegenteil, die junge Frau Anfang 20 liebte den Job. Sie arbeitete als Assistentin des Projektmanagers in einer mittelständischen Softwarefirma, die ihren Hauptsitz in Aquila hatte, der Stadt in der sie auch studierte. Hier bekam sie die Gelegenheit, ihre auf der Universität erlernten theoretischen Kenntnisse in der Praxis ausprobieren. Obendrein hatte sie nette Kollegen und Vorgesetzte, mit denen sie die Theorien von der Fachhochschule diskutieren konnte. Ebenso ließen sich mit ihnen wunderbar neue Ideen und

Verbesserungsmöglichkeiten entwickeln. Alles in allem der perfekte Studentenjob für Maria.

Nichtsdestotrotz war sie an diesem Abend nur noch froh dem Gebäude zu entkommen. Immerhin war es bereits 23 Uhr und sie hatte es heute Morgen um 8 Uhr betreten. Kurzum, sie war hundemüde. Abgesehen davon war Winter und somit war es nicht nur stockfinster, wenn sie von den Straßenlampen absah, sondern auch eisig kalt. Zudem schnitt ihr ein eisiger Luftzug unangenehm ins Gesicht. Nicht unbedingt ein behagliches Gefühl, wenn die Gesichtsmuskeln drohten, einfach einzufrieren. Sie zog eine missmutige Grimasse. Die Aussicht darauf, durch diesen frostigen Wind zu laufen machte das Ganze nicht unbedingt einfacher. Sie wusste, sie hatte jetzt noch etwa eine Viertelstunde Fußmarsch vor sich, bis sie zur U-Bahn-Station kam. Von dort aus würde sie nach Hause fahren und fast vor ihrer Haustür aussteigen. Wenigstens eine durchaus aufmunternde Tatsache zu dieser späten Stunde!

Um sich die Zeit nicht allzu lang werden zu lassen, beschloss sie ein wenig Musik zu hören. Also zog sie kurzentschlossen ihren iPod samt Kopfhörern aus der Tasche und steckte die Stöpsel in die Ohren: Lautstärke etwas zurückdrehen und Play drücken.

Leise sang die junge Frau mit: „jonjaeng iya, oh, gopjaeng iya, oh“ Ein Teil des Liedes *This is War* von der koreanischen Popband MBLAQ. Sie sang munter mit und es kümmerte sie nicht, wie es sich für eventuelle Zuhörer anhören mochte. Mit neuem Mut schritt sie ein ganzes Stück motivierter aus. So ließ es sich auch zu der späten Stunde noch gut leben.

Mit einem Mal jedoch wühlte sich plötzlich ein unbeschreibliches Gefühl durch ihr Innerstes. Sie geriet einen Moment auf dem rutschigen Untergrund ins Straucheln. Gerade im letzten Moment konnte sie sich noch fangen.

Zwei Flecken brannten sich regelrecht in ihren Rücken. Gerade so, als ob sie soeben zwei Spritzer flüssigen Metalls abbekommen hätte. Maria schauderte, denn plötzlich wurde ihr von Innen heraus eiskalt. Sie fühlte sich beobachtet.

Auf einen Schlag schienen ihr die Lichtflecken der Straßenlaternen viel kleiner. Drohten sie etwa auszugehen? Das konnte doch eigentlich nicht passieren! Oder? *Bestimmt nicht! Das bilde ich mir nur ein!,* versuchte sie sich selbst Mut zuzureden. Dabei blickte sie sich vorsichtig um. Erst links, dann rechts. Aber, wohin sie auch blickte, die Schatten der Bäume entlang der Straße begannen sich auszudehnen und wurden immer bedrohlicher.

Einem unerwarteten inneren Impuls folgend, blieb sie abrupt stehen, fuhr herum und sah …

Nichts.

Rein gar nichts, außer der leeren Straße, die sie soeben entlang gekommen war. Keine Menschenseele war zu sehen. Nicht einmal ein anderes Lebewesen war in dieser Eiseskälte unterwegs. Das beunruhigte sie. Wobei das bei diesen Temperaturen und der späten Nachtstunde eigentlich nicht weiter verwunderlich sein sollte. Also: Warum beunruhigte es sie eigentlich? Schließlich wäre es doch eigentlich weitaus gruseliger, wenn sie im Halbschatten der Bäume irgendwelche fremden Männer in bodenlangen, dunklen Mänteln stehen sähe, und diese sie auch noch beobachten würden...

Genug!

Sie sollte *definitiv* weniger Horrorfilme und Krimis ansehen! Die Fantasie ging nun endgültig mit ihr durch! Warum um Himmels Willen sollte irgendwer irgendwo in dieser gnadenlosen Kälte stehen, wenn es vor Kamin oder Fernseher viel gemütlicher war? Dennoch konnte sie sich des seltsamen Gefühls nicht erwehren. Sie fühlte sich beobachtet.

Was zum...?!, Die junge Frau blickte sich um. Habe *ich jetzt neuerdings eine Art Verfolgungswahn oder wie?!* Sie atmete tief durch um sich wenigstens etwas zu beruhigen.

Nervös über ihre Überängstlichkeit grinsend, hätte sie am liebsten laut losgelacht. Das war doch einfach nur lächerlich! Gewiss, es war dunkel, aber das war noch lange kein Grund einfach so auszuflippen! Außerdem war sie ja schon öfters im Dunkeln durch diese Straße gelaufen, also warum...? *Schluss!*

Sie drehte sich wieder um und ging flotten Schrittes weiter. Dabei fixierte sie das Ende der Straße mit starrem Blick. Bloß nicht zur Seite blicken! Das dumpfe Gefühl einer bösen Vorahnung war verschwunden. Doch da...! Aus den Augenwinkeln sah sie es!

Etwas huschte im Halbschatten der Bäume herum!

Mit einem panischen Aufschrei sprang sie nach hinten und riss die Arme schützend nach oben, vor ihr Gesicht.

Endlich gab sich das unheimliche Etwas zu erkennen. „Es" war nichts Anderes als die schwarze Katze mit ihren großen gelben Augen, die sie häufiger in der Straße antraf. Keine Gefahr also und schon gar kein Grund sich derart zu erschrecken!

Erleichtert atmete Maria aus. Ihr Herz jedoch raste weiter, pumpte das Blut und Adrenalin beinahe unnatürlich schnell durch ihre Adern. Dazu kam eine Gänsehaut, die ihr über den Rücken lief. Schnell machte sie, dass sie weiterkam, und nahm sich nicht einmal mehr die Zeit die Katze zu streicheln, was sie doch sonst immer tat. Verwundert und etwas beleidigt blickte ihr das Tier nach und maunzte protestierend, doch all das bemerkte die junge Frau nicht mehr.

Der Wind rüttelte mit gruseligen Geräuschen an den Ästen und Zweigen der Bäume entlang der Straße. Er spielte mit den vertrockneten Blättern, die im Herbst nicht abgefallen waren und knisternd dem eisigen Luftzug nachgaben. Mit ihrer Ruhe und Selbstbeherrschung war es nun endgültig vorbei.

Sie schaltete die Musik lauter, dieses Mal ein volltönendes Lied der deutschen Band „Subway to Sally“. So schnell es auf dem verschneiten, rutschigen Gehsteig möglich war, hastete sie weiter. Nichts wollte sie lieber, als bloß weg aus dieser Straße! An gemütliches Schlendern, das sie sonst nach Dienstschluss bevorzugte, verschwendete sie keinen Gedanken mehr. Schon gar nicht, da sich das schleichende Gefühl der Angst verstärkte.

Schnell zog sie ihren Schal enger um den Hals und legte ihn auch vor Mund und Nase, als ihr eine eisige Böe schmerzhaft ins Gesicht schnitt.

Da! Endlich! Die Kreuzung!

Dann nur noch ein paar Schritte, eine Treppe runter und ich sitze in der sicheren U-Bahn! Kaum war der Gedanke zu Ende gedacht, passierten mehrere Dinge gleichzeitig.

Plötzlich entglitt einer ihrer Füße auf dem rutschigen Untergrund. Ein stechender Schmerz jagte ihr Bein hinauf.

Au!! Mein Fuß!!!, schoss es ihr durch den Kopf.

Gleißendes Licht blendete sie.

Reifen quietschten beim Bremsvorgang.

Trotz der lauten Musik hörte Maria sie, drehte sich im Fallen um und blinzelte in zwei grelle Autoscheinwerfer. Unfähig sich zu bewegen.

Sie wusste, sie würde vor das Auto stürzen.

Der Fahrer hatte auf der spiegelglatten Fahrbahn die Kontrolle über sein Fahrzeug verloren.

Das Auto kam auf sie zu.

Unaufhaltsam.

Mit tödlich quietschenden Reifen.

Sie schloss die Augen. Weg konnte sie ohnehin nicht mehr rechtzeitig, das zeigten ihr der pochende Schmerz im Fuß und das rutschige Eis überall.

Ein harter Ruck an ihrem Arm.

Entsetzliches Reißen in der Schulter.

Maria schrie vor Schmerz auf und flog regelrecht durch die Luft. Weg von der Straße. Weg vom Auto. Der Schnee auf dem Gehsteig würde ihre malträtierte Schulter kühlen, dachte sie bei sich. Doch es kam anders als gedacht.

Anstatt auf eiskaltem, eingeschneitem Stein, landete sie auf etwas Weichem, Warmem. Leider war sie zu allem Übel auch noch genau auf ihrer verletzten Schulter gelandet, die nun fürchterlich brannte. Sie verzog das Gesicht zu einer schmerzverzerrten Grimasse. Ungeachtet der Schmerzen wollte sie sich gleich wieder aufrappeln, darauf bedacht, trotz schmerzender Schulter und beleidigtem Fuß eine halbwegs elegante Figur zu wahren. Doch mit einem Mal wurde ihr bewusst, was die weiche Unterlage war, auf die sie gefallen war: Eine wegen der Kälte vermummte Gestalt. Der Kleidung nach ein Mann. Er war gekleidet in einen schwarzen Mantel.

Erschrocken starrte sie ihn eine Schrecksekunde lang an. Dann schoss ihr flammende Röte ins Gesicht. Sie sprang wie von einer Tarantel gestochen auf und wollte sich bei dem Fremden vielmals entschuldigen, als plötzlich alles um sie herum schwarz wurde.

Nur träge und äußerst widerwillig verzogen sich die schwarzen Schlieren vor ihren blauen Augen und sie realisierte, dass sie, fest aber sanft, von etwas umschlossen wurde. Sie blickte auf und sah, dass ihr vermummter Retter sie aufgefangen hatte. Dass sowohl er als auch sie standen, fiel ihr nicht weiter auf.

„Na, wieder alles in Ordnung?“ erkundigte sich der Mann mit beinahe übertrieben sanfter, melodischer Stimme, die ihr einen wohligen und dennoch seltsam kalten Schauer über den Rücken jagte. Er ließ ein leises Lachen vernehmen, das einen weiteren Schauer auf ihrem Rücken auslöste. Sie konnte die Gefühle und Gedanken, die in ihr tobten, nicht einordnen. Vermutlich war der Schock daran schuld.

„J- Ja… danke! … für das mit dem Auto u-…“ Sie unterbrach sich, als er sie losließ und ihr sanft auf die Schulter klopfte.

„AU!“ schrie die junge Frau protestierend auf, denn er erwischte genau die bereits deutlich angeschlagene Schulter.

„Tut mir echt leid“, meinte er mit einem sanften Lachen. „Die Rettung ist unterwegs.“

„Wie…?!“ begann sie, als sie auch schon das Handy in seiner anderen Hand sah, mit der er sie nicht aufgefangen hatte. Und wirklich hörte Maria bereits das Signalhorn und sah das blaue Licht der Rettung. Sie konnte sich gerade so auf den Beinen halten, wenn sie ihr Gewicht auf ihr unverletztes Bein verlagerte.

Kurzerhand half ihr der Fremde sich hinzusetzen.

Sie war so perplex, dass sie sein Verschwinden nicht bemerkte.

Zum einen waren da die Schmerzen in der Schulter. Dann die Erinnerung an die dumpfe Vorahnung in der Straße, ihr Beinahe-Unfall und die Rettung durch den Unbekannten. Ihre Gedanken und Gefühle wirbelten unkoordiniert durcheinander. Weder die Stimme des Autofahrers, der seinen Wagen wieder unter Kontrolle gebracht und abgestellt hatte, noch die des Notarztes und der Sanitäter drangen in sinnvollen Zusammenhängen durch zu ihrem Gehirn. Mit leerem Blick starrte sie in ihre Umgebung. Der Arzt wusste sich nicht weiter zu helfen und schickte sie auf direktem Weg ins Krankenhaus.

Die Sanitäter halfen ihr vorsichtig aufzustehen. Da begann sie schließlich doch zu reagieren und blickte sich hektisch nach dem Fremden um. Doch, wohin sie auch blickte, sie konnte ihn nicht sehen.

Er war weg, verschwunden.

Wie vom Erdboden verschluckt.

Hatte sie das etwa nur geträumt?

Eine unbestimmte Traurigkeit über sein Verschwinden und das Verlangen die Schuld ihm gegenüber wieder gut zu machen verdrängten alles Andere, zumindest vorerst. Doch wie sollte sie ihn finden um sich ordentlich zu bedanken?

Sie wusste nichts von ihm.

Sie hatte ihn vorher noch nie gesehen oder getroffen.

Sie kannte ihn nicht.

Nur seine Stimme.

Kapitel 2: Endlich Ferien

Maria war unendlich erleichtert, als ihr der behandelnde Arzt im Krankenhaus eröffnete, dass ihr nicht sonderlich viel fehlte. Der linke Knöchel war lediglich etwas verstaucht. Somit hatten sie ihr einen festen Verband angelegt und der Arzt hatte gemeint, mit genügend Ruhe wäre das Gelenk bald wieder wie neu. Die Schulter hatte es ebenfalls nicht allzu schlimm erwischt und würde mit ausreichend Ruhe schnell wieder auskuriert sein. Ansonsten hatte sie eine stolze Anzahl blauer Flecken zu verzeichnen, die ihre linke Körperhälfte eine ganze Weile lang zieren würden. Hinzu kamen einige Abschürfungen, die zwar brannten, ansonsten aber harmlos waren und der Schock, den sie erlitten hatte. Die Nachwirkungen dessen waren jedoch so gut wie wieder abgeklungen, sodass er kein Problem mehr darstellte. Alles in allem konnte man also sagen, dass sie recht glimpflich davon gekommen war.

Somit wurde sie bereits am nächsten Tag aus dem Krankenhaus entlassen. Darüber war sie überglücklich, denn sie war das Leben im Krankenhaus bereits nach dieser einen Nacht mehr als nur leid. Noch dazu war der 23. Dezember, der Tag vor Heilig Abend.

Dieses Jahr blieb sie in ihrer Stadtwohnung, um gemeinsam mit ihren Freundinnen zu feiern. Die Wohnung teilte sie sich mit Alexia, kurz Lexi, einer Freundin, die sie schon seit der

Oberstufe kannte: Eine Frau Anfang zwanzig, mit braunen Haaren und braunen Augen. Sie war sowohl aufgeweckt, als auch humorvoll und trotz ihres kleinen Wuchses war sie energiegeladen genug um immer aufzufallen.

Lexi hatte sie soeben aus dem Krankenhaus abgeholt und nun standen die beiden vor dem Haupteingang des Krankenhauses. Besorgt erkundigte sie sich nach Marias Zustand. Brav wiederholte Maria die Worte des Arztes und bestätigte immer und immer wieder, dass es ihr schon wieder viel besser ginge. Die seltsame Begegnung und die Erlebnisse des Vorabends jedoch, behielt sie vorerst für sich. Immerhin glaubte sie selbst immer noch nicht so recht, dass sie das tatsächlich erlebt und nicht geträumt hatte. So machten die beiden jungen Frauen sich auf den Weg zurück in die Wohnung.

„Sollen wir ein Taxi nehmen?“, fragte Lexi, als sie draußen standen.

„Na, laufen wir lieber, es ist nicht weit und Bewegung ist für den Knöchel auch nicht schlecht.“, entgegnete Maria. Da das Gelenk nicht sonderlich schmerzte, wollte sie lieber selbst gehen. Ganz abgesehen davon, dass Taxis gerade hier in Aquila recht teuer waren und keine von ihnen beiden das Geld allzu locker sitzen hatten. Also machten die beiden sich auf dem Weg in ihre Wohnung. Lexi passte sich an Marias Tempo an. Das leichte Humpeln fiel ihr recht bald auf, doch Maria wehrte ab, als ihre beste Freundin sie darauf ansprach. Also ließ Lexi das Thema auf sich beruhen.

Munter schwatzend schlenderten die beiden Studentinnen durch die Straßen der verschneiten Stadt. Dabei bemerkten sie nicht, dass sie beobachtet wurden. Die ganze Zeit über, von verschiedenen Richtungen aus. Doch sie legten den Weg unbehelligt zurück und bald erreichten sie das Stadthaus, in dem sie wohnten. Genauer gesagt im dritten Stock des Hauses in einer der Wohnungen, die für gewöhnlich von Studenten bewohnt wurden. Deutlich langsamer als sonst aber mit viel Durchhaltevermögen quälte sich Maria die Stufen hoch. Einen Lift gab es leider nicht, doch auch so wollte sie partout keine Hilfe annehmen. Etwas später kamen sie endlich in ihrer außergewöhnlich geräumigen Wohnung an. Normalerweise lebten hier mehrere – bis zu fünf – Studenten, doch dieses Semester hatten sich keine neuen Mitbewohner eingemietet. Damit waren sie nur noch zu zweit.

„Weißt du, Lexi, eigentlich könnten wir Hannah fragen, ob sie nicht bei uns einziehen will. Platz haben wir mehr als genug.“ Maria blickte die Ältere an. Diese nickte zustimmend. Hannah lebte direkt nebenan und die drei Mädels hatten, wenn sie ehrlich waren, mit finanziellen Problemen zu kämpfen. Es war nicht leicht, als Student zu zweit eine Wohnung für mindestens fünf Leute zu mieten. Hannah ging es da nicht besser, da ihre vorherigen Mitbewohner alle den Abschluss gemacht hatten und ausgezogen waren. Auch bei ihr waren die Ausgezogenen nicht durch neue Mitbewohner ersetzt worden. Dieses Jahr hatten sich seltsamerweise zu wenige Interessenten für die Wohnungen gefunden.

Völlig unverständlich in den Augen der jungen Frauen, denn die Wohnungen boten viele Vorteile. Sie waren gut bewohnbar, geräumig und dennoch relativ billig. Als Manko konnte man das Viertel anführen, in dem sie waren, denn es war ein Viertel, das unter der Stadtbevölkerung mit Misstrauen beobachtet wurde, da es auf den Straßen durchaus auch ab und an Schlägereien gab, aufgrund der vielen Pubs. Andererseits waren viele der Bars echt empfehlenswert. Gute Cocktails, gute Musik und angenehmes Ambiente. Hin und wieder waren auch Maria und Lexi dort anzutreffen. Ansonsten lagen die Wohnungen ziemlich zentral, sodass man schnell herumkam, vor allem mit den öffentlichen Verkehrsmitteln. Die U-Bahn Station befand sich buchstäblich um die Ecke, die Bushaltestelle war etwa drei Gehminuten entfernt. Trotzdem war die Straße kaum befahren, da sie mitten im Wohngebiet lag. Das Einkaufen war auch keine allzu aufwändige Aktion, da sie alle immer mit dem Bus zur Universität fuhren und dabei auch an zahlreichen Lebensmittelgeschäften vorbei kamen. Wenn also etwas ausging nahmen sie eben einen Liter Milch, ein Kilo Mehl, ein Netz Orangen oder was auch immer sie sonst brauchten, mit nach Hause.

Während Maria das Abendessen vorbereitete, ging Lexi duschen. Es war nicht so, dass Lexi ihrer Mitbewohnerin nicht gerne geholfen hätte, aber diese mochte es gar nicht, wenn sie beim Kochen die Küche nicht für sich hatte.

Also schnitt Maria alleine den Schinken klein, während sie den Käse auf kleiner Flamme im Topf schmelzen ließ. Nebenbei ließ sie Wasser für die Spaghettinudeln aufkochen. Da sie bei diesem Gericht nicht viel in der Küche herum gehen musste, schaffte sie es, zu Ende zu kochen. Dennoch war sie froh, als sie sich endlich setzen konnte. Der Knöchel zwickte inzwischen wieder recht unangenehm und die Schulter schmerzte dumpf. Dennoch stand Maria nach dem Essen auf und wollte ihren Teller abspülen. Plötzlich schnappte Lexi es ihr aus der Hand und schüttelte den Kopf.

„Wenn ich dir schon nicht beim Kochen helfen darf, lass mich wenigstens das machen." Sie grinste dabei schelmisch.

„Nein, ist schon ok, ich mach das gerne, das weißt du", erwiderte die Jüngere.

„Keine Wiederrede."

Schlussendlich gab Maria nach. Sie war insgeheim sogar recht froh darüber, dass Lexi diese Aufgabe übernommen hatte. So konnte sie gleich ins Bad gehen, um sich ebenfalls zu duschen. Während sie es genoss, das warme Wasser auf ihrer Haut zu spüren, klingelte mit einem Mal die Glocke der Wohnungstür. Sie erwarteten noch Besuch? Erschrocken weiteten sich ihre Augen. Panisch drehte sie das Wasser ab und rubbelte sich mit dem Handtuch trocken. Sogleich schlüpfte sie mit Höchstgeschwindigkeit in die bereits vorher bereitgelegte Kleidung: Ein bequemer, schwarzer Jogginganzug und ein schwarzes, weites T-Shirt. In ihrer Hektik bewegte sie ihre Schulter einen Deut zu schnell, sodass diese zu allem Übel auch noch wie verrückt brannte. Doch da musste sie jetzt einfach die Zähne zusammenbeißen und durchhalten! Wenigstens war ihr Knöchel von der hastigen Aktion verschont geblieben! Mit der unverletzten Hand angelte sie sich ein weiteres Handtuch und wickelte es zu einem Turban um ihre nassen Haare. Derart fertig angekleidet, verließ sie das Bad und eilte zur Wohnungstür. Lexi hatte natürlich schon geöffnet.

„Maria? Komm mal schnell!“ tönte ihre melodische Stimme durch die Wohnung. Ehe die Gerufene antworten konnte, fiel die Wohnungstür ins Schloss.

Was hatte das wohl zu bedeuten? Maria beeilte sich das herauszufinden. Im kleinen, aber feinen Vorraum der Wohnung stand neben Lexi ein junger, gut aussehender Mann. Seine brünetten glatten Haare waren etwas zerstubbelt, was ihm ein wildes Aussehen verlieh. Ansonsten war er groß, schlank und sportlich gebaut und trug schicke, aber legere Kleidung. Seinem Aussehen nach gerade ein wenig älter als die beiden.

„Hallo! Ich heiße Sternhuber Dennis, aber nenn' mich bitte einfach Dennis", stellte sich der späte, unerwartete Besucher mit einem Grinsen vor. „Ähm... Mir wurde gesagt, dass hier ein Zimmer frei ist. Ich bin doch richtig hier, oder? Ähm...?"

Nach einem „Hallo, freut mich sehr, Dennis. Kang Maria, mein Name", und deutlich verwirrt blickte Maria fragend zu ihrer Mitbewohnerin. Sie war immer noch recht skeptisch, was das Ganze hier sollte. Schließlich wusste sie nicht im Geringsten, wovon dieser Dennis hier sprach, nachdem er so formlos herein geplatzt war.

„Hab ich dir das nicht gesagt? Oh Mann, oh Mann... bin ich schon so vergesslich... hab ich doch glatt..." begann Lexi. Dieser Wortschwall verwirrte Maria jedoch nur noch mehr.

„Moment mal, Lexi... was ist los? Was hast du mir gesagt, oder eben nicht? Ich- ..."

„Ähm, wir sollen neue Mitbewohner bekommen... ich hab ganz vergessen das zu erwähnen... vor ein paar Tagen war die Vermieterin da und hat es mir gesagt.... Tut mir so unendlich leid! Ich hab's glatt vergessen..." Ein wohl überlegter Dackelblick traf Maria. Aber hatte sie nicht vorhin noch gesagt, dass Hannah einziehen sollte? Egal, dieses Problem verschob sie kurzerhand auf später.

„Ah, das heißt, Dennis wohnt von nun an bei uns?", wiederholte Maria, unsicher, ob sie Lexi tatsächlich hatte folgen können.

„Ganz genau!“ Lexi nickte eifrig, mit einem glücklichen Grinsen im Gesicht, da sich das Missverständnis so leicht hatte beheben lassen.

„Na dann willkommen in unserem bescheidenen Heim“, sagte Maria lächelnd und beeilte sich, Dennis die Hand zu geben.

„Komm ich zeige dir dein Zimmer …“, begann Lexi, doch Maria dachte nicht im Traum daran, die beiden jetzt schon verschwinden zu lassen: „Moment, Lexilein. Hast du Hunger, Dennis? Es ist noch etwas zu Essen da.“ Er nickte und ließ sich gleich darauf von Lexi sein neues Zimmer zeigen. Währenddessen wärmte Maria den Rest der Käsesoße auf und kochte noch eine Portion Nudeln. Schnell platzierte sie noch einen sauberen Teller zwischen einer silbern glänzenden Gabel und einem Messer in genau derselben Farbe und schon erschien der neue Mitbewohner wieder in der Küche.

Wie gut er aussieht… dachte Maria, innerlich grinsend. Da hatten sie echt ein Glück gehabt! Nur warum war er wohl … *Nein!* sie verbot sich - zumindest fürs Erste - die Neugier. *Alles zu seiner Zeit!*, ermahnte sie sich.

Während sie bei Dennis am Tisch saß, ein wenig Smalltalk führte und wartete, bis er fertig war, war Lexi dabei im Wohnzimmer herumzufuhrwerken. Bald jedoch erschien sie in der Tür und fragte: „Naaa~, Lust euch ´nen Film anzusehen?“ Sowohl Dennis, der gerade den Tisch abräumte als auch Maria, die den Abwasch begonnen hatte, nickten begeistert.

„Aber mit Popcorn!“ verlangte die Jüngere. Also machte Lexi sich daran, die Popcorn zu machen und Maria verschwand im Bad, um sich die Haare zu föhnen und zu frisieren.

Bald versammelten sich die drei im Wohnzimmer und machten es sich auf der Couch bequem. Sie sahen sich einen Teil der Serie "You are Beautiful" an, die sowohl Maria als auch Lexi liebten. Der Hauptdarsteller und eigentlich alle anderen auch waren einfach zu gutaussehend! Dennis behauptete felsenfest, die Serie beinhalte für seinen Geschmack etwas zu viel Romanze, aber es entging keiner der beiden Studentinnen, dass ihm die weibliche Hauptdarstellerin auch ganz gut zu gefallen schien. Von Dennis unbemerkt grinsten sich die beiden zu.

Nach einer Weile verabschiedete sich Lexi und zog sich in ihr kleines Reich zurück. Jeder von ihnen hatte ein eigenes kleines Zimmer mit Bett, Kleiderschrank und einem kleinen Schreibtisch plus Sessel. Küche, Wohnzimmer, Essbereich und Vorraum teilten sich alle, wie auch Badezimmer und WC. Nicht lange danach folgten auch Dennis und Maria ihrem Beispiel und legten sich schlafen. Eine ganze Weile lag Maria noch wach und verarbeitete die neue Begegnung. Er schien wirklich nett zu sein. Da hatten sie wohl echt Glück gehabt! Während sie noch über Dennis nachdachte, fiel sie in einen tiefen, traumlosen Schlaf.

Die Nacht verlief friedlich und am nächsten Morgen wurde Maria von lautem Dröhnen geweckt. *Was in aller Welt …?!,* dachte sie verschlafen und wälzte sich missmutig auf die andere Seite. *Ich will aber noch schlafen!* Sie grummelte etwas unverständliches und zog sich die dicke Winterdecke über den Kopf. Doch auch die warme Decke konnte die laute Musik nicht ausreichend dämpfen. So schlug sie die Decke mit leicht frustriertem Gesichtsausdruck zurück und starrte an die Decke des Zimmers. Derweil wurde ihr bewusst, was für ein Lied da überhaupt gespielt wurde: „Last Christmas, I gave you my heart…“, dröhnte es durch die Zimmer der Wohnung. *Das ist jetzt aber nicht dein Ernst...*, dachte sie grummelig. Sie konnte dieses Lied einfach nicht mehr hören! Absolut nicht! Sie hatte es schon viel zu oft gehört!

Es wunderte sie, dass die Nachbarn noch nicht geklopft hatten. Entweder, sie waren schwerhörig, oder hatten einfach keine Lust etwas gegen diesen schrecklichen Krach zu unternehmen.

Mühsam rappelte sich die junge Frau auf blickte auf den Wecker. Vor Schreck über die späte Uhrzeit fiel sie beinahe aus dem Bett. Sie konnte sich zwar rechtzeitig fangen, verließ aber sofort das angenehm warme Bett und tauschte es somit gegen die kühle Luft in ihrem Zimmer. Ein extrem schlechtes Geschäft, ganz ohne Frage, aber es war Zeit aufzustehen. Trotz aller guten Vorsätze schaffte sie es nicht lange, sich außerhalb des warmen Bettes aufzuhalten und schon lag sie wieder in den Federn. Obwohl sie nicht mehr schlafen konnte, war es doch angenehm zur Abwechslung mal einfach faul dazuliegen, wie ein Sack Mehl. Dabei konnte sie sich auch noch der Wärme des Bettes erfreuen, wohl wissend, dass es draußen in dicken Flocken schneite und kalter Wind durch die Straßen und Gassen Aquilas rauschte.

Sie drohte schon wieder wegzudösen, als die Zimmertür nach einem kurzen Klopfen aufgerissen wurde.

„FROHE WEIHNA-...", rief die freudestahlende Lexi. „Sag mal, seit wann bist du denn so ein Morgenmuffel?!"

„Kalt, keine Lust aufzustehen und es sind Ferien...", murmelte Maria mit seeligem Lächeln und wickelte sich noch weiter in die dicke Decke ein.

„Sag mal, geht's dir nicht gut?" fragte eine besorgt klingende männliche Stimme. Was zum Geier machte eine männliche Stimme in ihrem Zimmer?! Erschrocken zog sie die Decke gleich noch etwas enger um sich. Doch gleich darauf fiel es ihr wieder ein. Dennis war gestern erst eingezogen. Daran musste sie sich einfach erst noch gewöhnen! Aber erst einmal musste sie zusehen, dass sie wieder alleine in ihrem Zimmer war, um sich ungestört umziehen zu können.

„W-Was? Nein, nein, mir geht's bestens", beeilte sie sich also mit breitem Lächeln zu versichern. „Ich steh ja schon auf, aber nicht, wenn ein Haufen Augen mir dabei zusieht..." Lexi kicherte leise, verließ aber ohne ein weiteres Wort das

Zimmer. Dennis beließ es bei einem stummen Grinsen, ehe er ebenfalls den Rückzug antrat und die Tür hinter sich zu zog. Maria sammelte all ihre Motivation und quälte sich Stück für Stück aus dem Bett. Am Kleiderschrank angekommen, wählte sie ein bequemes Outfit im Schlabberlook und begab sich schließlich in die Küche.

So saßen die drei jungen Erwachsenen schließlich gemeinsam am Frühstückstisch und genossen ein einfaches Frühstück aus Kaffee, Tee und Müsli.

„Also, was steht an?“ begann Dennis mitten unterm Essen: „Ich würde gerne helfen, aber da ich neu bin…“ Er hob vielsagend die Schultern.

„Weihnachtsbaum schmücken, Abendessen vorbereiten, Musik aussuchen, sonstiges Zeug zusammenholen, wenn ihr noch was Spezielles machen wollt,…“, antwortete Lexi und zählte die einzelnen Aktivitäten dabei an den Fingern ab.

„Ich koche“, meldete sich Maria sogleich.

„Ich mach den Baum und Musik, wenn euch das Recht ist“, meinte Dennis. Lexi nickte, „ Super, danke dir! Dann mach ich den Tisch und … Ah ja, Maria? Vergiss nicht für vier Leute zu kochen.“

„Keine Sorge, das hattest du ja schon mal erwähnt“, spielte diese grinsend auf den Vortag an.

„Nein, du warst dabei, als wir Hannah zum Essen eingeladen haben“ , entgegnete Lexi.

„Sonst hättest du vielleicht vergessen es mir zu sagen…“, neckte Maria sie weiter.

„Unsinn…“, schmollte die andere.

„So?“ Es ging eine Weile hin und her zwischen den beiden Frauen und Dennis sah ihnen eine Weile amüsiert zu, ehe er meinte: „Ich beginne mit dem Weihnachtsbaum. Wo kann ich den finden?“ Derart unterbrochen stellten sie ihre gegenseitigen Neckereien ein.

„Warte ich zeig's dir“, erwiderte Maria. Sie nickte Lexi kurz zu, als Dennis abgelenkt war. Dann verschwanden die beiden aus der Wohnung um den kleinen, im Keller stehenden, Tannenbaum im Miniatur-Format zu holen.

Als die beiden wieder aus dem Keller zurückkehrten, fehlte von Lexi jede Spur.

„Wo ist denn Lexi hin?“

„Ach, sie ist bloß los um ein paar restliche Sachen für die Weihnachtsfeiertage zu besorgen“, erwiderte Maria mit einem Schulterzucken und lächelte dabei unverbindlich. Sie zeigte ihm, wo er den Baum am besten platzieren sollte. Dann legte sie ihm den Schmuck für den kleinen Baum aus der Lade, in der der Schmuck über das Jahr aufbewahrt wurde, heraus. Nun blieb nur noch abzuwarten, wie er seine Ressourcen zu verwenden gedachte. Sie war jetzt schon gespannt und neugierig.

Während er sich um das Bäumchen kümmerte, verzog sie sich in die Küche und begann damit, alles für das Kochen benötigte zusammen zu holen: Die kleine Gans aus dem Kühlschrank, die nötigen Gewürze aus der Lade mit den Gewürzen, die Zutaten für die Fülle und machte sich sogleich an die Zubereitung des abendlichen Festmahles.

Es dauerte nicht lange und die kleine Gans wurde in den Ofen geschoben. Der Vogel würde jetzt etwa vier Stunden brauchen, rechnete sie. In zwei Stunden umdrehen, ab und zu anstechen und Kartoffeln brauchte sie jetzt! Sie liebte Bratkartoffeln und machte sich flott auf die Socken um das Gemüse zu holen, zu waschen und anschließend zu schälen. Dabei kam sie an der Wohnzimmertür vorbei und lugte neugierig hinein. Bevor sie jedoch etwas sehen konnte, schob sich eine weiße Gestalt in ihr Blickfeld.

„Nein, nein, lass dich überraschen!“ verlangte Dennis in seinem weißen T-Shirt grinsend. Maria versuchte an ihm vorbei zu sehen, doch er schob sie kurzerhand weg von der Tür und schloss diese flink ab. Gespielt schmollend zog sie ab und marschierte in die Küche. Einstweilen verschwand der junge Mann in seinem Zimmer. Vermutlich suchte er CD’s für den Abend aus, zumindest, wenn er welche mit hatte. Allzu viel Gepäck hatte er nicht dabei gehabt. Lediglich zwei große Koffer. Sonst nichts. Keine Kartons, keine weiteren Taschen.

Lexi kehrte rechtzeitig von ihrer finalen Shopping-Tour zurück, verstaute alles an seinem vorgesehenen Platz und deckte den Tisch. Dabei seufzte sie übertrieben laut.

"Man hätte heute echt glauben können im Geschäft verschenken sie etwas!" jammerte Lexi. Maria unterließ es sie darauf hinzuweisen, dass es zu Weihnachten in den Geschäften immer drunter und drüber ging. Stattdessen hörte sie der Freundin geduldig und verständnisvoll zu. Ab und an nickte sie, sagte aber nichts weiter dazu. Über Lexis Gejammere und die Arbeit, die zu tun war, verging die Zeit wie im Flug. Am Esstisch waren ausreichend Stühle für alle vorhanden, sodass sie wenigstens da keine neuen besorgen mussten. In einer halben Stunde erwarteten sie ihren Gast: ihre Freundin und Nachbarin Hannah.

Die Gans im Ofen war unterdessen fertig gebraten und der leckere Duft ließ den jungen Leuten das Wasser im Mund zusammen laufen. Wie gerufen kehrte auch Dennis aus der Versenkung in seinem Zimmer zurück und fragte, ob er den Vogel mit der Schere zerlegen sollte. Mit einem Nicken bat Maria ihn darum. Eine Gans war nicht leicht zu zerteilen.

Unterdessen richtete sie die Beilagen an und stellte alle auf den Esstisch. Die Weihnachtsgans war bei Marias Familie immer Tradition gewesen und kam bei ihren Freundinnen immer sehr gut an. Zumal Maria eine ausgezeichnete und leidenschaftliche Köchin war.

Kaum war das Essen fertig und alle umgezogen, klopfte es an der Wohnungstür. Draußen stand ihre Freundin Hannah, eine attraktive junge Frau, mit schlanker Figur und wunderschönen blonden, langen Haaren, die in der Wohnung nebenan wohnte. Sie war eine alte Schulfreundin von Lexi und jetzt auch eine Studienkollegin von Maria. Sie studierte Lehramt für Deutsch und Kunst an der Universität. Fröhlich lächelnd schwebte Hannah regelrecht herein und wünschte: „Frohe Weihnachten, Lexi!“ Dabei umarmte sie die Ältere, die den Wunsch erwiderte. „Frohe Weihnachten, Maria... und Frohe Weihnachten ... äh...“ Natürlich war ihr Blick auch auf Dennis gefallen, der sich bisher etwas im Hintergrund gehalten hatte. Maria bemerkte den Fehler und beeilte sich zu erklären: „Das ist unser neuer Mitbewohner: ...“

„Sternhuber Dennis“, stellte er sich selbst mit einem breiten Lächeln vor. „Aber nenn' mich bitte einfach Dennis.“ Auch Hannah stellte sich ihm ihrerseits vor und erwiderte das Lächeln mit einem koketten Zwinkern. Dennis hob verwundert eine Augenbraue während Maria - die die Szene leise beobachtet hatte – nur grinsend die Augen verdrehte. Typisch Hannah! Immer war die junge Blondine am Flirten mit den feschen Burschen! Aber Maria hatte kein sonderliches Problem damit, denn schließlich schien Hannah ihren Spaß damit zu haben, und den gönnte Maria ihr. Somit war das Thema für sie auch schon wieder erledigt.

„Sooo~! Da das nun geklärt ist: Ab zum Festschmaus!" kommandierte Lexi voller Vorfreude, um die doch leichte entstandene Spannung zu lösen.

Dennis legte also eine CD in den Player ein, als die anderen sich schon etwas von dem Essen auftaten. „Last Christmas" tönte aus den Lautsprechern. *Bitte nicht schon wieder!* dachte Maria leidend. *Ich hab das Lied schon viel zu oft gehört*. Trotz dem Lied, das leise im Hintergrund lief, wurde die Stimmung bald ausgelassen. Freundliche Neckereien und Witze in vielen Kategorien flogen nur so über den Esstisch.

Als die Teller bis auf den letzten Krümel geleert und die Bäuche wohlgefüllt waren, halfen alle beim Abräumen und auch beim Abwasch, obwohl Lexi und Maria dies zu verhindern versuchten. Bei Dennis hatten sie am wenigsten Chance. Immerhin war er ihr Mitbewohner, aber bei Hannah wollten die beiden Frauen das nicht durchgehen lassen. Sie war heute zu Gast, also hatte sie sich auch verwöhnen zu lassen!

Bald war auch der Abwasch erledigt und alle Teller, Töpfe und sämtliches Besteck in den vorgesehenen Schränken und Laden untergebracht. Die kleine Gesellschaft ging ins Wohnzimmer, das Dennis bis dahin verschlossen gehalten hatte. Ihr Blick fiel auf einen süßen kleinen Christbaum der von Kerzen hell erleuchtet wurde und von Schmuck nur so glitzerte. Die Mädels waren hellauf begeistert und taten ihre Begeisterung auch lautstark kund.

Nach dem Singen von einigen traditionellen Liedern wurden die Geschenke ausgeteilt. Da Lexi und Maria Dennis erst am Vortag und Hannah ihn erst vor ein paar Stunden, kennen gelernt hatte, gab es für ihn nichts speziell auf ihn Zugeschnittenes. Lexi und Maria hatten sich für verschiedene Süßigkeiten entschieden, die die Ältere vorhin noch schnell einkaufen gegangen war, während Dennis von Maria abgelenkt worden war.

Auch die anderen drei packten ihr Geschenk aus. Jede erhielt nur eines, das von den jeweils anderen beiden gekauft worden war. Das hatten sie irgendwann so vereinbart und seither im Freundeskreis so gehalten. Die Geschenke waren nichts besonders teures, denn das konnten sie sich nicht leisten. Trotzdem alle waren bemüht gewesen, ein möglichst passendes Geschenk zu finden.

Hannah öffnete als Erste ihr Paket und fand in ihrem Geschenkkarton zwei PC-Spiele, die sie sich schon lange gewünscht hatte. Überrascht brach sie in freudiges Lachen aus: „Die hab ich mir schon eeewig gewünscht. Vielen Dank! Woher wusstet ihr das?!“ Mit leuchtenden Augen musterte sie ihre beiden Freundinnen.

„Gute Ohren“, meinte Maria zweideutig.

„Naja, eher gute Augen… Beim Einkaufen hast du doch die Auslagen mit den Spielen immer seeehr genau inspiziert“, korrigierte Lexi mit wichtigtuerisch erhobenem Finger. Dabei zwinkerte sie schelmisch. Hannahs Wangen färbten sich daraufhin mit einem Hauch rosa ein, als sie etwas verlegen, aber absolut glücklich grinste. Sie wusste schon, dass sie nun einen Teil ihrer Ferien ganz den Computerspielen widmen würde.

Als nächste zerriss Lexi das Geschenkpapier und fand einen nagelneuen Reithelm in ihren Händen wieder. Da ihr alter Helm kurz vor Weihnachten kaputt geworden war, hatten Hannah und Maria kurzerhand beschlossen, einen Neuen als Weihnachtsgeschenk zu kaufen.

„Waaa~h! Ist der cool! Genau der, den ich wollte!!! Wie … ?“ Hannah und Maria grinsten sich vielsagend an.

„Aha“, machte Lexi grinsend „daher weht also der Wind.“

Maria hatte zwar nichts kaputt gemacht, aber fand dennoch eine wunderbare Überraschung. Sie bekam ein Zeichenset geschenkt, das eine Feder, Tusche, Tinte in verschiedenen Farben, Kohlestifte, sowie weitere praktische Utensilien beinhaltete.

„Bevor du fragst: Wir dachten, dass deine Zeichenutensilien irgendwann zur Neige gehen müssten. Also wollten wir schon mal vorsorgen und dir noch ein paar Dinge kaufen, die du ziemlich genau betrachtet hast“, erklärte Lexi grinsend, als Maria gerade den Mund öffnen wollte.

Viele „Danke euch, Leute!“ schallten aus vier Kehlen durcheinander und ganz und gar asynchron durch das Zimmer. Bald darauf wurden aus den Rufen Umarmungen. Der Abend gestaltete sich weiterhin äußerst gesellig und niemand dachte wirklich daran schlafen zu gehen. Nein, schlafen wurde definitiv überbewertet!

Kapitel 3: Unangenehme Nachrichten

Maria war heute ungewöhnlich früh aufgewacht. Sie saß bereits im Wohnzimmer, mit der Zeitung in der Hand, als Lexi aufstand und ins Bad ging.

„Morgen“, murmelte Lexi im Vorbeigehen, noch halb verschlafen.

„Morgen“, ließ auch Maria von sich vernehmen. Sie wirkte etwas abwesend, doch Lexi störte das nicht sonderlich. Sie war noch nicht wirklich auf Tagesmodus eingestellt und würde am Liebsten wieder zurück ins Bett gehen. Gemütlich schlenderte sie weiter ins Bad und machte sich frisch. Maria saß weiterhin auf der Couch im Wohnzimmer und ihr Blick wurde ungläubiger und immer ungläubiger, bis sie schließlich starr durch das Blatt hindurch zu sehen schien. In dieser unangenehmen Sitzhaltung fand Dennis sie schließlich, der sich bisher in seinem Zimmer aufgehalten hatte.

„Maria? Ist alles in Ordnung?“ fragte er vorsichtig. *Vielleicht … nein, sie träumt bestimmt nicht vor sich hin*, überlegte er. Träumerische Gesichter sahen anders aus. Es dauerte eine ganze Weile, ehe die junge Frau auf seine Frage reagierte und auch das nur sehr stockend.

„Ah! J-ja klar! a-alles okay…“ Langsam erwachte sie aus ihrer Trance und starrte wieder auf den Artikel. Lexi, kam gerade aus dem Bad zurück. Sie wollte wissen, warum ihre

Mitbewohnerin wie von Sinnen auf die Zeitung stierte und schnappte der Jüngeren das Tagesblatt einfach aus der Hand. Dann las sie selbst den Artikel durch. Auch ihre Augen weiteten sich ungläubig.

„Nicht dein Ernst…“, entfuhr es ihr fassungslos.

„Mir wärs auch anders lieber“, entgegnete ihr Maria. Dabei schnaubte sie sehr missmutig durch die Nase. Dennis blickte unterdessen fragend zwischen ihnen hin und her: „Worum geht's eigentlich?“

Die beiden Frauen wandten sich ihm zu.

„Ein Mörder t-…“, begann Maria.

„und Vergewaltiger…“ warf Lexi ein.

„treibt sein Unwesen in unmittelbarer Nachbarschaft. Genau genommen wurde in unserer Straße…“ fuhr Maria unbeirrt fort.

„und nur ein paar Häuser weiter, gestern Morgen eine grausam entstellte Leiche gefunden“, lieferte Lexi eine weitere Extra-Information. Das war genau der Morgen nach Marias Beinahe-Unfall gewesen.

Dennis starrte die beiden ungläubig an. Wollten sie ihn auf den Arm nehmen? *Wobei…* Sie hatten beide dasselbe gesagt und keine Möglichkeit gehabt sich abzusprechen. Folglich musste es wohl wahr sein.

„Schöne Nachrichten zu Beginn der Ferien“, meinte er sarkastisch. Doch irgendwie hatte Maria das Gefühl, er wäre nicht ganz so überrascht, wie sie selbst oder Lexi. Er wirkte eher… besorgt und nachdenklich. Aber sie verdrängte den Gedanken. Sie interpretierte wohl wieder einmal zu viel. Also zog sie grinsend eine Augenbraue hoch und antwortete: „Jaaa, kann mir auch nichts Besseres für den Ferienstart vorstellen!" Nach dem ersten Schock nahm sie das Ganze wieder gewohnt locker. Sie war niemand, der sich allzu lange den Kopf über etwas zerbrach. Außerdem wollte sie sich definitiv nicht den Ferienstart verderben lassen. Schon gar nicht wegen eines *Zeitungsartikels*! Doch das war leichter gedacht als tatsächlich umgesetzt, denn mit einem Mal tönten Klopfgeräusche durch die Stadtwohnung.

Lexi, die noch stand, ging zur Wohnungstür und öffnete ihrer Nachbarin Hannah. Auch sie hielt die Tageszeitung in den Händen Sie schien deutlich mitgenommen, da sie nicht einmal ein Wort zur Begrüßung hervorbrachte.

„Tja, du hast es also auch gelesen…" begrüßte also Lexi die Freundin. Diese nickte und sah ziemlich fertig aus.

„Komm' doch rein! Willst du was zu trinken? Maria! Dennis! Hannah ist da!" Maria hatte inzwischen einen Krug mit Verdünnungssaft sowie vier Gläser geholt und stellte sie nun im Wohnzimmer auf den kleinen runden Couchtisch aus Glas. Dann begrüßte sie freudestrahlend den Gast. Sie war immer erfreut, wenn Freunde zu Besuch kamen.

Nach den Begrüßungen, die dieses Mal etwas gedrückter ausfielen als sonst, saßen endlich alle im Wohnzimmer. In ihrer Mitte stand der Couchtisch, der mit vier gefüllten Gläsern, dem Krug und Weihnachtskeksen beladen war. Er wurde unfreiwilliger Zeuge der Beratungen, wie man mit dieser Wende der Dinge umgehen sollte.

„Viel können wir ohnehin nicht tun", meinte Dennis schließlich schulterzuckend. Er schien das alles nicht so tragisch zu sehen. Wenn er ehrlich war, verstand er die Aufregung nicht so ganz. Aber er hütete sich, das laut kund zu tun. Stattdessen ließ er sich einfach vom Lauf der Dinge treiben und hörte weiter zu. Lediglich in Momenten, wenn er sich unbeobachtet fühlte, nahm sein Gesicht einen nachdenklichen Ausdruck an.

„Naja, abgesehen davon, dass wir zum Beispiel ein paar kleine Regeln aufstellen. „m ergriff Maria das Wort und unterbrach damit einen weiteren seiner wirren Gedankengänge. So widmete er ihr erneut seine volle Aufmerksamkeit, als sie fort fuhr: „Beispielsweise, dass niemand alleine draußen herum geht, schon gar nicht nachts. Das sollten wir am Besten sowieso vermeiden..." Alleine wollte sie unter solchen Umständen nicht hinausgehen. Sie machte zwar Kampfsport und verfolgte dieses Hobby ziemlich ehrgeizig. Dennoch zog sie es vor einen friedlichen Lebensstil zu führen und ihre Kenntnisse nicht an Menschen ausprobieren zu müssen, wenn es hart auf hart kam.

Außerdem wusste man nie, wie gut der Gegner trainiert war oder ob er einfach völlig verrückt und damit extrem gefährlich war. Ein weiterer Punkt waren Waffen. Es war ohnehin das Beste, zuerst über Rückzug nachzudenken und den Angriff nur als letzte Karte der Verteidigung zu spielen!

Die anderen stimmten ihr zu. Keiner würde mehr nachts allein draußen herum marschieren. Das schmeckte vor allem Maria nicht, auch wenn es ihr Vorschlag gewesen war. Schließlich war so ein Nachtspaziergang ab und zu doch ganz nett. Aber es ging um ihrer aller Sicherheit und Wohlbefinden, und dazu verzichtete man schon mal auf die eine oder andere Annehmlichkeit.

Einige Tage später wurde es vor den Fenstern immer dunkler. Lexi war gar nicht davon begeistert, dass sie die Zeit völlig vergessen hatte und jetzt im Dunkeln alleine nach Hause gehen musste. Warum musste die verdammte Arbeit auch so viel Literatur-Recherche verlangen?! Rasch packte sie ihre Siebensachen und verließ beinahe hastig das Gebäude in dem die Bibliothek untergebracht war, um möglichst schnell in ihre eigenen vier Wände zu kommen.

Mist, was hab ich mir nur dabei gedacht?! Ein lieber kleiner Mörder gammelt nachts in den Straßen… nein, in MEINER Straße um genau zu sein … herum und ich hab nichts Besseres zu tun als nachts alleine genau durch DIESE

Straßen zu spazieren!, schimpfte sie mit sich selbst. Sie war ziemlich sauer. Vermutlich sollte der Mörder nun eher vor ihr Angst haben als umgekehrt! Dieser Gedanke zauberte kurz ein grimmiges Grinsen auf ihr Gesicht.

Sie marschierte schnurstracks durch die Straßen und kurz bevor sie in ihre eigene Straße einbiegen konnte, blieb sie abrupt stehen. Da eilte jemand vor ihr auf der Straße her, blickte nach rechts, dann wieder nach links. Manchmal auch nach hinten, über die Schulter aber meist nach vorne. Dieser Jemand wollte bestimmt nicht gesehen werden und legte es auch gezielt darauf an, verborgen zu bleiben. Lichtkreisen wurde gekonnt ausgewichen, Hauseingänge waren wie geschaffen für die Tarnung. So zumindest, oder ähnlich schien diese Person zu denken, denn sie versteckte sich in jedem Hauseingang und jeder Nische. Blickte sich gehetzt um und lief erst dann zur nächsten Versteckmöglichkeit weiter.

Maria stand gerade in der Küche und bereitete sich eine Semmel mit ein wenig Wurst zu. Sie hatte mächtigen Hunger. Mit einem Mal fühlte sie sich beobachtet und drehte sich um. Dennis stand unweit hinter ihr.

„Brauchst du was?“, fragte sie.

Er schüttelte den Kopf und sah sie forschend an. Langsam begann sie sich unwohl zu fühlen.

„Nun… ich hab da eine Frage… eigentlich schon seit ich eingezogen bin, aber da kam mir das Ganze noch etwas … naja, extrem unhöflich vor. Also naja…“, er brach ab und errötete leicht.

„Was denn? Komm schon, ich werde dich schon nicht beißen.“ Dennis blickte für einen Moment so zweifelnd drein, dass Maria Lust verspürte, ihr Versprechen, ihn nicht zu beißen, vielleicht doch noch zurückzunehmen.

„Na gut, aber nicht böse sein…!“ Erst nachdem sie brav den Kopf geschüttelt hatte, sprach der junge Mann weiter. „Also, du sprichst perfekt deutsch und siehst auch wie eine Österreicherin aus, aber woher kommt dann dein Nachname?“ Maria war perplex. Mit vielem hatte sie gerechnet, aber nicht ausgerechnet mit etwas, das sie öfter zu hören bekam.

„Ist doch kein Problem!“ Sie lachte leise. „Ich bin Österreicherin. Meine Eltern stammen ebenfalls aus Österreich. Deshalb spreche ich auch Deutsch, und sehe nicht wie eine Koreanerin aus. Der Name kommt von meinem Urgroßvater, glaub ich, dessen Eltern ein Österreicher und eine Koreanerin sind. Da sie nie verheiratet waren, hat er ihren Namen bekommen und der ist halt quasi in der Familie geblieben. So irgendwie war das.“

Irgendwie sah er ganz schön süß aus, wenn er hilflos war, stellte sie grinsend fest. Sie sah, dass es ihm irgendwie peinlich war, dass er gefragt hatte und beteuerte, dass es wirklich kein Problem sei. Schließlich passierte ihr das nicht zum ersten Mal.

Lexi blieb stehen und wunderte sich. Die Gestalt vor ihr sah nicht nach einem gedrungenen Mörder aus. Irgendwie kam ihr dieser Jemand vor ihr sehr bekannt vor. Leise lief sie los um herauszufinden, ob ihr Verdacht stimmte. Bald stand sie hinter besagter Person, die sich just in diesem Augenblick umdrehte. Im letzten Moment schaffte Lexi es, ihrem Gegenüber den Mund zuzuhalten, ehe diese vor Schreck zu schreien begann.

„Ganz ruhig, ich bin es doch nur!“ Hannah blickte in Lexis Gesicht und beruhigte sich langsam wieder. Was fiel ihrer Freundin bloß ein sie so zu erschrecken?! Diese Frage verschob sie jedoch auf später, bis sie wieder in dem Haus waren, das sie sich teilten.

Rasch machten sie, dass sie von der Straße verschwanden und in ihr Wohnhaus gelangten. Hannah hatte ihren Schock noch immer nicht ganz verdaut und war noch immer ziemlich sauer auf ihre Freundin. Wie konnte sie das auch machen?! Sie hätte beinahe einen Herzinfarkt vor Schreck bekommen! Also lud sie sich kurzerhand selbst zu Lexi ein. Gemeinsam bereiteten sie ein Abendessen, ehe sie über die Sache mit dem Mörder zu diskutieren begannen und sich aussprachen. Dabei hatten sie keine Ahnung, dass sie dem Wahnsinnigen nur um Haaresbreite entkommen waren.

Er grinste in sich hinein.

Er wusste wo sie wohnten und er würde warten.

Warten, das konnte er.

Er hatte Zeit.

Zeit zu warten.

„Ich werde heute in etwa zu Mittag abreisen und erst in drei Tagen wiederkommen“, verkündete Dennis sachlich am Frühstückstisch. Dieser war reich gedeckt mit allerlei Köstlichkeiten: Käse, Wurst, Aufstriche, Obst und frische Brötchen. Er hatte es sich partout nicht nehmen lassen am Tag seiner Abreise seine Mitbewohnerinnen ordentlich zu verwöhnen und hatte darauf bestanden alles alleine vorzubereiten. Er war dabei sogar so weit gegangen ihnen zu drohen er würde sie in ihren Zimmern einsperren. Er hatte zwar keine Schlüssel dafür, aber er würde es trotzdem irgendwie schaffen hatte er gemeint.

„Wohin fährst du denn?“ fragte Lexi neugierig. Maria blickte den älteren Mitbewohner nicht minder interessiert an.

„Eine Geburtstagsparty von einem sehr guten Freund. Er ist zur Zeit nicht in Aquila, also werde ich ihn besuchen fahren und mit ihm feiern. ... Er hat morgen Geburtstag“, fügte er noch hinzu, als Lexi gerade den Mund aufmachte um ebendiese Frage zu stellen. Bedauernd schloss sie ihn wieder. Glücklich waren die beiden jungen Frauen nicht, hatten aber auch keinen besonderen Grund ihn zum Bleiben zu bewegen. Nicht, dass es möglich gewesen wäre.

Sie mussten nicht aus der Wohnung und selbst wenn, der Mörder würde sie wohl nicht am helllichten Tag angreifen. Somit verabschiedete Dennis sich am Mittag in der Tiefgarage des Hauses von den beide Studentinnen und fuhr in einem eleganten Sportwagen davon. Während die beiden jungen Frauen dem Gefährt mit großen Augen nachblickten und winkten, fragte sich Maria, wie er sich so ein teures Vehikel leisten konnte. Auch Lexi begann daran zu zweifeln, dass er ein ganz normaler junger Mann war. Hatte er Goldeseln als Eltern?

In stillem Einvernehmen genossen Lexi und Maria den Altjahrestag und entspannten sich eine jede für sich auf ihre Weise. Lexi warf sich dazu auf die Couch und sah fern, während sich ihre Mitbewohnerin hinter den Computer klemmte und im Internet vor sich hin surfte. Während sie Musik hörte, schrieb sie an einer Geschichte, die sie vor Kurzem begonnen hatte. Dadurch sah sie das Musikvideo nicht, das auf YouTube lief. Das Lied, das sie gerade hörte gefiel der jungen Frau und schon speicherte sie ihre Geschichte erneut in Word. Sie wollte schon auf YouTube um zu sehen, von wem das Lied stammte, als Lexi sie rief.

"Was denn?" Etwas ungehalten über die unpassende Störung nahm sie das Headset ab und marschierte wenig glücklich ins Wohnzimmer zu Lexi. Ihre kurzzeitig schlechte Laune verflog mit einem Mal und wich maßlosem Erstaunen.

„Das ist jetzt nicht wahr, oder?“ fragte Maria und zog dabei eine Augenbraue hoch. Der Mund stand ihr einen Spalt weit offen.

„Dasselbe hab ich mir auch gedacht...“, stimmte Lexi nickend zu.

„Warum hat er nichts gesagt? Darum der Sportwagen...“

„Das teure Handy...“

„Die ... ach egal...“ Maria atmete tief durch ehe sie die Ältere ansah.

„Unser Mitbewohner ist der Leader von 7 Mortal Sins! - der derzeit erfolgreichsten Boyband - und wir kapieren es nicht...“ Dabei schüttelte die junge Frau verständnislos über ihre eigene Ignoranz den Kopf.

„Guck mal, der sieht verdammt gut aus!“ platzte Lexis Stimme in ihre Gedankenströme. Maria murmelte eine Zustimmung und auch sie hatte bald ihren Favoriten gefunden. Schnell setzten sie sich vor den Computer und googelten 7MS - 7 Mortal Sins - und fanden sogleich eine Bandgeschichte, viele Seiten über die Profile der Mitglieder, über das Entertainment, Nachrichten über Nachrichten. Klatsch, Tratsch und Hard Facts. Alles, was das Herz eines angehenden Fans begehrte.

„Dem werden wir etwas erzählen, wenn er zurückkommt!", meinte Lexi. „Uns einfach so im Unklaren zu lassen... tsetsetse..." In gespielter Entrüstung schüttelte sie den Kopf.

„Nein, lass das mal besser. Ich bin sicher, er hat seine Gründe. Erstens hätten wir ihm vermutlich sowieso zuerst nicht geglaubt. Außerdem wäre er dann in meinen Augen nichts weiter als ein arroganter-... ok, das sage ich jetzt lieber nicht, was mir auf der Zunge liegen würde. Zudem würde ich an seiner Stelle auch nicht überall herum posaunen wer ich denn nicht bin. Ich könnte mir vorstellen, dass er ziemlich die Schnauze voll hat von all dem Fangekreische, wenn er einmal frei hat." Maria nickte. Ja, so würde sie wohl denken, wenn sie ein berühmter Star wäre. Nicht, dass sie auch nur zu träumen wagte, jemals ein Star zu sein!

Dann machten die beiden sich fertig, denn heute war der 31. Dezember, also der letzte Tag des Jahres 2009. Ihre Freundin Hannah hatte sie zu einer kleinen Silvesterparty zu dritt eingeladen und die beiden Damen hatten fröhlich zugestimmt. Kaum bei ihr angekommen, erzählten die zwei ihrer Freundin von 7 MS. Diese meinte sogleich, er wäre ihr sofort bekannt vorgekommen. Die drei unterhielten sich noch lange über 7MS und ihre Mitglieder. Sie sahen Musikvideos, Interviews und Liveauftritte an und bequatschten die Neuigkeit bis tief in die Nacht hinein.

Um Punkt 24 Uhr wurde mit einem Gläschen Sekt auf das neue Jahr angestoßen und sie wünschten sich alle ein: „Gutes Neues Jahr". Sie sahen aus den Fenstern und hatten das Glück, einige gezündete Feuerwerkskörper zu entdecken. Danach riefen alle ihre Familien und Verwandten an, um auch ihnen ein frohes neues Jahr zu wünschen und ein wenig Smalltalk zu führen.

Die nächsten beiden Tage bestanden hauptsächlich aus faulenzen und der Rückkehr von Dennis, den sie in der Tiefgarage des Hauses empfingen.

„Warum hast du uns nicht erzählt, dass du ein berühmter Musiker bist?“ fragte Lexi gleich nach der Begrüßung unverblümt.

„Warum hätte ich sollen? Soll ich damit angeben oder so? Du rennst doch auch nicht herum und erzählst jedem, dass du ein werdender Jockey bist, oder?“ Diese Worte klangen zwar auf den ersten Blick ziemlich hart, waren aber von einem kleinen Lachen seinerseits untermalt, das ihnen viel an Härte nahm. Trotzdem erkannte Lexi, dass sie etwas zu direkt geschossen hatte. Sie räusperte sich verlegen und blickte mit deutlich geröteten Wangen zur Seite.

„Naja, dann wissen wir jetzt wenigstens, dass wir einen berühmten Mitbewohner haben, der so ganz nebenbei häufig im Fernsehen auftritt“, meinte Maria grinsend und klopfte Lexi aufmunternd auf die Schulter. "Und gut aussieht", flüsterte sie ihrer Mitbewohnerin verschwörerisch ins Ohr. Beide kicherten verhalten. Dennis hüllte sich in vornehmes Schweigen, wobei ein undurchschaubares Lächeln seine Züge zierte. Zu dritt gingen sie wieder hinauf in ihre gemeinsame Wohnung.

Maria lag jedoch eine ganz andere Frage auf dem Herzen, die sie gleich nach dem Abendessen anbrachte: „Wieso bist du eigentlich in ein normales Haus zu „normalen“ Leuten gezogen, Dennis? Ich dachte Stars haben eigene Wohnungen und in eurem Fall eine, die von dem Entertainment zur Verfügung gestellt wird?“

Er ließ langsam das mit Wasser gefüllte Glas sinken, aus dem er eben noch getrunken hatte. Dann atmete er tief ein und setzte das zerbrechliche Gefäß sachte auf dem Tisch ab, beließ aber die Hand daran. Lexi wollte schon etwas einwenden und die Freundin zurechtweisen für diese indiskrete Frage. Am Ende jedoch gewann ihre eigene Neugier die Oberhand und auch sie wartete auf seine Antwort.

„Das ist leider keine sehr… erfreuliche Geschichte…“, begann er schließlich stockend. Keine der beiden Frauen sagte etwas. In stillem Einvernehmen schwiegen sie und warteten, dass ihr Mitbewohner weitersprach.

„Du hast Recht, Maria. Meine Freunde und ich, also 7 MS, lebten in einem geräumigen Haus, luxuriös eingerichtet mit allem, was wir brauchten und auch mit Dingen die wir nicht brauchten. Wir hatten im Haus ein Studio, Trainingsräume zum Tanzen und Singen und natürlich auch Wohnungen, in denen wir zu zweit oder zu dritt wohnten“, erzählte Dennis schließlich weiter, wobei er immer weniger stockte, je mehr er erzählt hatte.

„Der Wechsel der Wohnung war eigentlich nicht vorgesehen... also nichts gegen euch oder so, keineswegs!!!“ beteuerte er schnell, als er merkte, dass es auch beleidigend aufgefasst werden konnte. „Aber ... Es gab einen äußerst... unangenehmen Zwischenfall. Ein Verrückter hat einen Brandbombenanschlag verübt. Wir können vom Glück reden, dass niemand getötet wurde. Eines der Mitglieder von FiveStars - Kollegen von uns, die unter demselben Entertainment arbeiten - ist knapp mit dem Leben davon gekommen.“ Wie vom Donner gerührt saßen seine Zuhörerinnen da. Natürlich, in den Medien hatten sie von einem Anschlag dieser Art gehört, hätten es aber niemals mit Dennis oder 7 MS in Verbindung gebracht. Der Täter sollte angeblich ebenfalls bei dem Entertainment angestellt gewesen sein. Da sich seine Platten allerdings nicht sonderlich gut verkauft hatten, war sein Vertrag gekündigt worden. So lautete zumindest die offizielle Version. Aber irgendwie wirkte dieses Eifersuchtsthema beinahe kitschig. Es kam in gefühlt jedem zweiten Krimi als Motiv vor und in beinahe jedem wurde es angesprochen. Dadurch wirkte es im realen Leben fast schon wieder unreal. Doch Maria unterbrach hier ihre Gedanken. Was sollte das? Sie war doch nicht Sherlock Holmes und die Polizei würde es wohl wissen! Aber dennoch, das war ein interessanter Stoff für eine Geschichte! Vielleicht konnte sie was daraus basteln!

Was genau dann, nach der Kündigung seines Vertrages aus dem erfolglosen Sänger geworden war, darüber waren sich die herumschwirrenden Gerüchte uneins. Von Drogen- und Spielsucht, bis zu einem Leben auf der Straße war alles zu hören gewesen. Daher hatte die Polizei in den Medien vermutet, dass es sich um einen Racheakt seinerseits am Entertainment gehandelt haben musste. Das Gerichtsverfahren würde aber erst in näherer Zukunft starten und möglicherweise neue Fakten ans Tageslicht fördern. Die Bilanz jedoch der Verletzten war jedoch schon klar, gerade was auch 7MS anging.

„Von uns wurde glücklicherweise nur Markus, unser jüngstes Mitglied, leicht verletzt, wir anderen waren noch außer Haus…“ An dieser Stelle brach er ab. Er atmete tief ein und aus, um sich zu sammeln.

„Naja, jetzt wisst ihr, warum ich hier bei euch sitzen darf!“ Etwas nervös lachte er und rieb sich leicht verlegen den Nacken.

„Heißt das, die anderen Mitglieder von 7 MS ziehen auch in dieses Haus?“ fragte Lexi, die spontan diesen Einfall hatte, neugierig. Allerdings zuckte der Gefragte nur mit den Schultern. Noch sei nichts entschieden, meinte er. Derzeit seien die meisten ohnehin bei ihren Eltern zu Hause zu Besuch.

Damit hatte er nicht ganz Recht, doch das wusste er zu diesem Zeitpunkt noch nicht. Das Entertainment hatte im Moment andere Probleme, als allen seinen Musikern immer die neuesten Informationen zukommen zu lassen.

Der Rest der Ferien verlief wie im Flug und Dennis verstand sich inzwischen prächtig mit seinen Mitbewohnerinnen, die langsam etwas wie Freundinnen für ihn wurden. Auch mit der Nachbarin Hannah, mit der er sich auf freundlicher Basis unterhielt, verstand er sich zunehmend besser.

Ebenso unaufhaltsam wie das Ferienende, rückte der Beginn der nächsten und letzten Etappe des Studiensemesters näher: Die Prüfungswochen. Lexi musste wieder zur Arbeit, denn wie Maria auch hatte sie einen Nebenjob. Passend zu ihrem Studium – Pferdewissenschaften – hatte sie eine geringfügige Anstellung in einem Rennstall etwas außerhalb der Stadt.

Maria arbeitete sich wieder in ihr Studium ein und auch ihr Urlaub vom Nebenjob war zu Ende, kurz vor Ende der Ferien. Dennis verschanzte sich teilweise in seinem Zimmer, oder sah Maria beim Lernen interessiert über die Schulter. Allerdings war sie überrascht, wie oft er das Essen vorbereitete.

„Nachdem ich im Moment am Wenigsten am Hals habe, kann ich das doch machen“, lautete seine Lieblingsversion einer Erklärung, die mit einem charmanten Lächeln inzwischen perfekt einstudiert war.

Natürlich waren Maria und vor allem Lexi, die häufig spät am Abend erst von der Arbeit nach Hause kam, ihrem neuen Freund überaus dankbar, dass er ihnen unter die Arme griff. Dadurch konnten sie sich mehr auf ihre Arbeit, beziehungsweise das Studium, konzentrieren. An dieser Stelle sei erwähnt, dass er bereits sein Master-Studium in Musik und Saxophon abgeschlossen und aufgrund der jüngsten Vorkommnisse einstweilen „Betriebsurlaub“ hatte.

Kapitel 4: Neues Jahr, neues Glück (oder so)

Über die Ferien waren Marias Knöchel und Schulter vorzüglich verheilt und sowohl sie als auch Lexi hatten in dieser Zeit den jungen Mann gänzlich als Freund ins Herz geschlossen. Nun jedoch begann der Stress an der Universität erneut für die jungen Frauen und beide kamen, häufig erst spät abends nach Hause. Dennis verschaffte sich noch ein wenig extra Respekt und Dankbarkeit von seinen Mitbewohnerinnen, da er fortführte, was er in den Ferien begonnen hatte. Nach wie vor übernahm er den Einkauf und hielt die Wohnung zum Großteil alleine in Schuss. Wenn sie meinten, er brauche nicht alles alleine zu machen bestand er darauf, dass er im Moment derjenige sei, der am Wenigsten zu tun hatte und somit sich so ein wenig nützlich machen könne.

„Sonst werde ich noch dick und rund wie ein Ball, wenn ich ständig auf der Couch sitze, weil ich sonst nichts zu tun habe. Außerdem müsst ihr beiden dann weniger Arbeit unter euch aufteilen“, wehrte er lachend einen weiteren Versuch der beiden Frauen ab, die meinten, er solle ihnen auch einmal etwas Arbeit in der Wohnung übriglassen. „Kochen müsst ihr, aber den Rest mach ich schon.“ Damit war das Thema wieder für eine Weile vom Tisch.

Wie jeden Morgen verließen Maria und Lexi gemeinsam das Haus und trennten sich in der U-Bahn-Station. Maria fuhr zur Universität von Aquila, die ziemlich im Zentrum der Stadt lag. Lexi hingegen musste in die entgegengesetzte Richtung, aus Aquila hinaus fahren, um zu dem Rennstall, in dem sie arbeitete, zu gelangen. Eine kurze Umarmung, ein paar Abschiedsworte und die Lautsprecher und das Rattern der Bahnen auf den Gleisen übertönten jegliches weitere Wort. Schon hatten sie einander aus dem Blick verloren, als beide Bahnen an Fahrt aufnahmen und die zwei Freundinnen mit sich davontrugen.

Maria betrat das Hauptgebäude der Universität und setzte sich, extrem motiviert, in den Hörsaal um der ersten Vorlesung des Jahres 2010 zu lauschen. Leider war diese so langweilig, dass sich ihre Motivation rasend schnell erschöpfte und sie sich zusammennehmen musste, um nicht einzuschlafen.

Während sich Maria im Hörsaal zu Tode langweilte, begrüßte Lexi freudig ihre beste tierische Freundin: ihre Rennstute Aphrodite. Diese erwiderte die Begrüßung mit einem donnernden Wiehern, das ihrer Besitzerin ein Grinsen entlockte. Schnell führte sie die Stute, die schon vor

Aufregung unruhig tänzelte, zum Putzplatz, wo sie sogleich ordentlich gebürstet wurde. Anschließend wurden ihre Hufe ausgekratzt und schlussendlich landeten der Sattel auf ihrem Rücken und das Zaumzeug auf ihrem Kopf. Dann führte Lexi Aphrodite zum Trainingsplatz, wo sie mit ihr zuerst ein paar Bodenübungen zum Aufwärmen machte. Schließlich schwang sie sich mit formvollendeter Eleganz in den Sattel und ritt zum Rennplatz. Ihre Eltern hatten geholfen das Pferd zu finanzieren, doch Lexi kümmerte sich allein um den Vierbeiner. Wie jedes Mal, wenn sie das Pferd betrachtete, merkte sie, wie stolz sie auf die Stute war. Aphrodite war gerade vier Jahre alt geworden und auf dem besten Weg eines der besten Rennpferde aller Zeiten zu werden!

Dennis summte währenddessen ein Lied vor sich hin, als er gerade den Frühstückstisch abräumte und alles an seinem angestammten Platz verstaute. Anschließend wusch er die Teller und das benützte Besteck ab. Als er damit fertig war, wollte er gerade in sein Zimmer verschwinden, als er an Marias Bitte dachte, ein paar Kleinigkeiten einzukaufen. Das hatte er gestern schon vergessen und wollte heute nicht schon wieder dasselbe Versehen beichten müssen. Also suchte er nach der Einkaufsliste, die ihm die junge Frau versprochen hatte, und fand sie einfach nicht. Seine Suche führte ihn schließlich auch in den Vorraum. Soeben erblickte er die Einkaufsliste, die seine Mitbewohnerin mit bemüht schöner Handschrift verfasst hatte, als es an der Tür klopfte.

Er zog die Hand, die er ausgestreckt hatte um die Liste zu nehmen, zurück und blickte zu der hölzernen Wohnungstür. Wer mochte um diese Zeit wohl etwas von ihm wollen? Hannah hatte Vorlesungen, soweit er wusste, und seine Mitbewohnerinnen hatten erstens einen Schlüssel, mussten folglich also nicht klopfen, und würden zweitens nicht um diese Zeit bereits zurück sein. Langsam machte er ein paar Schritte, um die restliche Distanz zur Tür zu überbrücken, als es an der Tür merkwürdig zu scharren begann. Trotz des grausam knirschenden Geräusches drehte er den Wohnungsschlüssel im Schloss um und öffnete. Die Einkaufsliste lag mutterseelen allein und von aller Welt vergessen im Vorraum.

Niemand nahm sich ihrer mehr an.

„Oh Mann! Die Vorlesung war ja mal der reinste Horror!" jammerte Maria und streckte sich um die Müdigkeit und Steifheit aus ihren Knochen zu vertreiben. Langsam verließen die anderen Studenten den Raum und mit einem Mal wurde Maria etwas unwohl zumute. Sie fühlte sich beobachtet, konnte aber niemanden ausmachen, der sie mit seinem Blick fixieren würde.

Komisch… das Gefühl hatte ich schon mal… kurz darauf wurde ich beinahe überfahren… schnell verbot sich die junge Frau jeden weiteren Gedanken daran. Das war Aberglaube, oder? Zumindest würde es wohl Zufall gewesen sein. Ein extrem gefährlicher Zufall zwar, aber immerhin Zufall! Keine Vorherbestimmung, kein Schicksal oder sonst in irgendeiner Weise Esoterisches. Sie warf einen Blick auf ihren heutigen Plan und sah, dass sie eine Vorlesung in Softwareentwicklung Vertiefung hatte. Irgendwelches theoretisches Wissen dazu und dann eine Arbeit darüber schreiben. Diese hatte sie bereits so gut wie fertig. Sie musste nur noch einmal Korrekturlesen und konnte abgeben. Dann wartete noch eine Klausur am Ende des Semesters, wenn sie sich richtig erinnerte. Hoffentlich würde diese Vorlesung eine Spur interessanter werden, als die letzte. Sonst würde sie wohl heute noch so richtig aggressiv werden!

Da Maria noch etwa 30 Minuten Zeit hatte schlenderte sie gemütlich zum Hörsaal und da dieser unbesetzt war, konnte sie sich gleich einen guten Platz schnappen. Um sich die Zeit zu vertreiben zeichnete sie ein wenig auf einem leeren Blatt Papier. Ihre Zeichnungen bekamen nur wenige zu Gesicht. Meist waren es auch keine Meisterwerke, sondern irgendwelche Karikaturen oder Kritzeleien. Langsam tröpfelten einige andere Studenten in den Hörsaal und der allgemeine Geräuschpegel nahm stetig zu, was ihr zunehmend auf die Nerven ging. Sie konzentrierte sich umso mehr auf die

Zeichnung und blendete den nervtötenden Hintergrundlärm aus. Zumindest versuchte sie das, bis sie plötzlich an der Schulter angetippt wurde. Sie blickte auf und sah in ein Gesicht, das von einem strahlenden Lächeln geziert wurde.

„Welch ein Zufall aber auch!“ meinte Gregor, ein Studienkollege von ihr, mit dem sie sich ganz gut verstand. Sie hatten auch schon einige Gruppenarbeiten gemeinsam verfasst. Er war im selben Semester wie sie und würde ebenfalls bald mit dem Bachelor abschließen.

„Ich wusste gar nicht, dass wir dieselbe Vorlesung besuchen“, erwiderte Maria und auch auf ihrem Gesicht breitete sich ein Lächeln aus.

„Hab ich meist einfach gespritzt – unfreiwillig natürlich!“, meinte er leichthin. „Ich hab das alles schon mal gehört und hatte eine Überschneidung mit einem Kurs, der mir irgendwie wichtiger war, als das hier.“

Er ließ sich grinsend auf den Sitz neben der jungen Frau fallen und packte ein paar Sachen auf den kleinen Tisch vor ihm: Eine Federschachtel und einen Block. Dann fiel sein Blick auf ihre Zeichnung: „Was ist das?“

„Nichts“, meinte sie und versuchte hastig ihr Werk zu verstecken. Meistens schaffte sie das auch, doch heute war er ausnahmsweise schneller als sie. Mit einer flinken Bewegung schnappte er ihr das Bild vor der Nase weg. Mit einer Hand hielt er das Bild und betrachtete es ausgiebig, während er mit der anderen Hand versuchte, Maria in Schach zu halten, die ihre Zeichnung zurückhaben wollte.

„Warum darf ich das nicht sehen?“

„Weil es blöd aussieht…“, schmollte sie. Er zog eine Augenbraue nach oben.

„Sonst geht’s dir gut, ja? Sehr schön“, meinte er sarkastisch ehe er fortfuhr: „Das Bild ist echt toll! Du könntest Mangaka[1] werden!“ Mit begeistert leuchtenden Augen blickte er sie an, gespannt auf ihre Reaktion. Zweifelnd sah sie ihn an, als er ihr auch schon das Bild zurückgab. Just in diesem Augenblick kam der Professor und begann seinen langweiligen Monolog. Glücklicherweise war sie nicht alleine und spielte mit Gregor ein paar kleine Spiele wie TicTacToe. Die beiden gewannen in etwa gleich oft und der Verlierer wollte jedes Mal eine Revanche. Damit zog sich das Spiel die ganze Vorlesung hindurch.

Lexi jagte unterdessen mit ihrem Pferd nur so über die Rennbahn und ließ sämtliche anderen Pferde, die ebenfalls dort trainierten um viele Pferdelängen zurück. Sie hängten die Konkurrenten regelrecht ab. Beide, Lexi und ihre Stute, bildeten eine vollkommene Einheit. Beide erfreuten sich an den Gefühlen der Geschwindigkeit, der Freiheit, der

---

[1] Mangaka: Bezeichnung für ZeichnerInnen von Manga (japanischen Comics in Schwarz-Weiß)

Leichtigkeit, die sie durchfuhren wie wunderbar warme Wellen puren Glücks. Sie wusste, dieses Gefühl war unbeschreiblich. Es musste erlebt werden. So etwas konnte nicht erzählt werden. Bald waren beide außer Atem und restlos erschöpft, jedoch unsagbar fröhlich. Lexi saß ab und führte ihren vierbeinigen Liebling wieder zum Putzplatz um die Stute von Sattel und Zaumzeug zu befreien.

„Braves Mädchen! Du bist heute fabelhaft gelaufen, weißt du das?“ lobte sie das Pferd mit sanfter, ruhiger Stimme. Mit einem Mal jedoch ließ sich Aphrodite Lexis gutgemeinte Streicheleinheiten nicht mehr gefallen und begann wie rasend zu beißen und um sich zu schlagen. Glücklicherweise war die junge Stute angebunden und die geschockte Lexi konnte sich in letzter Sekunde in Sicherheit bringen, ehe sie die scharfen Zähne und steinharten Hufe zu spüren bekam. Ungläubig starrte sie auf das Pferd, das sich plötzlich wie toll gebärdete.

„Was ist denn mit dir, Aphrodite?“ fragte Lexi verständnislos. Sie stand unter Schock und gleichzeitig in höchster Alarmbereitschaft. Verwirrt blickte sie sich um, konnte jedoch nichts entdecken, das das Pferd so erschreckt haben könnte.

„Sie mag offenbar keine Fremden“, antwortete eine melodische männliche Stimme in ihrem Rücken. Erschrocken wirbelte die junge Frau herum und starrte dem Unbekannten ins Gesicht. Oder zumindest den Teil, der davon zu sehen war. Er hatte einen Schal vor Nase und Mund gelegt und trug eine

Mütze, die er tief in die Stirn gezogen hatte. Kein Wunder bei dem kalten Wetter. Seltsamerweise trug er aber auch noch Sonnenbrillen, obwohl der Himmel dick mit einer Schicht aus grauen Wolken bedeckt war. Komischer Kauz! Doch irgendetwas an ihm ließ eisige Schauer über ihren Rücken laufen. Ein kleiner Schweißtropfen bildete sich an ihrer Schläfe. Sie fürchtete sich instinktiv vor dem Fremden. Ob Aphrodite deshalb beinahe durchdrehte? Sie nahm all ihren Mut zusammen und schluckte den Kloß in ihrem Hals hinunter.

„K-kann ich Ihnen helfen?“ fragte sie mit leicht zitternder Stimme und verfluchte sich selbst für ihre Unsicherheit. Was sollte das? Normalerweise war sie nicht auf den Mund gefallen! Nein, für gewöhnlich konnte sie ordentlich austeilen! Aber irgendwas an diesem Jemand war anders. Und sicher nicht zum Besten. Langsam wich sie in Richtung ihrer Stute zurück.

„Ja, kannst du das?“ fragte sich der Mann selbst, seine Stimme klang sanft, fast einschmeichelnd. Der Unterton jedoch war kalt. Eiskalt. Vielleicht berechnend?

„Also: Was meinst du mit helfen?“ sagte er. Allerdings wartete er nicht auf eine Antwort: „Ah! Ein wunderbares Wort… helfen… so viele Interpretationsmöglichkeiten… wirklich… wunderbar…“ Lexi bekam es wirklich mit der Angst zu tun. Der Typ hatte wohl nicht mehr alle Tassen im Schrank! Wie von selbst schossen ihr die Berichte von dem Mörder ausgerechnet in diesem Augenblick durch den Kopf. Konnte er…? Nein. Doch nicht am hellichten Tag, oder? Sie war doch auch nicht alleine, oder? Nun, da sie hinhörte, konnte sie weder Schritte noch Stimmen wahrnehmen. Ungewöhnlich eigentlich. Dazu war der Stall zu groß. Es war ja sonst immer auch eine Menge Menschen da, die sich mit den Pferden beschäftigten oder einfach bei den Tieren abhängen wollten. Oder wenigstens das Stampfen oder Schnauben eines Pferdes sollte zu hören sein! Doch es schien, als hätte sie Watte in den Ohren. Keines der vertrauten Geräusche drang an ihr Ohr. Lediglich samtene Stille.

Lass den Quatsch… jetzt wirst du echt schon verrückt!… tadelte sie sich. Hinter ihr raste Aphrodite. Allerdings richtete sich die Aggression nicht gegen ihre Besitzerin. Vielmehr versuchte sie, sich vor diese zu stellen. Diese Bemühungen wurden aber vom Strick, an dem sie noch immer festgebunden war, verhindert.

„Schon gut, Mädchen…“flüsterte Lexi und tätschelte behutsam die Nüstern ihrer geliebten Stute. Beruhigend streichelte sie die weiche Nase und ließ dabei den seltsamen Mann nicht aus den Augen.

Aphrodite wurde tatsächlich ruhiger und funkelte den Fremden nur noch aus ihren schwarzen Augen an. Dann drehte dieser sich um und verschwand ebenso lautlos, wie er gekommen war. Mit einem Mal konnte sie wieder frei atmen und begann langsam wieder in die Realität zurück zu kehren. Ganz wie nach dem Aufwachen aus einem schrecklichen Albtraum. Lexi merkte, dass sie zitterte wie Espenlaub. Langsam lehnte sie sich an die Wand und ließ sich daran zu Boden sinken. Wie hypnotisiert starrte sie vor sich auf den Boden. Erst nach einer Weile bemerkte sie, dass ihre Stute sie ständig mit dem Kopf anstieß und sie aus ihrer Trance reißen wollte. Was für ein liebevolles, fürsorgliches Pferd sie doch war! Dankbar hob Lexi die Hand und streichelte die Stute, die ihr sogleich mit Luft aus ihren Nüstern die Haare verwuschelte.

Endlich schaffte Lexi es, sich mit zittrigen Knien zu erheben. Gerade rechtzeitig um unangenehmen Fragen ausweichen zu können, denn soeben kam die Besitzerin des Pferdestalls um die Ecke gebogen.

„Ah! Hier bist du, Lexi! Ich wollte dir sagen wie fabelhaft du heute geritten bist! Verzeih bitte, dass es erst so spät kommt, aber ich hatte noch einige unaufschiebbare Dinge zu erledigen. Aber wirklich, wunderbar! Ich freue mich schon auf das erste Rennen! Ihr seid beide in Topform. Das wird ein wahres Erlebnis werden! Ein Rennen, an das wir uns noch lange erinnern werden!“, schwärmte sie. Lexi konnte sich gerade noch mit ein paar gestammelten Worten für das Kompliment bedanken, ehe die Besitzerin des Stalls schon wieder von dannen zog. Schnell machte sie, dass sie Aphrodite in ihrer Box einschloss und nach Hause kam. Sie kam jedoch nicht umhin, sich immer wieder gehetzt umzublicken. Sie fühlte sich überhaupt nicht wohl in ihrer Haut. Die ganze Zeit über fühlte sie sich beobachtet.

Da Maria und Gregor heute zufällig gleichzeitig eine Vorlesung gehabt hatten und keiner noch etwas anderes zu tun hatte, beschlossen sie gemeinsam nach Hause zu gehen. Vorher aber holten sie noch Hannah ab, die heute nur auf die Uni gekommen war, um ein wenig in der Bibliothek nach zu forschen. Sie musste eine Arbeit verfassen über bedeutende Künstler der Renaissance und die Bedeutung der Farben und Farbkombinationen in ihren Gemälden.

„Da seid ihr ja endlich, ich wollte schon ohne euch losgehen", begrüßte sie den jungen Mann und ihre Freundin. Allerdings zwinkerte sie und grinste, was den anderen beiden signalisierte, dass sie es nicht ganz so ernst meinte, wie es klang. Gregor begleitete die beiden noch bis zur U-Bahn Station, denn er musste in die andere Richtung fahren. Somit trennten sich die beiden Frauen von dem Studenten.

„Na? Meinst du, das wird noch was mit euch beiden?", begann Hannah und grinste dabei vielsagend. Sie stieß Maria neckend den Ellenbogen in die Seite.

„Was soll denn da werden? Er hat eine Freundin", fragte Maria mit hochgezogenen Augenbrauen zurück.

„Aaach, das heißt doch nichts!", entgegnete Hannah lächelnd.

„Naja, ich seh ihn auch nur als Studienkollegen und nicht mehr. Also nein, Hannah“, erwiderte Maria. „Aber du kannst gern dein Glück versuchen, wenn du ihn so interessant findest“, schoss sie dann neckend zurück. Hannah grinste nur als Antwort, schwieg allerdings und behielt ihre Gedanken ausnahmsweise für sich.

Zusammen fuhren die beiden Freundinnen mit der U-Bahn zurück in die Straße, in deren Nebenstraße sie praktischerweise wohnten. Gemeinsam traten sie durch die Haustür und hörten ein unbekanntes Summen, ganz so, als wären viele Menschen auf engstem Raum. Das war aber ungewöhnlich! Die beiden Studentinnen blickten sich an, zuckten fast wie auf Kommando die Schultern und erklommen gemeinsam die Stufen in den dritten Stock. An der Wohnungstür, neben der ein Schild hing, das „3.8“ anzeigte, trennte sich Maria von ihrer Freundin.

„Na dann, bis morgen, Hannah. Passt 8 Uhr?“, verabschiedete sie sich und wartete kurz die Antwort ab. Hannah nickte und winkte Maria zum Abschied, ehe sie in ihrer Wohnung verschwand. Dann schloss sie die Wohnungstür mit ihrem Schlüssel auf und betrat ihre eigene Wohnung.

Auf den ersten Blick schien alles ganz normal. Schnell entledigte sie sich ihrer Schuhe und ihres wärmenden Mantels und sah sogleich die Einkaufsliste, die unberührt dalag. Hatte Dennis etwa schon wieder vergessen, dass er ihr versprochen hatte einkaufen zu gehen?! Dabei war doch die Milch ausgegangen!

„DENNIS!“ rief Maria mit einem leicht ungeduldigen Unterton. Sie wusste, dass ihr das eigentlich nicht zustand, aber wenn er etwas versprochen hatte, sollte er es gefälligst auch halten! Darum rief sie ungewöhnlich laut durch die Wohnung. Die Nachbarn würden vielleicht etwas seltsam gucken, aber Hannah kannte Marias zeitweilig hervorbrechendes Temperament. Im Endeffekt war das aber auch egal, denn keine Menschenseele antwortete ihr. Etwas unsicher tastete sie sich in ihrer eigenen Wohnung vor. Normalerweise war er um diese Zeit zu Hause?! Außerdem... Warum fiel ihr das eigentlich erst jetzt auf? Da waren doch Stimmen zu hören! Wie konnte sie bloß so unaufmerksam sein?! Jetzt hörte man auch leises Gelächter. Wer um Himmels Willen war denn in der Wohnung?! Lexi konnte noch nicht zurück sein und das hörte sich nebenbei auch sehr nach Männergelächter an. Ob das wohl Freunde von Dennis waren, die da zu Besuch waren? Vielleicht sogar seine Bandkollegen? Mit diesem Gedanken im Kopf, begann ihr Herz plötzlich vor Aufregung schneller zu schlagen. Sie atmete einmal tief durch, als sie vor der Wohnzimmertür stand und wollte gerade die Klinke hinunter drücken, als Dennis die Tür aufriss.

„Du hast gerufen, Maria?“ fragte er und grinste frech. Was sollte dieses dämliche Grinsen bitte?

„Hab ich auch Dennis… du hast versp-…“ An dieser Stelle brach sie ab. Hatte sie nicht alle Latten am Zaun oder standen da in ihrem Wohnzimmer Andreas und Joshua?! Beide der äußerst gut aussehenden Männer waren Mitglieder von 7MS. Sie fixierte die Mitglieder von Dennis' Band, als die Männer sie erblickten und auf sie zukamen. Joshua und Andreas blickten einander kurz grinsend an.

„Alter vor Schönheit, Josh“, meinte Andreas grinsend und deutete mit einer übertriebenen Verbeugung an, der Andere möge Maria zuerst begrüßen. Joshua boxte den Jüngeren in die Schulter: „Beim Faktor ‚Schönheit‘ kannst du mir nicht mal ansatzweise das Wasser reichen, du kleiner Bengel“, konterte der offenbar Ältere und zerwuschelte Andreas mit einem breiten Grinsen die Haare.

Maria beobachtete die beiden Stars etwas skeptisch. Die Stimme kam ihr irgendwie bekannt vor. Nicht nur vom Fernsehen oder vom Internet, sondern… Es war beinahe, als ob sie die Stimme bereits im echten Leben einmal gehört hatte. Aber das war doch eigentlich unmöglich, oder? Daran müsste sie sich doch eigentlich erinnern?

Schließlich kam Joshua auf sie zu und stellte sich vor: „Hallo, Maria! Gestatten? Mein Name ist Joshua Bright, aber gewöhnlich werde ich Josh genannt. Geboren in England, im Alter von einem Jahr nach Österreich gekommen. Darum habe ich einen englischen Namen und spreche hervorragend

Deutsch. Haben Sie sonst noch irgendwelche Fragen zu meiner außergewöhnlichen Person?", überrumpelte er Maria, indem er sie mit einem regelrechten Wasserfall an Worten überschüttete. Dann fügte er noch hinzu: "Ach ja, hätte ich beinahe vergessen: Dennis hat mir Ihren Namen verraten." Denn sie hatte ihn mit fragender Miene bedacht und schon erhellte sich diese in Verständnis. Daher wehte also der Wind.

„Sehr erfreut, Joshua, aber bitte sagen Sie du zu mir", bot Maria ihm grinsend an und sogleich, tat er selbiges. Also war sie schon mit zwei Stars der hiesigen Musikszene per du. *Das schafft wohl auch nicht jeder*, dachte sie belustigt.

„Tja, dann beginne ich gleich mit dem Du... Ich heiße Huber Andreas, aber nenn mich bitte einfach Andi."

„Freut mich, Andi", erwiderte sie höflich, aber mit einem freundlichen Lächeln. Dann ergriff Dennis wieder das Wort: "Sie werden bei uns hier einziehen. Es sind ja noch immer zwei Zimmer frei!"

"Ah, echt? Na dann: Willkommen in unserer WG!", meinte sie mit einem unsicheren Lächeln. Das war im Moment, wenn sie ehrlich war, alles ein wenig zu viel für sie auf einmal. Also, wie heiß die Devise? Immer schön lächeln und winken! Das half schließlich immer!

„Dennis hat uns erzählt, dass du Kampfsport machst", begann Josh, ehe Andi mit einem: „Taekwondo, um genau zu sein", fortfuhr. Sie nickte und warf Dennis einen strafenden Blick zu den er mit einem, nicht ganz gelungenen, Dackelblick zu quittieren versuchte.

„Ist echt cool! Wir beide haben auch den Taekwondo Kurs an der Uni belegt“, plauderte Joshua munter weiter.

„He, he, du verschreckst sie ja noch mit deiner Quasselei…“, unterbrach ihn Andi, als plötzlich aus der Wohnung nebenan ein spitzer, panischer Schrei zu hören war.

„Hannah!“ rief Maria alarmiert. Die jungen Männer sahen sich unsicher an, folgten ihr aber sogleich, als diese aus der Wohnung hetzte und zur Wohnungstür nebenan sprintete.

„Hannah, alles in Ordnung?“ fragte Maria, als sie in die Wohnung trat, deren Tür offen stand. Hannah nickte gerade als Konstantin, ein weiteres Mitglied von 7 Mortal Sins, mit weit ausgebreiteten Armen die überraschte junge Frau umarmte. Nun verwandelte sich Hannahs Gesicht in eine verdutzte Miene und die drei Männer, die hinter Maria in der Vorhalle standen, prusteten los. Hannahs Wangen färbten sich ein wenig rosa und sie fragte Konstantin irritiert: „Ähm... Entschuldigung, aber... Kennen wir uns?“

„Nein“, antwortete dieser keck und grinste. „Nun ja, jetzt schon, aber bis eben… nein.“ Hannah sah ihn aus kugelrunden Augen an. So etwas war ihr echt noch nie passiert!

„Cutie-Alarm“ rief Konstantin grinsend und die Wangen der armen Hannah wurde noch heißer. Maria trat zu ihrer Freundin und umarmte sie grinsend.

„Aaah~, noch ein Mädchen“, meinte Konstantin grinsend. Irgendwie war er unheimlich. Allerdings sah er aus wie eine Mangafigur, die gerade Herzchenaugen bekam und wo sich im Anime gleichzeitig der Hintergrund rosa färbte.

„Richtig, Maria mein Name“, stellte sie sich vor, ohne eine besondere Miene, abgesehen von einem unsicheren, kleinen Lächeln, zu verziehen. Schon wollte der umarmungswütige Konstantin auch Maria auf diese Weise begrüßen, wurde jedoch von Josh davon abgehalten, der sich schützend vor seine Mitbewohnerin stellte.

„Nichts da, Maria ist in unserer Wohnung, also Finger weg, Konstilein“, grinste Josh. Konstantin zog einen Schmollmund und Maria blickte etwas verblüfft zu Josh auf. *Finger weg? Was geht denn hier ab?* Sie zog eine Augenbraue hoch. Dann stellten sich auch die beiden anderen neuen Mitbewohner von Hannah vor, allerdings etwas normaler, als Konstantin und bei Weitem mehr auf die Etikette achtend. So lernte Maria neben Konstantin auch noch Simon kennen, sowie Markus - das jüngste Mitglied der Band - und Alexander.

Dieser ergriff sogleich das Wort und meinte: "Wir werden hier in eurer Nachbarwohnung einziehen." Während sich Alexander und Maria einander vorstellten, schlich Konstantin auf Zehenspitzen heran, um doch noch sein abartiges Ziel, alle Frauen zu umarmen, zu erreichen.

„Das würde ich an deiner Stelle lassen, Konsti…“, meldete sich Andi mit einem Mal grinsend zu Wort.

„Ich hab keine Angst vor dir oder Josh, nur weil ihr Kampfsport macht“, schoss der Ertappte wagemutig zurück. Dabei schmollte er, da er es nicht geschafft hatte, seine Absichten zu verheimlichen.

„Ich rede auch nicht von uns beiden, sondern von IHR, du kluger Junge.“ Andi schüttelte lachend den Kopf. Konstantin sah ihn verdutzt an.

„Sie ist auch eine Kampfsportlerin…“, erklärte Andi selbstzufrieden grinsend. Bedauernd überlegte sich Konstantin für dieses Mal, Maria in Ruhe zu lassen. Kampfsportlerinnen einfach so zu überraschen schien ihm doch etwas zu gewagt. Vor allem, wenn er nicht wusste, wie schnell sie zur Verwendung der schmerzhaften Abwehrtechniken überging. Wenn sie dies nur halb so schnell machte wie Andi oder Josh, würde er eindeutig den Kürzeren ziehen und garantiert nicht ohne Blessuren davon kommen.

„Du machst auch Kampfsport?“ fragte Alexander, der seine Bandkollegen belauscht hatte, woraufhin Maria nickte.

„Taekwondo?“ Wieder nickte sie nur. Ihrer Stimme traute sie lieber nicht.

„Echt? Ich auch!“ Damit streckte er ihr die Hand hin und schüttelte sie mit breitem Grinsen, als sie die Hand unsicher lächelnd ergriff. Das war einfach ein wenig zu viel Action auf einmal für sie. Zu viele neue Gesichter. Nun gut, die Gesichter kannte sie natürlich, schließlich hatte sie 7MS sehr genau recherchiert. Dennoch, sie alle hier vor sich zu sehen, war dann doch etwas viel für sie. Bald darauf verabschiedeten sich Maria und ihre drei Mitbewohner und kehrten in ihre gemeinsame Wohnung zurück.

„Welche PC-Spiele, spielst du am Liebsten?“, fragte Josh die junge Frau aus heiterem Himmel.

„Ähm, Elder Scrolls?“

„Cool! Ich auch!“ Und schon begannen die beiden sich ausführlich darüber zu unterhalten und vergaßen dabei alles um sich herum. Dadurch bemerkten sie nicht, dass sich Andi zu ihnen gesellte.

„Naaa, Josh? Hast du schon wieder eine neue Freundin gefunden?“ stellte er grinsend die Frage, die ihm schon eine Weile auf der Zunge lag. Spätestens, seit Josh sie gegen Konstantin verteidigt hatte. Maria und Josh sahen einander verdutzt an. Sie schüttelte den Kopf, während Josh antwortete: „Nicht so schnell, Andi! Aber was nicht ist kann ja noch werden.“ Dabei zwinkerte er seinem besten Freund zu. Marias Blick fiel durch Zufall auf die Uhr. 21 Uhr. Spät abends, es war Winter und noch immer fehlte eine Mitbewohnerin. Sie rief auch Dennis ins Wohnzimmer:

„Ähm, weiß einer von euch, wo Lexi steckt?“

Kapitel 5: Blitze im Dunkeln

Lexi hastete zur U-Bahn Station, die dem Reitstall am nächsten lag und von wo aus sie täglich nach Hause fuhr. Dieses Mal hatte sie kein munteres Lied auf den Lippen. Zu tief saß der Schock noch in ihren Gliedern. Sie konnte sich nicht einmal mehr an ein fröhliches Lied erinnern. Sie blickte weder nach links, noch nach rechts, sondern ausschließlich geradeaus. Endlich! Da war sie, die rettende U-Bahn Station! Klar, es war einsam hier, denn um diese Zeit fuhr, vor allem im Winter, niemand mehr von hier aus mit der U-Bahn. Aber hier war alles hell beleuchtet und es gab keine finsteren Ecken oder Nischen, die es Bösewichten erlauben würden sich zu verstecken. Trotzdem blickte sie sicherheitshalber um sich und fand wieder bestätigt, dass es keinerlei Verstecke im näheren Umfeld gab.

Ungeduld durchdrang sie und sie hätte den Lokführer am Liebsten umarmt, als er endlich in die Station einfuhr und sie mit ins Zentrum von Aquila nahm. Je eher sie nach Hause kam, umso besser war es für sie! Sie setzte sich auf einen der freien Plätze und starrte die dunklen Tunnelwände an, die schnell am Fenster vorüber rauschten. Außer ihr saßen noch ein paar weitere Nachtschwärmer in der Bahn, doch Lexi schenkte ihnen keine weitere Beachtung. Stattdessen ließ sie lieber ihre Gedanken schweifen und analysierte die seltsame

Begegnung von vorhin noch einmal sehr genau. Langsam jedoch begannen die Gedanken träger zu fließen und sie musste sich zusammen nehmen um nicht einfach an Ort und Stelle einzuschlafen.

Nicht nur das anstrengende Training, sondern auch diese haarsträubende Begegnung hatten sie restlos ausgelaugt. Die junge Frau war sicher keine von jenen, die mit schwachen Nerven zu kämpfen hatte, doch manches überforderte selbst die Tapfersten. Schließlich informierte die Computerstimme sie, dass ihre Station, an der sie aussteigen musste, die nächste war. Dann nur noch eine Straße entlang, um eine Ecke, ein kurzes Stück und...

Die Schiebetüren vor Lexis Nase öffneten sich und sie trat hinaus in die kalte U-Bahn Station. Schnell rannte sie die Treppen regelrecht nach oben und musste am oberen Treppenabsatz kurz verschnaufen. Nein, das hatte ihr nun wahrlich nichts gebracht! Sie versuchte sich zu beruhigen. Einmal tief durchatmen! Dann ging sie hinaus ins Halbdunkel der Straße. Ihr Versprechen, dass sie ihren Mitbewohnern gegeben hatte, hatte sie schlichtweg vergessen. Normalerweise rief sie an, wenn sie später nach Hause kam, doch heute war alles irgendwie aus den Fugen geraten. Alles war irgendwie... anders.

Und tatsächlich... seit wann stand an der Ecke ein runder Mistkübel aus Metall? Normalerweise befand er sich doch in einer Nische neben einer Haustüre. Lexi durchfuhr es eiskalt. Mit ihrer sonstigen Gemütsruhe wäre es spätestens jetzt vorbei gewesen. Sie musste sich regelrecht nach allen Regeln der Selbstdisziplin zwingen, nicht laut los zu schreien. Sie eilte so schnell und leise sie konnte die Straße entlang, auf die unheimliche Mülltonne zu, die da vor ihr im Schein einer Straßenlaterne stand. Harmlos. Ohne etwas verbrochen zu haben. Außer, dass sie am falschen Platz stand. Lexis Problem jedoch war, dass sie an der Tonne und auch an der nunmehr vermutlich leeren, nicht ausgeleuchteten Nische, vorbei musste.

Der Angstschweiß gefror auf ihrer Stirn, Atemwölkchen bildeten sich vor Mund und Nase. Es war eine eisige Winternacht. Sie war gut zu sehen. Nichts schützte sie vor unliebsamen Blicken. Auch ein Passant sah sie. Ein Mann unbekannten Alters, von relativ hohem Wuchs, nicht breiter als andere. Die Füße steckten in hohen Stiefel, der Rest verbarg sich hinter einem dunklen Mantel und einem Hut. Sie sah ihn. Eiligen Schrittes rannte er an der gegenüberliegenden Straßenseite entlang. Sie atmete tief ein und aus und marschierte schnurstracks weiter.

Kam es ihr nur so vor, oder wurde der Weg immer länger statt kürzer? Unmöglich! So etwas gab es doch nur in irgendwelchen Fantasy-Filmen! Dennoch fühlte es sich für sie in dieser Situation so an. Sie blickte auf den eisigen Bürgersteig vor ihren Füßen und sah, einer Intuition folgend, hoch. Ihr Herz schien stehen zu bleiben. Neben der Mülltonne stand ein Mann. Lässig und völlig entspannt an die Mauer gelehnt.

Er sah zu ihr.

Sah ihr ins Gesicht.

Sie starrte zurück, unfähig sich zu bewegen, unfähig zu denken.

Er löste sich von der Mauer, richtete sich auf und lächelte eisig kalt. Dann wandte er sich ihr vollends zu und setzte sich in Bewegung.

„Ich weiß nicht, wo sie ist“, verteidigte sich Dennis, jedoch war jegliches Lachen von seinem Gesicht spurlos verschwunden.

„Wer?“ fragten Andi und Josh synchron, als hätten sie es einstudiert.

„Unsere Mitbewohnerin“, antwortete Maria knapp und begann: „Wir müssen sie suchen!“

„Ja, in der Nacht, irgendwo in Aquila? Mit einem Verrückten - einem Mörder - der sein Unwesen treibt? Wie willst du das anstellen, Maria?“ fragte Dennis. Er wirkte nicht sonderlich überzeugt von Marias vorschnellen Entscheidungen.

„Mörder?“ Josh musste kurz von Maria eingeweiht werden, ebenso wie Andi. Beiden Männern stand die Überraschung für einen kurzen Moment ins Gesicht geschrieben.

„Guter Witz…“, meinte Andi tapfer mit einem schiefen Grinsen und fing sich einen wütenden Blick von Maria ein. Dies war keine gute Gelegenheit einen kleinen Scherz anzubringen! Auch, wenn sie sonst Witze sehr gerne hatte. Ein Wort noch und sie würde ihm eine Ohrfeige verpassen! Sie machte sich hier ernsthafte Sorgen um ihre beste Freundin!

„Was, wenn wir in Paaren hinausgehen und sie suchen? Wir alle haben Handys, richtig?“, schlug Josh nach kurzer Pause vor. Sofort stimmten die anderen zu, wenngleich Dennis dies erst nach prüfendem Seitenblick auf Maria tat. Er wollte sie nicht dabei haben. Es war schlichtweg zu gefährlich für sie.

„Wir werden sie sicher zurückbringen. Bleib du inzwischen-…“, begann er.

„Hier?!“, fuhr Maria auf. Das *konnte* nicht sein Ernst sein! „Sicher nicht! Ich komme mit!“ Dennis seufzte leise. Doch er nickte den anderen beiden schließlich zui und gemeinsam machten sie sich auf den Weg.

Sie klopften nicht bei ihren Nachbarn an, denn das hätte alles nur verkompliziert, wie sie nach kurzer Absprache übereingekommen waren. Und Polizei?

"Dauert zu lange...", entschied Maria, rief aber auf dem Weg die Beamten an. Sicher war sicher.

Die junge Frau und die drei Männer rannten, wie sie es schon lange nicht mehr getan hatten. Später würde sich die junge Frau fragen, wie sie es geschafft hatte, so lange, so weit und so schnell zu laufen. Zu viert rannten sie in Richtung der U-Bahn Station, der, bei der auch Lexi gewesen war. Nichts. Die ganze Straße entlang, keine Spur von ihr.

„Schneespuren“, murmelte Maria.

„Helfen uns leider auch nicht viel...“, konstatierte Dennis und deutete auf das Wirrwarr von vielen Schuhabdrücken. Frustriert gab sie ihre Idee auf. Alles schien normal und friedlich in der Straße, alles außer... *Steht die Mülltonne immer an der Ecke?* fragte sich Maria. *Nein... das tut sie nicht. Tut sie nie*. Sie warf einen Blick in die verlassene Nische, konnte jedoch außer Schwärze nichts erkennen. Nun also einigten sich die jungen Leute darauf, sich wirklich zu trennen und in Paaren nach Lexi zu suchen. Die Tatsache, dass Andi und Josh ihr und Dennis halfen eine Person zu finden, die sie gar nicht kannten, ließ die beiden Männer in Marias Achtung beträchtlich steigen. Schließlich hätten sie auch sagen können, dass es ihnen egal war. Warum sollten sie für eine Unbekannte ihre Gesundheit und vielleicht sogar ihr Leben riskieren? Immerhin streunte in unmittelbarer Nachbarschaft ein mehrfacher Mörder herum! Obendrein war es Winter.

Marias Handy klingelte und sie blieb mitten aus dem Lauf stehen. Sie rief Josh, der eine Spur voraus war, zu, dass er warten solle. Sie hob ab. Durch den Lautsprecher drang Dennis' maschinell verzerrte Stimme: „Habt ihr schon was?“ Maria musste verneinen. Bisher waren sie und Josh nur durch die Straßen gehastet, die sich in unmittelbarer Nähe zur Station befanden. Natürlich war das nur eine vage Aussicht, Lexi zu finden, denn wer sagte, dass sie überhaupt schon wieder in Aquila und nicht noch in der Bahn oder gar noch im Rennstall war?

„Ich hab versucht sie anzurufen... und das... ich mach mir Sorgen um sie“ , sprach Dennis.

„Da bist du nicht der Einzige“

„Nein, du verstehst mich falsch... Ich hab versucht, das Handy zu orten, und als wir in etwa in der Gegend standen haben wir nichts gefunden.“ *Warum hab ich nur so ein altes Handy? GPS, natürlich, das wäre viel klüger gewesen...* dachte Maria und schlug sich in Gedanken gegen ihre Stirn. So viel Dummheit auf einem Fleck müsste eigentlich bestraft werden! Vielleicht hatte Josh ein Handy, das so etwas konnte?

„Moment Dennis, bin gleich wieder dran...“

„Maria, wart' mal, ich bin noch nicht fertig!!!“ rief Dennis ins Handy während Maria Josh nach seinem Handy fragte.

„Ja, es kann Handys orten.“

„Dann bring uns bitte zu Dennis, geht schneller...“ Leider war das mit den Straßennamen in Aquila ein klitzekleines Problem, da die Stadt riesig war und schier unendlich viele Straßen, Wege und Gassen hatte. Somit war es entsprechend kompliziert irgendwohin zu finden auch mit technischen Hilfsmitteln. Außerdem ließ Marias Gedächtnis sie bei sowas gerne im Stich, denn sie hatte wenig Interesse an Straßen, die für sie nicht von Belang waren.

„Da bin ich wieder Dennis. Wir kommen zu euch. Was wolltest du nochmal sagen?" Da Josh währenddessen Dennis' Handy geortet hatte, wussten sie, wo er sich befand und so liefen die beiden los, um zu ihm und Andi zu gelangen.

„Ich hab mich nur gefragt... Ich hab Lexi anzurufen versucht, damit sie uns vielleicht weiterhilft, da wir nichts finden..."

„Und?"

„Warum hebt ein Mann von ihrem Handy ab, meldet sich und schaltet es dann aus?"

Träge und nur unter größter Willensanstrengung gehorchten ihre Augenlider. Langsam und flackernd hoben sie sich und gaben spärliche Sicht auf ihre Umgebung frei. Es war finster, kalt und irgendwo plätscherte ein Rinnsal von Wasser müde vor sich hin. Lexi fühlte sich schwindelig und versuchte ihre Gedanken zu ordnen. Wo war sie? Was zum...! Was machte sie an so einem Ort?! Finster, kalt, feucht? Wie um alles in der Welt war sie hier her gekommen? Moment mal, wieso war es feucht? Wieso lag sie auf dem Boden? Was zum Henker...? Mühsam versuchte sie ihre rasenden Gedanken zu ordnen um nicht in Panik zu verfallen. Sie atmete tief durch. Nachdem sie einigermaßen ruhig war, glaubte sie eine raue, hämische Männerstimme zu hören, war sich aber nicht sicher. Also...

zurück zu ihren eigenen Gedanken, in ihrem eigenen Kopf. Woran konnte sie sich erinnern?

Da war… Angst… schreckliche Angst, eine Mülltonne, die am falschen Platz stand, ein zugeschneiter, teils eisiger, Bürgersteig, das Licht der Straßenbeleuchtung, das kaum die umgebende Dunkelheit zu verdrängen vermochte. Und dann war da plötzlich ein Mann gewesen, vermummt, schwarz und groß. Er kam auf sie zu, sagte etwas, das Lexi hatte nicht verstehen können. Und dann? Was war dann passiert? Hatte sie einen Filmriss? Vermutlich, sie konnte sich an nichts erinnern… Erst die letzten paar Minuten an diesem seltsamen Ort setzten den Film ihrer Erinnerungen fort. Sie sah nicht viel, dafür roch sie umso mehr. Es stank abscheulich hier. Konnte das der Kanal der Stadt sein? Riechen würde es entsprechend. Alleine die Vorstellung ließ in Lexi Übelkeit aufsteigen.

Langsames Tappen erfüllte den Raum – war es überhaupt ein Raum? Sie wusste es nicht. – und übertönte in ruhigem Rhythmus das Plätschern des Wassers. Fast wie Musik. Allerdings eher wie Musik in einem Horrorfilm, wie ihn ihre Freundin Sabine gerne sah. Sie selbst mochte keine Horrorfilme und war noch weniger begeistert, sich zu fühlen, als wäre sie mitten in einen solchen hinein geworfen worden. Mit den Schritten kam auch eine Lichtquelle näher. Endlich verstummten die Schritte. Vor sich konnte sie ein Paar alter abgewetzter Lederstiefel ausmachen. Ihr Herz raste und ihre

Atmung stieg sprunghaft an. Sie quiekte erschrocken auf, als sie sanft, fast zärtlich vom Boden hochgehoben und an eine Wand gelehnt wurde. Kurz sah sie Augen im Widerschein einer kleinen flackernden Kerze aufblitzen, die der Unbekannte unweit von ihr abgestellt haben musste. Sie schauderte. Sie hatte Angst, konnte sich aber nicht gegen diese Berührung wehren, ihre Handgelenke, so stellte sie fest, waren zusammengebunden worden, genauso wie ihre Fußgelenke.

„Nun ist es also wieder soweit…“, murmelte der Fremde leise und melodisch, fast als wäre er in Trance. Lexi war verwirrt, hatte aber keine Gelegenheit mehr darüber nachzudenken, als plötzlich etwas eisblau vor ihr aufblitzte. Sie schrie.

Ratlos blickten die vier Freunde um sich. Hier war nichts außer Häusern, Straßen und …

„Der Kanal!“ rief Dennis plötzlich und Maria sah ihn erschrocken an.

„Was?“

„Na, der Kanal“ meinte Andi ungeduldig, als wäre er auf die Idee gekommen und es das Natürlichste der Welt. Maria zweifelte eine Sekunde lang massiv an ihnen. Wie kamen sie auf diese absurden Ideen?! Fast schon als ob...? Nein, das war unmöglich! Sowas war durchaus nichts alltägliches, auch nicht für die jungen Männer! Sie schalt sich eine paranoide Idiotin.

Josh hatte währenddessen bereits erste Bemühungen unternommen, den leicht angeeisten Kanaldeckel zu heben und rief nun Andi zu Hilfe. Zu zweit schafften sie es mit schier übermenschlicher Stärke, den Deckel zu entfernen. Konnten das zwei normale Männer eigentlich überhaupt schaffen? Kurz zweifelte Maria daran, doch sie verwarf den Gedanken gleich wieder. Jetzt war anderes wichtiger!

Maria stieg als Erste der jungen Leute in das dunkle Loch. Dann folgten ihr Andi und Josh, der Dennis vorher bat, auf die Polizei zu warten und die Beamten dann hinunter zu führen. Dennis schien allerdings nicht unglücklich darüber, zurückgelassen zu werden. Schließlich mochte er keine dunklen Orte, an denen es noch dazu eng war und stank. Er gab den beiden Jungs noch ein geheimes Zeichen, welches von Maria unbemerkt blieb, ebenso, wie das Nicken, mit dem sie antworteten.

Unter Tage zückte Andi sein Handy, und verwendete es als Taschenlampe. Nach einer Weile ließen Andi und Maria auch Josh zurück, der auf Dennis und die Polizei warten sollte, um diese dann weiter führen zu können. Andi versuchte Maria dazu zu bewegen bei Josh zu bleiben. Diese jedoch hörte ihm gar nicht erst zu, sondern stapfte entschlossen weiter. Mit einem Seufzen folgte er ihr.

Endlich kamen sie in einen Teil des Kanals, der ein wenig von Kerzen erleuchtet wurde. *Kerzen?,* dachte Maria. *Wer auch immer das war hat einen EXTREM miesen Geschmack!* Schnell ließ Andi sein Handy, das ohnehin nur sehr schwach geleuchtet hatte, verschwinden. Die Kerzen boten den beiden jungen Erwachsenen genügend Licht und waren bei Weitem nicht so verräterisch.

Maria sah vor sich etwas aufblitzen. Sie fasste Andis Unterarm und drückte diesen um ihn auf sich aufmerksam zu machen. Dann deutete sie mit dem Kopf in Richtung des Blitzens, wobei sie den Zeigefinger auf den Mund legte. Einen absurden Moment lang fühlte sie sich wie die Hauptdarstellerin in einem Krimi.

Da war er also. Direkt vor ihnen. Und er war nicht allein. Zu seinen Füßen saß niemand anderes als eine gefesselte Lexi, die mit panischem Blick zu ihrem Entführer hochblickte. Gerade schien sie begriffen zu haben, was er vorhatte, denn sie begann wie am Spieß zu schreien. Mit einem kurzen Nicken und zwei, drei Fingerzeichen sprachen sich Andi und Maria ab. Dann ging es ans Werk.

Andi stand dem Fremden von ihnen beiden am nächsten und fiel ihm sofort in die Messerhand. Während Lexi langsam realisierte, dass sie noch lebte und nicht von einem Messer durchbohrt worden war, weiteten sich ihre Augen. *Was um alles in der Welt macht Andi von 7MS hier?!,* dachte sie völlig überfordert. Sie musste träumen! Das hier war alles so etwas von surreal, das KONNTE gar nicht der ‚Wirklichkeit entsprechen!

Dann versperrte ihre beste Freundin ihr die Sicht.

Maria versuchte ihr die Fesseln abzunehmen, was in diesem dämmrigen Licht alles andere als einfach war. Sie rang mit dem widerstandsfähigen Knoten und hatte mit ihren zittrigen Fingern ihre liebe Not diesen zu lösen. Kurz hielt sie inne und zwang sich gewaltsam zur Ruhe.

Einstweilen rang Andi nach wie vor mit dem fremden Mann und wehrte die Messerstiche gekonnt ab. In seinen Augen glitzerte etwas, das Maria Angst machte. Doch ihr blieb keine Gelegenheit länger darüber nachzudenken, da sie plötzlich schnelle Schritte hörte. Eine Sekunde lang scheinbar abgelenkt fing sich Andreas einen ordentlichen Kinnhaken ein, der ihn einige Schritte zurücktaumeln ließ. Doch wie der Zufall es wollte, stolperte er geradewegs in die Arme seines besten Freundes Josh, der ihn frech angrinste. Josh war inzwischen mit Dennis und zwei Polizisten im Schlepptau angekommen. Der Fremde realisierte sehr schnell, dass er gegen diese Überzahl keine Chance hatte und suchte kurzerhand sein Heil in der Flucht. Das verwinkelte Kanalsystem war seine einzige und definitiv seine beste Chance sich heil und unbescholten aus der Affäre ziehen zu können. Die Polizisten machten sich zwar noch halbherzig daran den Mann zu fangen, gaben aber schnell wieder auf. Das unterirdische System war viel zu verzweigt und gefährlich um lediglich zu zweit einen mutmaßlichen Massenmörder fangen zu wollen. Zumal der sich hier unten vermutlich ausgezeichnet auskannte. Sie forderten Verstärkung an, doch Maria war klar, dass diese wohl kaum schnell genug hier sein würde. Warum waren sie nicht gleich mit einem größeren Aufgebot aufgekreuzt? Nahm man bei der Polizei solche Anzeigen etwa nicht mehr ernst, oder war der Personalmangel schon derart groß?! Eigentlich war ihr das im Moment auch herzlich egal. Jetzt waren andere Dinge wichtiger!

Maria hatte einen Arm um Lexi gelegt und versuchte sie zu beruhigen. Die Ältere der beiden zitterte am ganzen Körper und starrte vor sich hin. Sie schien kaum etwas um sich herum wahrzunehmen. Schließlich standen die drei Mitglieder von 7 Mortal Sins bei den beiden und Andi, der sich halbwegs von dem Schreck erholt hatte, hob die zitternde Lexi mit spielender Leichtigkeit auf. Dann trug er sie durch die dunklen Gänge zu dem Loch, das sie alle wieder auf die Straße führte. Maria hielt sich möglichst nahe bei ihrer Freundin und versuchte weiterhin, diese zu trösten, wenngleich sie selbst einfach nur am Ende ihrer Nerven war und immer noch vor Angst am ganzen Körper zitterte. Immer wieder blickte Maria ängstlich und nervös in dunkle Seitengänge.

Aber was wollte sie eigentlich sehen? Oder fürchtete sie sich vor dem, was sie eindeutig NICHT sehen wollte? Sie schüttelte die lästigen Gedanken ab und zwang sich, sich auf Lexi zu konzentrieren und darauf, möglichst schnell an die Erdoberfläche zurück zu kehren.

Hinter den dreien trotteten Dennis und Josh her und ihnen wiederum folgten die beiden Beamten, denen die Erleichterung ins Gesicht geschrieben stand. Immerhin war niemand ernsthaft verletzt worden! Das erleichterte den Aufstieg aus dem Kanal ungemein und machte sich obendrein gut im Bericht! Langsam rollten den Frauen einzelne Tränen über die Wangen. Die beiden waren komplett am Ende mit den Nerven und keine konnte die salzigen Tropfen länger zurückhalten.

Sobald sie in ihrer gemeinsamen Wohnung angekommen waren, legte Andi Lexi sachte auf die Couch. Die jungen Männer wechselten sich ab, sich zu duschen und mit ihren rasenden Gedanken dabei alleine sein zu können. Am Rande bekam Maria ein leises Gespräch der Männer untereinander mit, kümmerte sich jedoch nicht weiter darum. Stattdessen setzte sich Maria zu ihrer Freundin aufs Sofa – diese hatte sich inzwischen aufgesetzt – und umarmte die verschreckte Mitbewohnerin. Dabei redete sie weiter beruhigend auf Lexi ein.

Die Polizisten waren von Josh und Dennis vehement abgewiesen worden, als diese Lexi sofort zu dem Vorfall befragen wollten. Sie konnte nicht darüber sprechen und

Maria war wegen so wenig Taktgefühl, das die beiden Beamten an den Tag legten, kurz davor gewesen, jedem entweder eine ordentliche Ohrfeige mit auf den Weg zu geben, oder sie dermaßen anzuschreien, dass sie von selbst ihr Heil in der Flucht gesucht hätten! Dank ihren beiden etwas besonneneren Mitbewohnern war dies allerdings nicht nötig gewesen und sie hatte sich obendrein noch eine saftige Anklage erspart. Josh war anschließend in die Nachbarwohnungen zu ihren anderen Freunden gegangen und hatte ihnen von den Neuigkeiten berichtet. Seit langem hatte selbst Konstantin nachdenklich gewirkt. Da Hannah dabei gewesen war, hatte er jedoch nichts gesagt.

Andi stand etwas abseits der Couch und blickte etwas unsicher auf die beiden jungen Frauen. Eine saß da wie ein Stein und starrte vor sich hin. Die andere versuchte Erstere zu trösten und musste dabei sichtlich mit einer neuen Welle von Tränen kämpfen. Maria warf ihm einen Blick zu und sagte leise etwas, woraufhin Andi loszog um ein Glas Wasser für Lexi zu besorgen. Diese nahm das angebotene Trinkgefäß dankbar an und nahm zitternd ein paar Schlucke, die wohl etwas salzig schmecken mussten, da ihr wieder einige stumme Tränen über die Wange kullerten. Sanft strich Maria ihrer Freundin beruhigend über die Haare und zog sie in eine weitere tröstende Umarmung.

„Ich … will … nicht mehr…“, kam es ganz leise, zitterig, über Lexis Lippen. „Ich geh… da nicht mehr hin…“

„Was meinst du? Wohin gehst du nicht mehr?“, fragte Dennis, der soeben das Wohnzimmer wieder betreten hatte und sich mit einem Handtuch die nassen Haare trocken rubbelte. Stockend berichtete sie von ihrem Tag. Dem seltsamen Unbekannten, dem ständigen Gefühl beobachtet zu werden und schließlich von der Szene in der dunklen Straße und dem Fremden.

Andi und Josh blickten sich kurz an. Dabei raunte Andi seinem Kollegen leise zu: "Wenn das nicht unsere Schuld ist..." Josh nickte, tief in Gedanken versunken. Dann murmelte er zurück: "Er wird langsam richtig lästig..." So konnte das nicht weiter gehen!

„Lexi!“, polterte Hannah beinahe zeitgleich in die Wohnung und stürzte auf ihre Freundin zu. Im Schlepptau hatte sie ihre Mitbewohner, die sich mit Josh und Dennis angeregt unterhielten.

Alle anderen die sich nicht an dem Gespräch beteiligten, starrten schweigend vor sich hin, unwissend, was in dieser Situation wohl am besten zu sagen wäre. Da keinem etwas einfiel, versanken sie in betretenes Schweigen, das nur von Lexis gelegentlichen Schluchzern unterbrochen wurde. Nachdem sie sich wieder einigermaßen beruhigt hatte, ließ sie sich von Maria in ihr Zimmer und ins Bett geleiten. Diese blieb noch bei ihr, bis sie eingeschlafen war. Diese Nacht versprach unruhige Träume. Doch sie war wieder halbwegs sicher, oder? War sie irgendwo sicher? Nach den Erlebnissen des Tages, war sie mehr als versucht diese Frage mit einem „Nein!“ zu beantworten.

Eine Hand streichelte sanft über ihr Haupthaar. Müde überdachte sie ihre momentane Situation noch einmal. *Ja, für's Erste bin ich in Sicherheit…*

Maria strich Lexi behutsam über den Kopf, bis diese endlich eingeschlafen war. Unterdessen hörte sie, abgesehen von Lexis Schluchzen, wie ihre Nachbarn in ihre eigene Wohnung zurückkehrten. Sobald die Wohnungstür wieder verriegelt war, hörte Maria ein unterdrücktes Männergespräch im Wohnzimmer. Worüber sich die drei wohl so angeregt unterhielten? Kurz war sie versucht aufzustehen und zu lauschen. Doch sie wusste, dass Lexi sie hier und jetzt brauchte. So blieb sie entgegen ihrer Neugier an Lexis Bettkante sitzen und leistete ihrer besten Freundin stummen Beistand und Trost.

Lexi schien nach einer Weile endlich eingeschlafen zu sein und atmete ruhig und regelmäßig. Maria verließ leise das Zimmer, um die Freundin nicht wieder zu wecken. Sie kehrte ins Wohnzimmer zurück, wo die drei jungen Männer zusammensaßen.

„Sie schläft“, lautete ihre knappe Antwort auf Dennis' fragenden Blick. Schwer ließ sie sich auf das Sofa fallen. Sie war todmüde, doch ihre Gedanken rasten. Dann jedoch besann sie sich und dankte den jungen Männern für ihre Hilfe, die Lexi gerettet hatte. Diese versuchten sich an einem frechen Grinsen und meinten, es wäre kein Problem gewesen. Sie taten nur so, als wären sie schon über den Schock hinweg, das war der jungen Frau klar. Morgen würde für alle ein anstrengender Tag werden. Die Polizei würde mit Sicherheit nicht lange auf sich warten lassen.

Bis spät in die Nacht saßen die vier jungen Leute noch im Wohnzimmer. Maria sah ab und zu nach Lexi, die in unruhigen Träumen versunken war. Schließlich konnten sie alle nicht mehr länger die Augen offen halten und wünschten sich eine gute restliche Nacht. An Vorlesungen am nächsten Morgen dachte keiner. Die waren absolut nebensächlich!

Kapitel 6: Normaler Alltag?

Der nächste Morgen kam für Marias Geschmack viel zu früh. Dennis versuchte sie durch stetiges Anstupsen an der Schulter wach zu bekommen, was gar nicht so einfach war, wie er feststellen musste. Kaum glaubte er, sie wäre annähernd wach, schlief sie gelassen weiter und ignorierte seine Bemühungen, bis er sie schließlich leicht an der Schulter rüttelte.

„Was machst du denn da mit der Freundin von Josh, hmmm?“, fragte Andi frech grinsend.

„Ich bin nicht seine Freundin…“, kam eine verschlafene Gegenwehr von Maria. „Ich bin ja schon wach…“grummelte sie. „Aber umziehen ist im Moment etwas schwer…“, fuhr sie mit schrägem Blick zu ihren beiden Mitbewohnern fort. Dabei rieb sie sich den Schlaf aus den müden Augen und versuchte halbherzig mit den Fingern etwas Ordnung in ihre wirre Haarpracht zu bringen, als: „Wo liegt das Problem?“, fragte eine dritte Stimme frech. *Konstantin?!*, dachte sie genervt. *Was macht der denn hier?! Ernsthaft! Haben die ihn aus seiner WG rausgeworfen? Ich würd's ihnen nicht verdenken...* Sie musste kurz grinsen. Doch sie wusste, dafür war Hannah einfach nicht rabiat genug.

„Ah ja, Maria, hatte ich erwähnt, dass wir Besuch haben?“, weihte Dennis sie ein.

Nein, was du nicht sagst!, dachte sie mit einer ordentlichen Portion Zynismus und seufzte übertrieben. Er verließ den Raum kommentarlos, doch grinsend, denn er hatte die Anspielung seitens Maria verstanden. Konstantin machte jedoch keine Anstalten zu verschwinden, sondern sah die noch etwas verschlafene Maria herausfordernd an. Diese warf ihm einen bösen Blick zu, den er mit einem fiesen Grinsen quittierte.

„Könntest du bitte das Zimmer verlassen, Konstantin?“, versuchte sie es höflich. Als dieser nur noch breiter grinste, reichte es ihr: „Für dich nochmal im Klartext: RAUS hier!“

„Oder was?“

„Oder …“, kam es mit bedeutungsschwerer Stimme. Hinter Konstantin stand Josh. Erschrocken wirbelte Konstantin herum. Neben Josh, stand auch noch Andi: „Ich hab dir schon mal gesagt Konsti, lass meine Mitbewohnerin in Frieden.“ Dabei zog Josh eine Augenbraue leicht nach oben.

„Ich geh ja schon…“, murmelte der getadelte Konstantin etwas beleidigt und war sich keiner Schuld bewusst. „war doch nur Spaß…“ Irgendwie konnte er einem beinahe schon Leid tun. Aber eben nur beinahe.

„Danke…“ Maria lächelte, ehe die beiden sich nach kameradschaftlichem Zwinkern auch schon umwandten und die Tür hinter sich schlossen. Blitzschnell und beinahe filmreif hechtete sie aus dem Bett und drehte den Schlüssel im

Schloss herum, ehe Konstantin wieder vor der Tür, oder – noch schlimmer! – IN der Tür, stehen würde, während sie sich noch umzog! Vertrauen war gut, doch Kontrolle war besser! Dann stand sie vor einer weiteren Herausforderung. Vor ihr stand ein gut gefüllter Kleiderschrank und sie hatte dennoch nichts zum Anziehen! Das schwarze Top und die rote Hose? Oder doch die schwarze Hose, die schwarze Weste mit pinken Elementen oder doch die mit dem weißen Reißverschluss?

Am Ende entschied sie sich dann doch für eine schwarze Hose, ein T-Shirt ebenfalls in schwarz gehalten mit der Aufschrift „Konnichiwa“ und der bequemen schwarzen Weste mit den pinken Elementen.

Sobald sie fertig angekleidet war, ging sie in die Küche, aus welcher ihr schon reges Stimmengewirr entgegen schlug. Die Jungs und Konstantin debattierten ausgelassen, ob Lexi zur Wache gehen sollte, oder ob man den Polizisten irgendein Märchen auftischen sollte.

„Die finden den Verbrecher sowieso nicht“, konstatierte Konsti schulterzuckend.

„Es bleibt trotzdem nicht aus“, meinte Dennis. „Sonst kommen sie nur wieder in die Wohnung und versuchen hier sie auszuquetschen. Darauf können wir, denke ich, alle getrost verzichten.“

Lexi selbst saß etwas abwesend daneben und blickte teilnahmslos um sich. Es dauerte eine ganze Weile, bis sie wieder an den Gesprächen teilnahm.

„Maria? Würdest du mich zur Polizei begleiten?“, bat sie leise. Der Schreck saß ihr immer noch tief in allen Knochen. Um ein Haar hätte sie die Liste an Ermordeten in dieser Straße um einen weiteren Namen ergänzt. Ihren eigenen Namen.

„Aber klar doch“, antwortete diese und versuchte sich an einem unbekümmerten Lächeln. Dabei nickte sie aufmunternd. Sie würde ihre beste Freundin ganz bestimmt nicht im Stich lassen!

„Ich komm auch mit“, gab Andi bekannt und fügte schnell: „Nur wenn du das willst… Lexi“, hinzu, als Maria und Lexi ihn anstarrten. Maria blickte zu ihrer Freundin, deren Wangen leicht rosa anliefen, ehe sie langsam, aber lächelnd, nickte. „Danke, das würde mich echt freuen!“

Die Fahrt zum Präsidium war absolut ereignislos verlaufen und sogleich wurde Lexis Aussage routinemäßig von einem Beamten aufgenommen. Da sie sich kaum an etwas erinnern konnte, war sie recht schnell fertig mit ihren Ausführungen.

Somit konnten Maria, Lexi und Andi das Polizeirevier recht schnell wieder verlassen und machten sich auf den Weg zurück in die Wohnung. Lexi stand für einen gewissen Zeitraum unter Polizeischutz, wodurch sie nun eine Weile wohl nie unbeobachtet sein würde. Glücklich war sie darüber nicht gerade, aber sie musste zugeben, dass sie sich dadurch ein winziges bisschen wohler - oder eher sicherer – fühlte. Die Burschen hingegen waren alles andere als begeistert, äußerten sich jedoch kein einziges Mal dazu.

Der Studienalltag nahm die Studenten schnell wieder in Beschlag und Lexi, die sich frei genommen hatte, blieb mit Dennis in der Wohnung, während Andi, Josh und Maria zur Uni fuhren. Josh hatte darauf bestanden, dass Maria nicht wie gewöhnlich mit dem Bus zur Uni fuhr, sondern mit ihm in seinem Auto. So kam es, dass Maria zum ersten Mal in ihrem Leben in einem extrem teuren Wagen saß: Ein Lamborghini, soweit die junge Frau das hatte erkennen können. Sie hatte nie gedacht, dass Sportwägen auch vier Türen und Sitze haben konnten, wurde aber mit Joshs Wagen eines Besseren belehrt. Etwas eingeschüchtert saß sie auf der Rückbank und versank immer weiter im Sitz, als sie einige ihrer Studienkollegen sah, mit denen sie sonst im Busfuhr.

„Gibt's ein Problem?" tönte es vom Fahrersitz. Grinsend beobachtete Josh sie im Rückspiegel.

„N-Nein... alles in Ordnung...", versicherte die junge Frau. Ein leichtes, unsicheres Lächeln zierte ihre Lippen. Es war schließlich ganz normal für eine arme Studentin wie sie, sich in einem superteuren Luxusauto durch Aquila kutschieren zu lassen! *Wirklich, ganz normal*, dachte sie zynisch. Rasch war der Weg zur Uni zurückgelegt und Josh legte ein riskantes Rückwärtsmanöver hin, um in eine schmale Parklücke zu kommen. Maria war erstaunt über seine außergewöhnlichen Fahrkünste, denn sie konnte zwar auch Auto fahren, aber DAS hätte sie nie zustande bringen können!

„Das war fantastisch…", murmelte sie leise.

„Was sagst du, Maria?", fragte Josh. Grinsend schüttelte sie den Kopf und er sah sie bloß etwas schief an, unsicher was er nun darauf sagen sollte. Zusammen gingen sie die Treppe zum Haupteingang der Universität hinauf. Einige wenige erkannten Josh und Andi unter ihren Kappen, mit großem Schirm daran und begannen zu kreischen. Maria fing sich mehr als nur einen tödlichen Blick ein. Warum durfte diese Durchschnittlichkeit in Person neben solch strahlenden, aufstrebenden Stars stehen?! Eine Frechheit war das!

Maria blickte trotzig zurück und schlenderte mit den beiden durch das Hauptportal, wo sie sich dann schließlich trennen mussten. Dabei sah sie ein paar Blicke, die sie nicht etwa beneideten, sondern regelrecht auseinander zu nehmen schienen. Schnell lief sie weiter, um diesen unangenehmen Blicken zu entkommen. Gut nur, dass die Vorlesung gleich beginnen würde!

Die Vorlesungen waren heute wie im Flug vergangen. Ihre Armbanduhr zeigte 15 Uhr an. Gleich würde Marias Freifach beginnen. Sie hatte sich zu Beginn des Studienjahres entschieden, weiterhin Kampfsport zu machen und inzwischen war dieser eines ihrer liebsten Hobbys. Vorsorglich hatte sie schon am Morgen den Dobok, das für Taekwondo typische Trainingsgewand, mit eingepackt und kleidete sich nun rasch in der Garderobe um. Schließlich band sie sich den Gürtel, in Grün gehalten, um die Hüfte und verließ den Umkleideraum. Sie öffnete die Tür zum Trainingsraum und verbeugte sich beim Betreten kurz. Alle, Schüler wie Meister, stellten sich im Kreis auf und begrüßten den höchsten der Meister. Maria sah alle der Reihe nach an und sah, dass jemand fehlte: Ihr Trainingspartner. Wo war er? Allerdings gab es auch Neuzugänge: „Andreas und Alexander", stellte der Meister vor. Statt, wie sonst üblich, das Aufwärmtraining zu beginnen, blieb dieser ruhig stehen und machte eine kurze Pause.

„Es fällt mir nicht leicht…", begann er schließlich: „… aber ich habe mich entschlossen aus Aquila weg zu ziehen um anderswo weiter zu trainieren." Geschockte und ungläubige Blicke flogen zu ihm. Nicht bloß einer tat sein Unverständnis laut kund. Der Meister war bei allen Teilnehmern des Kurses sehr beliebt.

„Wer leitet dann das Training?", fragte Michael, ein Gelbgurt, seinen Nachbarn.

„Es gibt viele andere Meister …" entgegnete Benjamin, der ebenfalls einen gelben Gürtel hatte. Den gelben Gürtel erhielt man nach der ersten erfolgreich absolvierten Prüfung. Nach zwei weiteren Prüfungen erwartete einen dann der grüne Gürtel. Geduldig wartete der Meister, bis seine Schüler sich wieder beruhigt hatten.

„Keine Sorge, ich habe bereits einen Ersatz gefunden…" Dabei deutete er auf einen jungen Mann, der Maria überaus bekannt vorkam. „...auch er ist dritter Dan." *Dritter Dan?!*, schoss es ihr durch den Kopf. Dritter Dan bedeutete, dass derjenige bereits den dritten schwarzen Gürtel in der Disziplin hatte. Maria glaubte es im ersten Moment nicht. Er gab sich doch immer so brav und unschuldig, als könne er keiner Fliege etwas zuleide tun. *Vermutlich ist sein unschuldig wirkendes Auftreten seine stärkste Waffe*, überlegte Maria grinsend.

Kein anderer als Josh verließ seinen ursprünglichen Platz am Eingang und nahm den des nunmehr alten Meisters ein. Dann schweifte sein Blick langsam durch die Runde. Dabei blieb sein Blick etwas länger an Andi und Alex hängen, die er kurz angrinste. Dann schaute er weiter in die Runde und streifte zuletzt auch noch Maria, die ebenfalls ein Grinsen abbekam.

Nach dem Aufwärmtraining gingen alle Mitglieder in Paare zusammen um mit einem „Gegner" zu trainieren. Maria blieb als Einzige übrig, da ihr Partner immer noch nicht aufgetaucht war. Hatte er sich abgemeldet, ohne ihr gegenüber ein

Sterbenswörtchen zu erwähnen? Konnte er auch einfach nur krank sein?

„Wie es aussieht bist du die einzige Frau hier, hm?“ hörte sie plötzlich hinter sich eine Stimme und wirbelte erschrocken herum. Herrgott noch einmal! Konnten Männer nicht VOR einem stehen, wenn sie mit einem sprechen wollten?! Sie nickte.

„Dann sieht es wohl so aus, als müsste ich dich vor der Meute hier beschützen…“, meinte Josh und grinste.

„Vor allem, weil ich noch ein armer Grüngurt bin…“, stieg sie mit einem Engelsblick darauf ein. Sie wusste, dass sie gegen einen Träger eines Schwarzgurtes nicht viel ausrichten konnte. Genauso war ihr auch klar, dass sie noch viel zu lernen hatte, bis sie sich selbst und ihre Techniken auch nur als "mäßig" bezeichnen konnte. Doch das tat ihrem grundsätzlichen Selbstvertrauen keinen Abbruch.

Etwas überrascht zog Josh eine Augenbraue hoch, lächelte jedoch, was sie erwiderte. Plötzlich gesellte sich Michael zu den beiden und er sagte: „Lass dich von dem Grün nicht täuschen und pass besser auf, Meister. Die ist gefährlich.“ Joshua blickte Maria fragend an, die seinem Blick einfach auswich. Sie blickte schüchtern zu Boden und widersprach ihrem Kollegen: „Er übertreibt, Meis-…“

„Josh“

„Wie?“

„Du hast mich schon verstanden!“, sprach er mit fester Stimme. Michael zog eine Augenbraue interessiert nach oben. Wusste er da etwas nicht? Maria würde am liebsten im Erdboden versinken. Dieser Blick von Michael hieß nie etwas Gutes. Er war die Augen und die Ohren der Uni und eine der größten Plaudertaschen und Klatschtanten auf dem gesamten Planeten. Es würde sie nicht wundern, wenn in der nächsten Uni-Zeitung etwas über 7MS stünde und nebenbei noch, dass sie, Maria, sich offenbar ausgezeichnet mit ihnen verstand. Darauf konnte sie getrost verzichten!

„Also gut: Er übertreibt maßlos, Josh“, korrigierte sich Maria und beamte sich gedanklich wieder in die Gegenwart. Leicht gequält lächelte sie. Konnte Michael nicht einfach einmal seinen Mund halten? Ein einziges Mal in seinem Leben! Das war ja wohl nicht zu viel verlangt!

„Dann zeig's mir mal.“

"Wa-?", Maria sah ihn fragend an. Statt einer Antwort bedeutete er Michael sie festzuhalten. „Ich soll...?“ Joshua nickte. Marias Blick wurde unnachgiebig.

„Jetzt geht’s los“, meinte Michael grinsend an Josh gewandt. Genervt verdrehte Maria die Augen und raunte: "Ach, halt den Mund!" So nett Michael war, so anstrengend konnte er auch sein. Er hatte ihr rechtes Handgelenk mit seiner Rechten umklammert.

„Bist du sicher, dass du das willst?“, fragte sie und grinste unschuldig. Michael schüttelte den Kopf, lachte aber dabei. Er wollte gerade etwas zu Josh sagen, als sie einen Tritt gegen sein Schienbein andeutete, sein Handgelenk umfasste und ihn binnen kürzester Zeit am Boden fixierte. Verdutzt blickte Michael zu Maria auf, zumindest soweit das in seiner unbequemen Haltung möglich war. "Nicht ablenken lassen, Michael!", nahm sie ihn auf den Arm.

„Konzentrier dich besser“, forderte Josh seinen Schüler auf und bedeutete der jungen Frau den „Angreifer“ loszulassen. Beschämt den Blick zu Boden gerichtet, ging Michael zu seinem eigentlichen Trainingspartner. Dann begann das Training. Da kein anderer zur Verfügung stand, war Josh schließlich Marias Trainingspartner. Gerade ließ er alle Schüler einen Sprungkick durchführen und korrigierte seine Schüler nach Möglichkeit.

„Der ist dein Lieblingstritt, richtig?“ Mit seeligem Lächeln nickte Maria. Sie wusste es nicht, warum, aber den gesprungenen Kick liebte sie. Er fühlte sich so… befreiend an. In der Luft und…

Viel zu schnell, so schien es Maria, war das Training vorbei und die vier Kampfsportler schlenderten gemeinsam zu Joshs Wagen.

Völlig erschöpft, aber noch glücklicher als sonst nach einem Training, stand Maria unter der Dusche und wusch sich den Schweiß vom Körper. Auch wenn Josh gerne einmal einen lieben, kleinen Engel oder einen verwegenen Bad Boy spielte, als Kampfsport-Lehrer war er eine echt harte Nuss. Dafür, dessen war sie sich sicher, würden sie sicher ordentlich etwas von ihm lernen können. Sie und ihre anderen Kollegen.

Heute blieb Maria nur kurz im Wohnzimmer, wo sie abends immer alle zusammensaßen, denn sie war hundemüde. Josh hatte sich bereits in sein Zimmer verdrückt. Bald folgte auch Maria seinem Beispiel und fiel wie ein Stein ins Bett. Nicht lange darauf unternahm sie eine lange, erholsame Reise ins Land der Träume. Diese brachte ihr keine speziellen Erkenntnisse. Nur der Tag passierte noch einmal, in chaotischer, unzusammenhängender Form, nach Art der Träume eben, Revue.

Bald nahm sie auch ihre Träume nicht mehr wahr und schwebte in ruhiger, schwarzer Dunkelheit dahin.

Kapitel 7: Partytime

Wer träumte nicht davon, jemand Berühmtes persönlich zu treffen? Nun, Maria hatte sich diesen Traum erfüllt, wenngleich sie selbst nichts dazu beigetragen hatte, dass es passiert war.

Wer träumte nicht davon, seinen Lieblingsstar persönlich kennen zu lernen? Auch dieser Traum war für Maria Wirklichkeit geworden.

Doch nicht nur das. Sie durfte mit ihnen Geburtstage feiern, sowie Höhen und Tiefen miterleben, wie bei ganz normalen Freunden. So zum Beispiel heute, denn Simon feierte Geburtstag. Er wurde heute 24 Jahre alt. Maria war verwundert gewesen, dass sowohl sie, als auch Lexi zu der Party eingeladen worden waren. Keine der beiden hatte damit gerechnet und daher hatte keine von ihnen ein Geschenk parat. Sie wüssten auch gar nicht, was sie hätten schenken können. Hannah war als Mitbewohnerin natürlich dabei, aber die anderen zwei hatten bisher nicht allzu viel mit Simon zu tun gehabt. Natürlich grüßten sie ihn, wenn er ihnen am Gang begegnete, aber das war eigentlich auch schon alles an Kontakt, den sie hatten.

Deshalb hatten die beiden spontan erklärt, sie würden sämtliche Getränke zur Verfügung stellen, damit er nicht alles alleine finanzieren musste. Das würde, so wussten die zwei, ein ziemliches Loch in ihr ohnehin beschränktes Budget reißen, aber die beiden waren optimistisch, dass sie dennoch nicht verhungern würden.

Maria und Lexi betraten mit vollen Einkaufstüten die Wohnung und verstauten sie kurzerhand, ehe die beiden schnell hintereinander duschen gingen und sich für die Party fertig machten. Ihre drei Mitbewohner, allesamt in Anzug, mit weißem Hemd und Sakko mit Fliege, staunten nicht schlecht, als die beiden Damen aus ihren Zimmern kamen. Sie hatten den beiden empfohlen von „gewöhnlicher" Partykleidung abzusehen, als diese gefragt hatten. Immerhin würden einige Familienmitglieder von Mitgliedern von 7MS anwesend sein. Von diesen waren viele etwas besser bei Kasse und sahen es nicht gerne, wenn ihre Söhne mit Frauen Umgang pflegten, die nichts außer knappen Minikleidern mit übertrieben tief ausgeschnitten Dekolletees trugen. Außerdem war es Simons Wunsch gewesen, nachher noch auf einen Ball zu gehen und bei ihm in der Wohnung bloß auf seinen Geburtstag anzustoßen.

Somit trug Maria nun ein neues Ballkleid, das bis zum Boden reichte und ihre schwarzen Stöckelschuhe verbarg. Es war ganz in schwarz gehalten und hauteng, bis es ab den Knien weiter wurde und in weichen Falten fiel, damit sowohl das Gehen als auch das Tanzen elegant ermöglicht wurden. Das Kleid hatte bloß auf einer Schulter einen Träger und war weit genug ausgeschnitten um Platz für ein schönes Collier in

Silber, mit einem blauen Saphir, zu machen. Sie hatte sich auch entsprechend geschminkt und ihre blauen Augen wurden nicht nur durch den Edelstein betont, sondern auch von schwarzem Kajal und Mascara und einem dezenten blauen Lidschatten.

Lexi hingegen hatte sich für ein ebenfalls bodenlanges, aber grünes Kleid entschieden, auf dem silberne Elemente und weiße Perlen aufgenäht worden waren. Sie trug goldene Stöckelschuhe und hatte eine kleine, goldene Tasche dabei. Ihr Kleid hatte einen Neckholder, weshalb sie keine Kette trug. Dafür aber hatte sie sich für ein schmales Armband, das in Gold gehalten war, entschieden. Auch sie hatte sich passend geschminkt und neben dem schwarzen Kajal und Mascara dezenten grünen Lidschatten mit einem dünnen goldenen Strich am Augenlid aufgetragen. Die Frisuren hatten sich die beiden Freundinnen gegenseitig aufgesteckt. Während in Lexis Frisur ein paar weiße Perlen eingebracht waren, hatte Lexi in das Haar ihrer Freundin einige Silberfäden eingearbeitet. Alles in allem sahen die beiden Frauen, jede auf ihre Weise, atemberaubend aus.

Genau diese Meinung spiegelte sich auch in den Gesichtern ihrer Mitbewohner, denn Dennis, der etwas hatte sagen wollen, brachte kein Wort heraus. Allerdings schloss er den Mund auch nicht, was ziemlich amüsant aussah. Andi brachte es dagegen nicht fertig, die Augen von Lexi zu nehmen. Als ihm das bewusst wurde, röteten sich seine Wangen. Endlich ging er auf sie zu und sagte leise: „Du siehst fantastisch aus, Lexi!“ Sie strahlte und sah dadurch noch frischer und hübscher aus. Josh kam ebenfalls nicht aus dem Staunen heraus und seine Blicke schossen zwischen den beiden hin und her. Er konnte sich nicht entscheiden, welche der beiden hübscher aussah. Entweder Maria mit ihrer scheinbar unnahbaren Eleganz, die ihr etwas Mystisches und dadurch äußerst Interessantes verlieh, oder Lexi mit ihrer farbigen Frische, die sofort ins Auge stach und wiederum sehr ausdrucksstark war.

Als Andi schließlich Lexi den Arm anbot, um sie in die Nachbarwohnung zu geleiten, beeilte sich Josh dasselbe bei Maria zu tun. Der arme Dennis, der eine Weile zu lange gestaunt hatte, musste somit alleine hinter den beiden Paaren her laufen.

Sobald alle 7MS Mitglieder und die drei neuen Freunde versammelt waren, wurde Sekt ausgegeben und auf den Geburtstag von Simon angestoßen. Es wurde getrunken, gelacht, gespeist und hier und dort auch ein wenig geflirtet. Die Zeit verging wie im Fluge und ehe Maria es sich versah, zeigte die Wanduhr 22.00 an. In Gesellschaft von Josh und Markus, mit denen sie sich soeben ausgezeichnet unterhalten hatte, schlenderte sie zu den anderen jungen Männern und Frauen, die sich schon für den Aufbruch bereit machten. Der Ball wartete!

Sie teilten sich in vier Autos auf, alle in der Preisklasse von Joshs Sportwagen. Lexi und Maria saßen beide auf dem Rücksitz und erörterten ausgiebig die Autos und wie toll diese waren. Allerdings leise genug, sodass Josh und Andi, die vorne saßen, es nicht verstehen konnten. Zumindest dachten sie dies…

Endlich waren sie angekommen und Josh half Maria galant beim Aussteigen. Anschließend bot er ihr seinen Arm an und geleitete sie in den Ballsaal. Lexi hakte sich bei Andi unter und Hannah schritt mit Alex die Stufen nach oben. Die anderen vier waren zu spät gekommen und mussten damit alleine die Treppe hochgehen. Natürlich wurde Simon - als das Geburtstagskind - von der Gruppe in die Mitte genommen.

Eigentlich sollte ich mich schon daran gewöhnt haben, da es im Taekwondo auch einen Frauenmangel gibt… Aber irgendwie ist es noch eigenartiger, wenn es gutaussehende junge Männer – die ganz nebenbei auch noch erfolgreiche Stars der hiesigen Musikszene sind – sind, die sich um einen reißen, dachte Maria grinsend. Vermutlich gingen auch Hannah ähnliche Gedanken durch den Kopf. Deren Gesicht konnte Maria nicht sehen. Lexi würde ihr aber auf jeden Fall zustimmen, dessen war sie sich sicher, denn diese blickte in ebenjenem Moment zu ihr und grinste vielsagend.

Sämtliche der 7 Mortal Sins Mitglieder hatten den dreien verschwiegen, dass ein extra Tisch für sie alle reserviert war, der eine Spur länger war, als die anderen Acht-Personen Tische. Der gesamte Saal war überwältigend schön dekoriert. Die alte Ausstattung des Mauerwerks mit Stuck und Fresken gab dem Saal schon von sich aus ein elegantes, fast herrschaftliches, Flair. Dann kam noch die wunderbare Tischdekoration dazu, bei der jedem Blumenfreund, vor allem aber Hannah, die leidenschaftliche Hobbygärtnerin war, das Herz aufgehen musste. Die Gestecke, die sich auf dem Tisch befanden, waren perfekt auf einander abgestimmt und die großen, blutroten Blüten der Rosen mit wunderschönen, winzigen, weißen Blümchen arrangiert. Dahinter noch etwas Grün, was nebenbei auch noch die Komplementärfarbe… *Ich sollte endlich aufhören so fachlich zu denken*, ermahnte sich Maria. *Es sieht wundervoll aus und damit basta! Keine Bewertungen, keine Analyse nur genießen!*

Dies tat sie auch. Markus war mit ein paar anderen Jungs in der Disko verschwunden und Joshua nutzte die Gunst der Stunde um Maria zu einem Tanz aufzufordern. Diese meinte bescheiden, dass sie nicht sonderlich gut tanzen könne.

„Macht nichts, dann lernst du es eben“, versicherte er schulterzuckend, während er ihr nach wie vor die Hand hinhielt. Endlich ergriff Maria diese zögerlich und ließ sich von ihrem Lieblingsmitglied von 7MS auf die Tanzfläche führen, wohl wissend, dass ihnen mehr als nur zwei oder drei Augenpaare folgten.

Andi und Alex nahmen sich sogleich ein Beispiel an Josh und forderten Lexi und Hannah zum Tanz auf. Mit ihren außerordentlich guten Tanzpartnern sahen sie toll aus. Sogar Maria verlor ihre Scheu und ließ sich einfach von Josh führen. Die Grundschritte konnte sie und er führte sie so hervorragend durch verschiedenste Figuren, die Maria eigentlich gar nicht kannte, oder wieder verlernt hatte, sodass es dennoch so aussah, als könne sie hervorragend tanzen. Bald fegten nur noch die drei Paare über das Parkett, da die anderen Tänzer lieber zusahen und manche staunend, andere neidisch, die drei jungen Damen beobachteten, die da mit den Berühmtheiten tanzen durften.

Maria erfuhr in dieser Nacht erneut, dass es kaum etwas gab, das sie lieber tat als tanzen. Sie war überglücklich. Ihre besten Freunde waren bei ihr, ebenso glücklich wie sie selbst, und sie war mit Joshua zusammen hier, was sie sich in ihren kühnsten Träumen niemals hätte träumen lassen. Nach einigen Tänzen führte er sie wieder zurück an den Tisch und verschwand kurz um Getränke für sich und Maria zu besorgen. Maria setzte sich unterdessen auf ihren Stuhl und beobachtete die Gäste im Saal, die sich auf der Tanzfläche tummelten.

„Genieße es, solange du kannst…“, zischte es verhängnisvoll neben ihrem rechten Ohr. Zutiefst erschrocken fuhr sie herum. Ein Mann mittleren Alters, mit einem goldenen Schneidezahn und gekleidet in einen abgetragenen Anzug, stand neben ihr. „…meine Schönheit“. Er grinste und sie glaubte Eckzähne zu sehen, die eine Spur zu spitz waren. Vor Schreck wollte Maria zurückprallen, doch die Lehne des vornehmen Stuhls hinderte sie daran, dem Fremden diesen Gefallen zu tun.

„Tanz mit mir“, verlangte er und griff, ohne auf eine Antwort zu warten, nach ihrer Hand. Sie rührte sich nicht vom Fleck: „Nein, danke.“ Sie versuchte ihre Hand zu befreien und blickte ihm stur in die Augen. Diese verengten sich zu beängstigend kleinen Schlitzen. Dann riss er unsanft an ihrem Arm. Maria glaubte fest daran, dass er vor hatte, diesen aus dem Schultergelenk zu reißen. Um dies im letzten Moment zu verhindern, war sie somit gezwungen aufzustehen. Warum um alles in der Welt hatte sie so ein enges Kleid anziehen müssen? *Naja, gut für ihn, denn sonst hätte er ordentlich Prügel bezogen!*

Der Fremde wollte soeben mit ihr verschwinden, als Joshua gerade rechtzeitig zurückkam. Rasch stellte er die Getränke ab und befreite die junge Frau mit geübten Griffen aus ihrer misslichen Lage. Schnell zog er sie hinter seinen Rücken und hielt ihre linke Hand sanft umklammert. Dadurch spürte er, dass sie zitterte. Sie schien eine Riesenangst vor dem Typen zu haben. Was hatte der ihr angetan?! Hatte er sie etwa bedroht?! Ein kaum wahrnehmbares Knurren drang aus seiner Kehle, unhörbar für Maria.

Der Fremde wurde nun richtig wütend und rastete beinahe aus. Er holte zum Schlag aus und wollte allem Anschein nach auf Josh einschlagen. Ehe er jedoch dazu kam, wurde er von Bodyguards daran gehindert, die plötzlich auftauchten. *Bodyguards? Ah ja, wie naiv bin ich eigentlich? Immerhin ist er ja ein klein wenig berühmt,* dachte Maria.

Schnell übergaben diese dem Sicherheitsdienst des Balls den Übeltäter und verblieben von da an bei Josh und den anderen Bandmitgliedern. Josh nickte ihnen nur kurz zu und drehte sich um. Dann schloss er die immer noch zitternde Maria kurzerhand in die Arme. "Alles ist gut!", versicherte er mit sanfter, leiser Stimme. Für einen Moment erstarrte sie und ihre Augen weiteten sich. Träumte sie?

Schon kamen auch Andi und Alex in Begleitung von Lexi und Hannah von der Tanzfläche zurück zum Tisch.

„Was ist passiert?", fragte Lexi besorgt. Sie hatte den Vorfall nur aus der Ferne etwas beobachten können, konnte aber sehen, dass Maria ungewöhnlich blass war. Nicht einmal das Make-up, das sie trug, konnte diesen Umstand verschleiern.

„Ein…", wollte Maria beginnen. „… Stalker vermutlich, oder ein Psychopath", knurrte Josh, mühsam seine Wut unterdrückend. Erst jetzt fiel ihr auf, dass er schier kochte vor Zorn. Dies erstaunte sie noch mehr, doch es freute sie seltsamerweise auch irgendwie. *Was ist nur los mit mir?!*

„Nicht mal ein Getränk kann man in Ruhe besorgen", murrte der junge Mann verstimmt. Währenddessen warf er seinen Bandkollegen einen bedeutungsschweren Blick zu, der den jungen Frauen entging. Da schien etwas ins Rollen zu kommen, das keiner der jungen Männer wollte. Auch die Blicke von Andi und Alex sprachen Bände als sie kaum wahrnehmbar nickten. Dann besann Joshua sich eines besseren und ließ Maria los, ehe er ihr eines der Getränke reichte, das sie mit einem „Danke!“ annahm. Alex und Hannah begaben sich wieder auf die Tanzfläche, sobald Maria Hannah gefühlte hundert Mal versichert hatte, dass es ihr gut ginge.

Sie hatte sich wieder halbwegs von dem Schreck erholt und wurde von Lexi nur noch kurz mitleidig betrachtet. Dann stießen die beiden Freundinnen an, nachdem Andi ebenfalls mit Getränken zurückgekehrt war, und tranken gemeinsam mit Andi und Josh ein paar Schlucke eines ausgezeichneten Barcadi-Cola.

Als Andi und Lexi ebenfalls wieder auf die Tanzfläche verschwunden waren und Alex und Hannah in die Disko abzischten, setzten sich Maria und Josh in die bequemen Stühle. Ein kurzes, aber nicht unangenehmes Schweigen entstand, ehe Maria dieses brach: „Danke, dass du mich vor dem Typen gerettet hast… Ich…“

„Gerettet?“, lachte der junge Mann. „Als müsste ich dich retten“, meinte er zwinkernd. Er wollte sie aufbauen und auf andere Gedanken bringen.

„Ich habe es nicht mal fertig gebracht mich selbst zu verteidigen“, entgegnete Maria leise mit gesenktem Kopf und schämte sich für ihre Unfähigkeit.

„Nur wegen des Kleides. Das hat dich in deiner Bewegungsfreiheit behindert“, beharrte der junge Mann. Dankbar lächelte sie ihn, wenn auch nicht ganz überzeugt, an. Trotzdem fühlte sie sich schon wieder ein klein wenig besser.

"Kanntest du den Typen? Du warst ziemlich aufgekratzt...", startete Maria einer plötzlichen Eingebung folgend, einen Versuch.

„Komm, wir wollen noch einmal unter Beweis stellen, wie gut wir tanzen können“, schlug er anstatt einer Antwort vor. Schon war er wieder auf den Beinen. Lächelnd ergriff Maria seine Hand und ein weiteres Mal fegten sie wie ein kleiner Wirbelwind übers Parkett, bis ihr schwindelig wurde.

Bald hatte sie das unheimliche Treffen mit dem Unbekannten fast wieder vergessen und fragte nicht noch einmal nach. Vielleicht hätte sie es tun sollen.

Kapitel 8: Urlaub!

Endlich war Wochenende und die Studenten hatten allesamt frei. Da keiner Lust hatte an irgendwelchen Arbeiten weiter zu schreiben, hatten sie beschlossen, dieses Wochenende einen kleinen Ausflug in die ländlicheren Gebiete zu unternehmen. Schnell wurden drei der Autos mit dem Gepäck und den Reisenden beladen, ehe es los ging.

Die Autos rasten wie verrückt über die Autobahn. Es schien Maria, als machten sich die jungen Männer einen Spaß daraus, einen kleinen Wettkampf zu machen, wer der Schnellste und Waghalsigste unter ihnen war.

Maria saß am Rücksitz von Dennis' Auto und glaubte ihren Augen nicht trauen zu können, als sie auf das Tachometer sah: 150 km/h aufwärts. Dabei gab es eigentlich eine Beschränkung der Höchstgeschwindigkeit auf 130km/h. Kopfschüttelnd hoffte sie, dass nichts Unvorhergesehenes passieren möge. Sie war beileibe kein Angsthase und mochte hohe Geschwindigkeiten. Aber wenn die Autobahn über derart ungewöhnlich viele Kurven verfügte, wie diese hier, war sie nicht sonderlich erpicht darauf. Schon gar nicht, wenn dann auch noch ein illegales Wettrennen stattfand.

Lexi, die neben ihr saß, schien es da keine Spur besser zu gehen. Sie mochte hohe Geschwindigkeiten absolut nicht und zog ein Gesicht, das stark nach einem gefährlichen

Wutausbruch über so viel Unverantwortlichkeit aussah. Es würde interessant werden, sobald sie am Ziel ankamen. Noch konnte Maria ihre Freundin mit Blicken davon überzeugen, nichts zu sagen, damit der Fahrer wenigstens nicht aus der Konzentration gebracht wurde. *Für nach dem Halten kann ich aber nicht garantieren*, dachte sie grinsend.

Dennis sah im Rückspiegel die Gesichter der weiblichen Fahrgäste und amüsierte sich prächtig darüber. Er legte Lexis Gesichtsausdruck wohl eher als Angst aus, aber Maria wusste es besser.

„Heh! Schau nach vorne, Dennis!“ schrie Andi plötzlich vom Beifahrersitz und klammerte sich an dem gepolsterten Sitz fest. Dennis' Blick schnellte augenblicklich nach vorne und schon sah er, was seinen Beifahrer so erschreckt hatte.

Der junge Mann legte eine Vollbremsung allererster Sahne hin und verriss das Lenkrad. Der Wagen kam durch die immensen freigesetzten Kräfte ins Schleudern. Dennis hatte für einen kurzen Moment die Kontrolle über den Wagen verloren. Marias Kopf schien zu explodieren, als sie daran dachte, wie kurz vor Weihnachten der Fahrer die Kontrolle über seinen Wagen verloren hatte. Beinahe hätte der Wagen sie erfasst, wäre da nicht dieser Fremde gewesen, der sie gerettet hatte. Nur war sie dieses Mal IM Wagen und nicht DAVOR. Sie hielt ihren Kopf mit ihren Händen umklammert und gab sich alle Mühe nicht loszuschreien. Ihre Augen waren zusammengekniffen und sie nahm nur den Druck auf ihrem Körper war, den die Fliehkräfte und andere physikalische Energien auf ebenjenen ausübten. Sie betete, dass es bald vorbei sein möge. Während das Auto schlingernd vor sich hin raste, kam der querstehende LKW mit bedrohlicher Geschwindigkeit näher.

Zu nahe.

Im letzten Augenblick, bevor das teure Gefährt in den LKW krachte, blieb es mit einem ohrenbetäubenden Quietschen stehen und schleuderte seine Insassen herum.

Dennis blickte starr nach vorne und umklammerte das Lenkrad, sodass die Knöchel weiß hervortraten.

Andreas saß wie eine festgeklebte Statue auf dem Sitz, ebenso unfähig sich zu bewegen wie sein Bandkollege.

Lexi hatte sich den Kopf gestoßen und blutete wie verrückt aus einer kleinen Platzwunde über der Augenbraue.

Unterdessen saß Maria zusammengekrümmt auf dem Sitz, die Hände fest auf ihre Ohren gepresst und zitterte wie Espenlaub.

So fanden Alex, Konstantin und Markus die gemeinsam in einem Auto hinter Dennis' Wagen gefahren waren, die vier vor. Auch die anderen beiden Wägen waren zum Stillstand gebracht worden und die Reisenden stiegen aus.

Markus riss Lexis Tür auf, während Konstantin dasselbe bei Maria machte. Alex half den beiden jungen Männern aus dem

Auto. Dennis wollte sich partout nicht bewegen und somit musste Josh, der inzwischen hinzugekommen war, mit sanfter Gewalt die Finger des geschockten Musikers vom Lenkrad entfernen. Dann erst schien dieser wieder zur Besinnung zu kommen.

Markus hatte wenige Probleme damit, Lexi aus dem Wagen zu bugsieren, wohingegen Konstantin an Maria schlichtweg verzweifelte. Sie war absolut nicht ansprechbar und reagierte nicht auf seine Worte.

„Was ist los mit dir?!“, schrie er sie schließlich ungeduldig an.

„Ich glaub nicht, dass das Sinn macht sie anzuschreien, Konsti“, meldete sich Alex etwas unsicher zu Wort. Er machte sich Sorgen um die junge Frau, die alles andere als gut aussah. Sie war viel zu blass um die Nasenspitze.

„Das weiß ich auch!“ murrte der Zurechtgewiesene den Jüngeren an. „Aber sie will nicht aussteigen.“

„Vielleicht KANN sie nicht?“

„Besserwisser...“, knurrte Konstantin und sah lieber nach Dennis und Andi. Die waren wenigstens ansprechbar! Folglich konnte man ihnen auf die Nerven gehen!

Besorgt nahm Josh den Platz von Konstantin ein und Dennis folgte ihm, nachdem er die Nervensäge Konstantin angehängt hatte.

„Maria, es tut mir so L-...“, wollte er beginnen als Joshua ihm einen wütenden Blick zuwarf. Vorsichtig berührte der junge

Mann sie an der Schulter. Zuerst jedoch reagierte Maria überhaupt nicht. Dann setzte sie sich langsam auf und schien zu begreifen, dass sie unverletzt war und das Schleudern aufgehört hatte. Dennoch war sie starr vor Schreck und stierte die Lehne des Fahrersitzes vor sich an, als könne sie diese mit Blicken durchbohren.

Endlich ließ sie sich, nach einigen vergeblichen Versuchen, doch von Josh aus dem Wagen helfen und wurde von diesem tröstend in die Arme genommen. Langsam beruhigte sie sich und ihr Zittern ebbte ab. Niemand der Mitglieder von 7 Mortal Sins wusste von dem Beinahe-Unfall der jungen Frau. Leise, sodass Maria es nicht hörte, weihte Hannah Dennis und die anderen von 7MS ein. Dennis' schlechtes Gewissen verstärkte sich noch weiter und er blickte zu ihr, ohne zu wissen, was er tun oder sagen konnte.

„Danke…“, kam es schließlich flüsternd von Maria und sie machte sich sanft von Josh los. „Mir geht's schon wieder gut.“ Tapfer bemühte sie sich um ein Lächeln. Unbemerkt näherte sich Konstantin der Gruppe. Er wollte Maria gerade ebenfalls umarmen, als diese von Josh an der Hand gepackt und hinter seinen Rücken gezogen wurde.

„Reiß dich zusammen, Konsti!“, drohte der Jüngere.

„Was?! Wieso darfst du und ich nicht?“ Verständnislos starrte der Engländer Konstantin an. „Ich wollte sie doch auch nur umarmen…“, schmollte Konstantin.

„Das ist worüber ich mir Sorgen mache“, entgegnete Josh gefährlich leise. Ein Wort jedoch würde reichen und er würde ausrasten. Bekam dieser Dummkopf eigentlich gar nichts mit?!

Der Beinahe-Unfall hatte Maria offenbar zutiefst geschockt, vor allem in Anbetracht des Déjà-vus, das sie möglicherweise durchlebt hatte. Hannah hatte auch ihm in Stichworten davon erzählt, während er ihre Freundin in den Armen hielt. Da brauchte sie wohl kaum einen Perversling, der sie einfach nur umarmen wollte, weil er bisher jedes Mädchen umarmt hatte, das mit ihm gesprochen hatte! Naja, abgesehen von Lexi, denn Andreas verhielt sich seltsam beschützerisch der jungen Dame gegenüber.

Konstantin machte Anstalten einen Schritt näher zu kommen, überlegte es sich jedoch anders, als ihm Josh einen warnenden, unmissverständlichen Blick zuschoss: Ein Schritt, Konsti, ein Schritt und…

Schmollend zog der junge Mann schließlich ab und Dennis entschuldigte sich bei Maria, da er sich verantwortlich für deren Zustand fühlte. Inzwischen waren Polizei und Rettung eingetroffen. Letztere wurde glücklicherweise kaum benötigt, da weder ein Mitglied von 7MS, noch die Mädels oder der Lenker des LKWs verletzt waren. Nur Lexis Platzwunde, die furchterregend aussah, musste behandelt werden. Gott sei

Dank sah diese aber bei Weitem schlimmer aus, als sie tatsächlich war.

Als Dennis meinte, sie sollten wieder einsteigen, weigerte sich Josh, Maria ein weiteres Mal in Dennis' Auto steigen zu lassen. Verwirrt sah sie zu dem Kampfsportler auf. Ohne weitere Worte wollte der Engländer Maria zu seinem eigenen Auto ziehen, hielt jedoch inne, als diese keine Anstalten machte sich vom Fleck zu bewegen.

„Keine Sorge, ich fahre nicht so wild wie Dennis!“, beeilte er sich zu versichern.

„Ist schon gut, danke Josh! Ich fahre weiter mit Dennis mit. Er wird schon aufpassen.“ Dieser nickte eifrig und nur mit sichtlichem Widerwillen ließ Josh die junge Frau los. Er murmelte etwas, ehe er in sein Auto stieg. Simon und Konstantin sahen sich grinsend an. Wenn das nicht interessant werden würde!

„Wie wärs wenn wir die beiden verkuppeln?“ flüsterte Konstantin dem anderen zu, der als Antwort nur grinste und auf den Fahrersitz seines Wagens kletterte, bevor Konstantin seinem Beispiel folgte und ebenfalls ins Auto stieg.

„Aber du solltest endlich aufhören, den Mädels nachzustellen“, zischte Simon Konstantin leise zu.

„Aber…“

„Kein Aber!“

„He, he, lass mich ausreden! Spiele werden wir aber schon spielen oder?“, fragte Konstantin. „Kartenspiele oder Brettspiele!!!“, setzte er nach, als ihm die Zweideutigkeit seiner Worte bewusst wurde.

Überrascht nickte Simon, warum fragte Konstantin SO etwas? Ob er wohl schon wieder eine Dummheit ausheckte? Wahrscheinlich, sonst wäre es nicht Konstantin. *Ich werde wohl ein Auge auf ihn haben müssen. Der Junge ist manchmal echt anstrengend*, dachte er seufzend.

Maria hatte inzwischen mit Lexi wieder auf dem Rücksitz von Dennis' Wagen Platz genommen. Der LKW war inzwischen so weit beiseite geräumt, dass die Straße nur mehr teilweise blockiert war. Also nahmen die Luxuskarossen eine nach der anderen wieder an Fahrt auf.

Dieses Mal fuhren die jungen Männer wirklich nicht mehr um die Wette. Dennis hielt sich ganz brav, beinahe schon penibel, an die Geschwindigkeitsbegrenzungen. Ohne weitere Zwischenfälle erreichten die drei teuren Wägen schließlich ihr Ziel: Ein kleines Haus, das Dennis' Familie gehörte, wie Andi den beiden jungen Frauen erklärte. Interessiert blickten sich Maria und Lexi um, als sie aus dem Wagen gestiegen waren.

Sie standen auf einem Schotterweg, der zugeschneit und auf dem der Schnee bereits teilweise angefroren war, der zu dem Haus führte. Es war gänzlich aus Holz erbaut und fast überall rundherum erhob sich ein Wald, dessen Bäume unter der schweren Schneelast ächzten. Da es an diesem Tag ungewöhnlich kalt war, glitzerte die weiße Pracht auf den Baumriesen. Die Sonne, die soeben durch die Wolken blinzelte, ließ sowohl die Bäume als auch den verschneiten Boden um die Wette funkeln. Ein Stück abseits entdeckte Maria einen kleinen zugefrorenen Teich.

Die jungen Leute halfen einander, um die Autos möglichst rasch zu entladen und betraten das Haus im Wald.

Kapitel 9: Das Haus im Wald

Maria ging draußen im näheren Umkreis des Hauses ein wenig spazieren. Aufmerksam betrachtete sie die wunderschöne Landschaft. Vielleicht konnte sie sich etwas Inspiration für ein neues Gemälde oder eine Zeichnung holen? Das wäre echt cool! Oder vielleicht sogar für ein Computerspiel, das sie programmieren könnte!

Sie war fasziniert von der wunderbaren Umgebung, in der die Schneekristalle um die Wette funkelten und glitzerten. Dennoch lagen sie unschuldig neben und über einander. Kaum eine Spur zerstörte die weiße Pracht, abgesehen von den Fußspuren der Studenten, die den Weg zum Haus zurückgelegt hatten. Doch, was war das? Maria bewegte sich, auf dem Weg bleibend, näher auf eine weitere Spur im Schnee zu. Ein Fuchs! Diese spezielle Fährte hatte ihr Vater ihr gezeigt. Wie lange das her zu sein schien! Sie hatte gar nicht gewusst, dass es hier Füchse gab!

Am Waldrand glaubte sie noch andere Spuren zu erkennen: Rehe oder Hirsche, so genau wusste sie das nicht, und die Fährte eines Hasen. Dann erblickte sie etwas, das sie stutzen ließ. Hoch oben auf einem Baum befanden sich Spuren, die sie nicht kannte. Ein Eichhörnchen konnte es nicht sein, dafür waren die Spuren zu groß. *Außerdem... schlafen Eichhörnchen im Winter nicht eigentlich?*

Die Studentin zuckte desinteressiert die Schultern. Was sollte es schon sein? Stattdessen blickte sie zu dem kleinen, zugefrorenen Teich, der sie vorher schon durch seine Einzigartigkeit gefesselt hatte. Mit einem Mal jedoch fühlte sie sich seltsam beobachtet. Vorbei war es mit dem Zauber der schönen Idylle.

„Mariaaahh~“, klang Konstantins Stimme hinter ihr. Konnte man nicht einen Moment seine Ruhe haben?! Sie drehte sich um und blickte ihn fragend an.

„Hilfst du uns Abendessen und Nachtlager vorbereiten?“, fragte Markus, der Konsti begleitete und erklärte gleichzeitig ihr unerwartetes Auftreten.

„Was, schon so spät? Wie lange war ich hier draußen?“, fragte Maria einigermaßen erschrocken. Sie hatte doch glatt die Zeit übersehen! Gemeinsam gingen die drei zurück in das warme Haus und erst jetzt merkte Maria, dass ihr während ihres kleinen Spaziergangs ganz schön kalt geworden war.

Josh, Dennis und Simon waren ihnen soeben begegnet, als sie nach draußen gingen, um die Autos endlich in die kleine Tiefgarage zu fahren. Dies hatten Josh und Simon zuerst vehement abgelehnt, da es wegen der verschneiten und eisigen Fahrbahn gefährlich war, auf abschüssigem Asphalt der Einfahrt in die Tiefgarage zu fahren. Mit ein paar überzeugenden Argumenten hatte Dennis es offensichtlich jedoch geschafft, die beiden dazu zu bewegen, von der

Tiefgarage Gebrauch zu machen. *Was er wohl gesagt haben mochte?* , überlegte Maria.

Als sie das Haus betrat, schlug ihr ein stickiger Geruch ins Gesicht. Er war nicht direkt unangenehm, aber er zeugte davon, dass das Haus weine Weile ungelüftet gewesen war. Ansonsten roch es aber äußerst angenehm nach frisch zubereitetem Essen und dem kleinen Feuer, das im Kamin munter vor sich hin prasselte.

Sie wandte sich kurz noch einmal um zur Haustür und schloss diese unter Markus' strenger Aufsicht ab. Die drei bei den Autos konnten über eine Treppe, die vom Treppenhaus in die Tiefgarage führte, nach oben ins Innere des Hauses. Maria wunderte sich, wieso die Vordertüre so dick war, und extrem schwer obendrein. Dicke Mauern wunderten sie nicht, aber nun sah sie, dass das Holz nur draußen an der Mauer angebracht war und das Haus eigentlich ein starker Massivbau aus Ziegel war. Schön verputzt, natürlich, aber keine Holzbohlen. Markus bestätigte ihre Annahme mit einem Nicken, als sie ihn danach fragte. Auch die Fenster waren mit ungewöhnlich dicken und starken Rollläden versehen. Alles in allem wirkte das Ferienhaus eher wie eine kleine Festung, denn wie ein gewöhnliches Ferienhaus.

Schnell deckten die Mädels den Tisch fürs Abendessen, während Konsti, das Essen fertig kochte oder noch einmal aufwärmte, da die Platte zu klein für alle die Töpfe war.

Die anderen jungen Männer waren, den Geräuschen nach zu urteilen, entweder in der Tiefgarage, oder dabei in diese hinein zu fahren, und anschließend das Tor zu verriegeln, oder schlossen die dicken Rollläden. Da diese Arbeit von Alex übernommen wurde, machte sich Markus daran, die Koffer nach oben zu tragen und im Schlafraum, wie Lexi Maria erklärte, abzustellen. Das Haus war ein Ferienhaus und folglich nicht sonderlich groß. Oben gab es lediglich 2 Räume: Ein größeres Zimmer, das das Schlafzimmer für alle war, und ein Badezimmer inklusive WC. Das Erdgeschoß bestand lediglich aus einem Raum, der in sich Wohnzimmer, Esszimmer und Küche vereinte und ausschließlich durch den Kachelofen in der Mitte beheizt werden konnte. Ansonsten gab es noch einen kleinen Abstellraum und eben das Stiegenhaus. Die Tür zum Obergeschoss war geöffnet um ihnen Zutritt zu gewöhren.

Andi hatte es währenddessen übernommen, im Kamin ein paar Holzscheite nachzulegen, damit das Feuer nicht herunterbrannte. Dies hätte die unangenehme Folge, dass es ziemlich kalt werden würde, da das Haus über keine weitere Heizmöglichkeit verfügte. Dann holte er, gemeinsam mit Josh, der als erster aus der Tiefgarage hochgekommen war, Holzscheite aus einem Nebenraum und schlichtete sie in den dafür vorgesehenen Korb.

Als die anderen beiden Autolenker zurück nach oben kamen, verschlossen sie die Tür zu Keller und Tiefgarage und übergaben den Schlüssel an Dennis. Dann teilten sie sich auf um noch ein wenig zu helfen, während das Essen angerichtet wurde. Josh verschwand kurz auf die Toilette und half abschließend Dennis, die mitgebrachten Knabbereien ordentlich in den leeren und dafür vorgesehenen Schränken zu stapeln. Simon hingegen ging nach oben um zu helfen, die Schlafgelegenheiten herzurichten. Maria war neugierig und ließ sich von Lexi und Hannah nach oben führen. Das Schlafzimmer bestand, wie Lexi bereits behauptet hatte, aus einem einzigen Raum, der für die Verhältnisse des Hauses ziemlich weitläufig war. Die zwei Bandmitglieder hatten ordentliche Arbeit geleistet und Matratzen auf dem Boden ausgelegt.

„Dennis hat sie uns vorhin gezeigt. In dem Haus ist öfter jemand von seiner Familie. Zum Beispiel seine Schwester, wenn sie mit Freundinnen einen Ausflug macht und dann einfach hier übernachtet“, erklärte Simon, als er Marias fragende Miene richtig deutete und schon zeigte sich Erkenntnis in dem Gesicht der jungen Frau. Die Mädels verständigten sich kurz und Lexi eilte die Stufen hinab um Dennis nach Leintüchern zu fragen. Dann machten sich die drei weiblichen Mitglieder der Reisegruppe daran, die Matratzen zu beziehen, während die jungen Männer die letzten Matratzen auflegten und danach Kissen und Schlafsäcke auf dem raumfüllenden Matratzenlager verteilten. Konstantin war inzwischen auch hoch gekommen und ließ die

Rollläden auch hier herunter und sperrte den sich verdunkelnden Himmel aus.

Gerade als sie ganz fertig geworden waren, rief Dennis von unten herauf, dass das Abendessen angerichtet sei. Mit Freudengeheul rannten die jungen Männer, oder zu groß geratenen Kleinkinder, wie die drei Frauen einvernehmlich beschlossen, polternd die Stufen hinunter und hätten dabei beinahe den Leader der Band umgerissen, der das Pech hatte, am unteren Ende der Treppe zu stehen. Die drei Frauen folgten etwas gemächlicher und weitaus eleganter, aber kein bisschen weniger hungrig. Da trug der köstliche Duft, der ihnen sanft entgegen schwebte, auch nicht gerade zur Linderung bei.

Endlich saßen alle am Tisch, der einen Teil des Raumes einnahm, der sowohl Küche, als auch Wohn- und Esszimmer zugleich war und in dessen Mitte der Kamin stand. Der Tisch bog sich regelrecht unter dem ungewohnten Gewicht, denn er musste nicht nur ungewöhnlich viel Besteck und Teller tragen, sondern auch noch einige, bis an den Rand gefüllte, Töpfe. Einerseits gab es zwei verschiedene Suppen: eine wunderbar cremige Knoblauchsuppe aus echtem Knoblauch und keine gekaufte Instantsuppe, sowie eine klare Gemüsesuppe für die Gaumen, die mit weniger intensiven Geschmacksnoten vorlieb nahmen.

Diese beiden Töpfe wurden natürlich zuerst von der hungrigen Meute in Angriff genommen zuzüglich der Brotschnitten, die entweder in der Suppe landeten, oder einfach dazu gegessen wurden. Maria hatte sich für eine Knoblauchsuppe entschieden, aber gegen das Brot, auch wenn Dennis, der sich neben sie gesetzt hatte, ihr eines anbot.

Maria und Hannah räumten nach dem ersten Gang die beiden Töpfe ab, die bis auf jeweils etwa ein Viertel geleert worden waren, um auf dem hoffnungslos überfüllten Tisch ein wenig Platz zu schaffen.

„Sag mal… wo essen die das eigentlich hin? Ich meine, hast du gesehen, wie viel das war?!" fragte Maria ihre Freundin flüsternd. Diese zuckte jedoch nur ratlos mit den Achseln: „Dieselbe Frage stelle ich mir auch schon eine ganze Weile… aber hab es aufgegeben eine Antwort zu suchen…" Die beiden lachten kurz und füllten die Reste der Suppe in kleinere Töpfe und stellten die großen Töpfe zur Abwasch, ehe sie sich wieder an die Tafel begaben. Auch beim Hauptgang hatten sich die Köche nicht lumpen lassen und gleich drei verschiedene Gerichte aufgetischt.

„Also, wenn das jeden Tag so ist, nehm ich in den nächsten Tagen mehr zu als zu Weihnachten", zischte Maria Lexi zu, neben welcher sie saß. Diese stimmte der Jüngeren kichernd zu. Andererseits, warum sollte man es sich nicht ab und zu einmal so richtig gut gehen lassen? Dazu gehörte einfach ein gutes und vor allem reichlich vorhandenes Essen, wie sich alle am Tisch einig waren.

Es gab als Hauptspeise Putenfleisch in köstlicher Pilzsauce, gegrilltes Putenfleisch mit ein wenig Bratensaft dazu und für die Vegetarier gab es Ratatouille. Als Beilagen hatten sich die Köche für Kartoffeln, Reis und Blattsalat entschieden.

Zur Überraschung aller, gab es nach dem Hauptgang auch noch eine Nachspeise: eine riesige Schokotorte. Maria war sich sicher zu träumen. Wo um alles in der Welt sollte sie diese Köstlichkeit noch unterbringen?! Dann stellte ihr Dennis auch noch ein Riesenstück vor die Nase und verkündete fröhlich, dass er zutiefst beleidigt wäre, wenn sie nicht alles bis auf den letzten Krümel aufessen würde. Die junge Frau starrte ihn an, als wäre an Stelle von Dennis plötzlich ein Marsmännchen ihr Tischnachbar. Dieser jedoch ließ sich dadurch keineswegs die Laune verderben und machte Anstalten sie zu füttern, was von einigen der 7MS mit schallendem Lachen quittiert wurde. Erst schämte sich die junge Frau, doch dann lachte sie mit, vor allem als sie sah, dass es ihren beiden Freundinnen keine Spur besser ging und die drei sich mit einem Blick einigten die allgemeine Verrücktheit einfach amüsant zu finden.

Sie hätte nicht mehr sagen können wie sie es geschafft hatte dieses Monstrum von Tortenstück zu verschlingen, aber sie hatte es zustande gebracht. Als jedoch jemand eine Schüssel

Knabbereien vor sie stellte, weigerte sie sich einfach noch etwas zu essen. Dann würde sie wirklich platzen, behauptete sie.

Schnell wurden die Reste des Abendessens weggepackt und entweder in den Kühl- oder Gefrierschrank gestellt. Das würde morgen noch einmal auf den Tisch kommen. Essensverschwendung kam für keinen der jungen Leute infrage.

Allerdings wurden die Knabbereien vom Esstisch mitgenommen, als die Gruppe es sich in den äußerst bequemen Sofas gemütlich machte. Dabei ging es zufälligerweise so aus, dass jede der jungen Frauen neben ihren besten Freunden sitzen konnten. Dabei hatten Konstantin und Dennis teilweise etwas mitgeholfen und sich ganz unschuldig gegeben. Somit saß Maria schließlich zwischen Markus und Joshua, Lexi wurde von Andi und Simon flankiert und Hannah kam neben Alex und Konstantin zu sitzen.

„Soooo~ was könnten wir jetzt wohl machen?“ fragte letzterer in die Runde und grinste vielversprechend.

„Oh, oh… das sieht nicht gut aus… er hat schon wieder seltsame Ideen…“, murmelte Josh neben Maria, die erschrocken zu ihm herumwirbelte: "Äh... Was?"

„Keine Sorge, wir passen schon auf dich auf“, setzte Markus noch einen dazu und grinste die junge Frau an. Allzu beruhigend waren diese beiden Aussagen nicht. Vor allem hatten die beiden einen Unterton in der Stimme, der ihr ganz und gar nicht zusagte. Ein Blick zu ihren Freundinnen bestätigte ihr, dass diese ähnlich dachten und ihre Sitznachbarn mit schrägen Blicken bedachten.

„Ich wollte mich ja nicht vordrängen, aber da niemand etwas sagt…“, begann Konstantin.

„Aber du HAST dich vorgedrängt, Konsti…“, sagte Alex eine Spur zu laut und hatte die Lacher der anderen auf seiner Seite. Ohne sich von dem Einwurf seines Kollegen beeinflussen zu lassen, fuhr Konstantin seelenruhig fort: „ABER, da niemand etwas sagt schlage ich vor, dass wir…“

Kapitel 10: Unruhige Nacht

„Wir spielen Seven Minutes!“ kommandierte Konstantin und grinste.

„Nein“, kam es strikt von mehreren Mitgliedern von 7MS.

„Es spielen Mädels mit und deine Phantasien sind nichts für sie“, kommentierte Josh trocken.

Maria zog fragend eine Augenbraue hoch. Konnte sie bitte mal jemand aufklären, wie erstens das Spiel überhaupt funktionierte und zweitens, was die ganzen nervigen Andeutungen sollten? Lexi und Hannah schien es da kein bisschen besser zu gehen, denn auch sie zogen Gesichter, als hätten ihnen ein Universitätsprofessor für Technische Mathematik irgendeine hochkomplizierte Formel zu erklären versucht.

„AAAAber… genau DAS macht das Spiel ja so interessant…“, verteidigte sich der Zweitälteste der Truppe scheinheilig.

„Nein, Konsti. N-E-I-N“ Alex würde genauso wie Andi und Josh nicht mit sich reden lassen. Nach und nach schlossen sich die meisten der jungen Männer den Dreien an. Sie wollten doch ihre neu gewonnenen Freunde nicht jetzt schon vergraulen, oder?

„Na gut, dann halt was anderes…" Sogleich schien eine weitere Idee hinter Konstantins Stirn Formen anzunehmen: „Wie wäre es mit… wir machen das Licht aus, machen einen

Kreis aus Kerzen und jeder von uns muss eine Frage beantworten und dabei natürlich ehrlich sein."

„So wie Flaschen drehen?", fragte Simon sicherheitshalber nach.

„Ausgezeichnete Idee! Wir spielen Flaschen drehen!!!" Konstantin war sofort hellauf begeistert.

„Aber mit Kerzen, damit das ganze auch etwas romantisch wirkt", schloss sich Josh seinem Kollegen an. Auch er begann inzwischen zu grinsen. Da verstand sich wohl jemand prächtig. Keine der jungen Frauen war sich sicher, wohin das führen sollte. Natürlich blieben die ratlosen und etwas hilflosen Mienen nicht unbemerkt.

„Keine Sorge, Maxi und ich passen schon auf dich auf", versicherte Josh Maria und fing sich einen freundschaftlichen Hieb auf die Schulter seitens Markus ein, der es nicht gerne hörte, "Maxi" genannt zu werden. So hatte ihn seine Mutter genannt, bis er vier Jahre alt gewesen war. Es war ein Fehler gewesen, Josh davon zu erzählen! Definitiv!

Jetzt zog Josh ihn bei jeder sich bietenden Gelegenheit mit diesem Spitznamen auf. Dass er ihm das im Zuge einer kleinen Feier erzählt hatte, bei der sie beide etwas tiefer ins Glas geblickt hatten, wollte Markus dabei nicht vor sich selbst gelten lassen.

„Mit deinem Grinsen vorhin, scheidest du glaube ich schon im Vorhinein aus, Josh", schoss Markus schließlich zurück. Josh machte sich bereits daran etwas zu erwidern und stoppte, als Maria unvermittelt leise zu kichern begann.

„Was?“

„Nichts“ Ein Engelsblick ohnegleichen wurde von Maria auf die Reise geschickt. Anstatt einer ausführlicheren Antwort blickte sie zu ihren beiden Freundinnen. Hannah schien verängstigter denn je. Offenbar hatten weder Alex noch Konsti Anstalten unternommen sie zu beruhigen. Stattdessen hatten sie ihre Gedanken und Ängste noch verstärkt, ehe sie ihr leicht auf die Schulter klopften und lauthals lachten.

„Ich find das nicht lustig, Alex“, murrte sie scheinbar beleidigt.

„Oh Mann, du bist echt süß, wenn du sauer bist “, flüsterte ihr dieser grinsend ins Ohr.

"Äh", machte sie und ihre Wangen färbten sich zusehends rosa. Doch sie wehrte sich halbherzig indem sie dem Mitglied von 7 MS in die Schulter boxte. Er quittierte das mit einem nicht ganz ernsthaften „Au!“

„Wie wäre es mit dem Wolfspiel?“, schlug Lexi vor, um ihre Freundin vor weiteren „Attacken“ seitens Alex zu retten. Diese warf ihr einen dankbaren Blick zu. Der Vorschlag stieß auf genügend Begeisterung, dass ein paar Runden gespielt wurden. Danach kamen sie alle überein, dass sie auch einfach nur quatschen und Knabbereien in Riesenmengen verdrücken konnten.

Die Zeit verrann wie im Nu und bald war es so spät, dass alle immer müder wurden und ein paar Stimmen laut wurden, die vorschlugen zu Bett zu gehen. Gemeinschaftlich wanderte die Gruppe nach oben und Dennis entschuldigte sich bei den Mädels, dass sie mit den Jungs in einem Zimmer schlafen mussten. Diese jedoch meinten, es sei ihnen kein Problem.

„Wenn allerdings einer von euch zu aufdringlich wird…“, begann Hannah.

„… dann verschwinden wir nach unten“, setzte Maria grinsend fort.

„… oder du verprügelst sie“, warf Lexi grinsend an Maria gewandt ein. Diese grinste nur zurück und schüttelte resigniert den Kopf: „Womit hab ich mir dieses Image verdient, Lexi?“ Diese lachte und zuckte nur vielsagend mit den Schultern.

„Was ist mit der Schlafordnung?“ meldete sich Konstantin zum wiederholten Male zu Wort. Konnte der nicht einfach mal seinen Mund halten? *Wohl eher nicht...,* dachte Maria, der das sinnlose Gequatsche des jungen Mannes langsam, aber sicher, auf die Nerven ging.

„Schlafordnung?“, fragte Markus.

„Na, wer neben wem schläft“, meinte er, als wäre das das gewöhnlichste aller Probleme.

„Und wer sollte das entscheiden?“, fragte Markus weiter.

„Hmm~ Meistens der der fragt“, Konstantin grinste. Markus erwiderte das Grinsen. "Aber nur meistens", fuhr Konstantin fort, wobei er den Zeigefinger erhob. Ihm war eine Idee in den Sinn gekommen. Das Grinsen schmolz von Markus' Gesicht.

„Wie wärs, wenn wir uns nach dem Alphabeth legen?“ Er erntete schiefe Blicke. Auf so eine Idee wäre keiner gekommen, außer natürlich Konstantin.

Keine der jungen Frauen war hellauf begeistert, denn das hieß, dass sie irgendwo im Raum verstreut liegen würden. Dennoch wurde der Vorschlag zum Spaß probeweise sogleich in die Tat umgesetzt und Maria lag somit schließlich zwischen Konstantin und Markus, Hannah hatte Josh und Dennis neben sich während Lexi, mit vollem Namen Alexia, von Alexander und Andreas eingerahmt wurde.

Doch irgendwie schien niemand so richtig begeistert zu sein. Im Endeffekt lagen sie alle wieder gänzlich anders, als Konstantin es vorgeschlagen hatte. *Gut nur, dass man seine Zeit nicht mit sinnlosen Gedanken verschwenden kann*, dachte Maria kopfschüttelnd. Sie hatten nun beschlossen, dass jeder sich selbst einen Schlafplatz suchte. Das war gar nicht so einfach, wie die Mädels etwas später sahen, denn die Jungs fingen doch tatsächlich darüber zu streiten an, wer wo liegen dürfen sollte und warum, beziehungsweise warum nicht. Nach einer Weile kehrte jedoch endlich wieder Ruhe ein und alle fielen relativ bald in tiefen Schlaf.

Mitten in der Nacht wachte Maria plötzlich auf. Nicht lange und sie wusste warum: Sie musste dringend zur Toilette. Vorsichtig, um die Schlafenden nicht zu wecken, schlich sie über das Matratzenlager und verschwand schnell auf der Heimlichkeit. Als sie diese wieder verließ, meinte sie Geräusche zu hören. Etwas wie Schaben oder Kratzen. Von außen. Sie glaubte im ersten Moment, dass sie jetzt entweder völlig wahnsinnig oder paranoid wäre. Dennoch hörten die Geräusche nicht auf. Überall rund um das Haus waren sie zu hören und bildete sie sich das nur ein? Oder war da gerade ein Schlag gewesen?! Sie zuckte zusammen.

Langsam bekam sie es mit der Angst zu tun.

Mit einem Mal knarzte es direkt hinter ihr. Sie erstarrte für einen Augenblick.

Unglücklicherweise stand sie direkt am oberen Ende der Treppe.

Erschrocken wirbelte sie herum und wäre prompt die Stufen hinunter gefallen, wären da nicht zwei starke Arme gewesen, die sie mit einem Mal umschlangen und vor diesem eher schmerzhaften Schicksal verschonten. Gerade wollte sie vor Schreck erst recht zu schreien beginnen, als eine Hand sich auf ihren Mund legte und den Schrei, der sich ihrer Kehle entrang, erstickte.

„Keine Angst…“, flüsterte eine sanfte Stimme in ihr Ohr. „Ich bins doch nur…“ Endlich konnte sie die Stimme identifizieren und entspannte sich. Daraufhin wurde sie losgelassen und sie konnte sich umdrehen um in Joshs Gesicht zu sehen.

„Was machst du hier?“, fragte sie diesen flüsternd.

„Dasselbe sollte ich dich fragen. Einfach in der Nacht herumzuschleichen…“

„W- Wa- … Wie bitte? Herumschleichen? Man wird doch noch für kleine Prinzessinnen dürfen?!“ fragte die junge Frau brüskiert.

Josh nickte. Natürlich! Alles andere konnte schließlich in einer miefigen Katastrophe enden! Aber er schien etwas zu wissen, das Maria vermutlich brennend interessiert hätte. Was waren das für Geräusche gewesen? Ohne jedes weitere Wort, doch mit einem freundlichen Lächeln nahm er schließlich ihre Hand und zog sie wieder mit in den Schlafraum. Nun, da sie hellwach zurückkehrte, fragte sie sich, wie um alles in der Welt sie hatte schlafen können. Es war höllisch laut in dem Raum.

Nicht nur die seltsamen Geräusche von außen, sondern auch die steten Geräusche, wenn sich jemand auf seinem Platz herumwälzte. Einige schnarchten munter um die Wette. Diese waren zu erwarten und alles andere als bedrohlich. Dennoch, Maria schaffte es nicht, ihrer Angst Herr zu werden und lag noch lange wach. Bei jedem noch so kleinen Geräusch schreckte sie auf. Bis schließlich Josh, der sie beobachtet hatte, wieder in seine Beschützerrolle schlüpfte und die junge

Frau an sich zog. Endlich konnten sie beide wieder langsam in das Land der Träume wandern, bis weit in den folgenden Tag hinein.

Am nächsten Morgen wachten sie beide zeitig auf. Keiner von beiden sprach über die Geschehnisse bei Nacht. Nach einem kurzen Frühstück beschlossen Josh und Maria einen kleinen Verdauungsspaziergang zu machen. Eine Weile gingen sie schweigend neben einander her und beobachteten die Natur. Unauffällig suchte Maria im Schnee nach Spuren, die Erklärungen für die seltsamen Geräusche liefern konnten. Leider ohne Erfolg. Joshua entging ihre Rastlosigkeit nicht. Doch er sprach sie nicht darauf an. Wenn sie etwas wissen wollte, würde sie schon von sich aus beginnen. Mit diesem Entschluss im Hinterkopf warf er lediglich wachsame Blicke in die Umgebung und behielt immer ein Auge auf der jungen Frau. Doch er hatte mit seiner Einschätzung von Maria Recht gehabt. Nicht lange nachdem er seinen Entschluss gefasst hatte, setzte Maria vorsichtig an eine Frage zu stellen: "Also... Diese Geräusche... letzte Nacht, du weißt schon... was war das?"

"Meine Bandkollegen haben geschnarcht", erwiderte Josh und hatte es eigentlich als Scherz gemeint. Maria jedoch fand die ganze Geschichte nicht ganz so lustig wie der junge Mann. Sie warf ihm einen bitterbösen Blick zu und wollte gerade ansetzen etwas bissiges zurück zu geben.

"Ok, es tut mir leid...", warf er schnell ein. "Das war dumm von mir. Aber diese anderen Geräusche, das war nichts. Nur der Wind und eine Dachlawine..." Wie zur Bestätigung deutete er auf einen Haufen Schnee, der eindeutig von einer Dachlawine herrühren musste. Maria war nicht wirklich zufrieden mit seiner Antwort. Doch irgendetwas an seiner Miene sagte ihr, sie solle besser nicht weiter fragen. *Irgendwie habe ich dieses Gefühl ziemlich häufig, wenn ich etwas mit ihm unternehme*, fiel ihr auf.

Kapitel 11: Wiedersehen

Viel zu schnell war das Wochenende vorbei und die gesamte Truppe musste wieder nach Aquila zurück. Die einen um ihre Vorlesungen zu besuchen, die anderen um zu arbeiten oder zu trainieren. Eine Woche mussten die Studenten noch durchhalten, dann würde der Februar beginnen. Dann hatten sie alle endlich einen Monat vorlesungsfreie Zeit. Lexi hatte sich für die letzten beiden Februarwochen freinehmen können. Maria hatte zwar ebenfalls überlegt, sich Urlaub zu nehmen, doch sie hatte sich im Endeffekt dagegen entschieden. Viel lieber wollte sie den Februar nutzen um möglichst viele Stunden zu arbeiten. Außerdem hatten sie einige wichtige Projekte in der Firma laufen. Da konnte sie recht einfach eine Menge Überstunden aufbauen und diese dann schließlich im Sommer als Zeitausgleich wieder abbauen. Vorher jedoch hatte sie noch diese eine Monsterwoche vor sich und die hatte es in sich.

Diese eine Woche war die härteste des Semesters. Maria hatte, ebenso wie viele der anderen, jeden Tag zwischen einer und drei Prüfungen und musste alles geben. Gelernt hatte sie schon vor dem Ausflug, also hatte sie wenigstens in dieser Hinsicht kein Problem. Auch die Kurse für Freizeitaktivitäten, die alle nebenbei besuchten, nahmen sie vollends in Beschlag, sodass die Woche um war, ehe sie es realisieren konnten.

„Wooow! Endlich ist diese Woche vorüber!“, freute sich Maria und ließ sich müde in die weiche Couch im Wohnzimmer fallen. Wie leer kam einem die Wohnung vor, wenn man sie sich zu fünft teilte, und jeder sein eigenes Zimmer hatte und kurz zuvor war man zu zehnt in einem Raum gelegen!

„Ja, ich freu mich schon wie verrückt auf die Ferien!“, stimmte ihr Josh zu. Er war im letzten Studienjahr und somit war es für ihn noch härter, als für Maria.

„Noch mehr freue ich mich auf die Party!“, warf Lexi grinsend ein.

„Party?“, Dennis schien etwas ahnungslos.

„Nichts Besonderes, nur deine Mitbewohnerin und drei deiner Bandmitglieder haben im Februar Geburtstag und da zufällig drei der insgesamt vier Geburtstagskinder in deiner Wohnung leben, schmeißen wir hier eine Party für sie“, klärte Lexi ihn erstaunt auf und Dennis schlug sich an die Stirn. Stimmt ja! Wieso hatte er nicht selbst daran gedacht?

„Aquila! Da musst du abfahren, Papa!“, rief eine Frauenstimme. Und wirklich, endlich waren sie in der Stadt angekommen, in der sie die nächsten paar Jahre wohl leben würden. Sie war erst einmal in Aquila gewesen, um

Verwandte zu besuchen, doch da war sie noch ein kleines Mädchen von etwa fünf Jahren gewesen. Staunend blickte sie sich um.

„Wo müssen wir denn hin?“, fragte ihr Vater sie.

„Ah, tut mir Leid!“ Vor lauter Vorfreude hatte sie doch glatt vergessen, dass sie ihrem Vater den Weg mittels einer Karte ansagen musste. Schnell fischte sie diese aus der griffbereiten Handtasche hervor. Nach einem prüfenden Blick dirigierte sie den Fahrer des Wagens durch das verwirrende System aus Einbahnstraßen zu dem Wohnblock, der ihr neues zu Hause werden würde. Staunend stieg sie aus und blickte sich in der Straße um.

„Ich hab gar nicht geglaubt, dass es hier auch so ruhig ist…“ Sie schien schon fast ein wenig enttäuscht.

„Mach dir nichts draus, ich glaub, das scheint nur so, weil alle arbeiten oder zu Hause sind. Bei dem eisigen Wind kein Wunder…“, antwortete ihr ihr Vater, der gerade ebenfalls aus dem Wagen kletterte.

Ihr Vater half ihr, Sabine, die gerade eben aus ihrer Heimatstadt angereist war, ihre Koffer aus dem Kofferraum zu hieven. Sie wollte unbedingt, dass er sie nach oben begleitete. Nicht nur, weil sie etwas nervös war, wie ihre neuen Mitbewohner wohl sein würden. Immerhin wusste sie weder mit wem sie in derselben Wohnung wohnen sollte, noch, ob diese Leute auch nett waren. Außerdem hatte ihr Vater sich zumindest einen Kaffee verdient, dafür, dass er sie soweit kutschiert hatte, anstatt sie alleine mit dem Zug fahren zu lassen. Er willigte ein und half ihr dabei, das schwere Gepäck nach oben zu tragen.

„Sag mal, haben nicht auch Lexi, Hannah und Maria gesagt, sie würden in Aquila wohnen?“, fragte er plötzlich interessiert. Sabine nickte. Allerdings wusste sie nicht, wo ihre Freunde aus der Hochschulzeit genau wohnten. Zum Suchen war die Stadt zu groß. Aber sobald sie sich etwas eingelebt hatte, konnte sie diese bestimmt anrufen! Die Nummern müssten eigentlich noch stimmen.

„Wär witzig, wenn sie im selben Haus wohnen“, kicherte sie.

„Ziemlich unwahrscheinlich, meinst du nicht?“, entgegnete ihr Vater grinsend und kommandierte: „Aber komm, ich hab weder vor hier Wurzeln zu schlagen, noch hier anzufrieren...“ Schnell schnappten sie die Koffer und schleiften die schweren Dinger in den dritten Stock hinauf.

„Wer hat eigentlich Hochhäuser ohne Lifte erfunden...“, jammerte Sabine leidend. Sie hatte keine Lust mehr Treppen zu erklimmen.

„Sportliche Leute“, neckte ihr Vater sie.

„Also bestimmt niemand wie ich“, klagte Sabine weiter.

„Jammern hilft nichts... Da schau, wir sind schon da!“, munterte er seine Tochter auf und wirklich standen sie im dritten Stock.

„Schon? Das ging ja fix…"

„Hast du den Zettel? Welche Wohnung ist es?"

„Äh Moment…" Schnell kramte Sabine den Zettel hervor: „Wohnung 3-7", verkündete sie grinsend. Ehe die beiden weitergehen konnten, hörten sie eine weitere bekannte Stimme: „Hee, da wohn ich ja auch!"

„Roxi!", rief Sabine begeistert.

„Warum habt ihr nicht auf mich gewartet?", schmollte Roxane, genannt Roxi, gespielt beleidigt. Roxi war mit Maria zur Schule gegangen, doch auch sie kannte Sabine, Lexi und Hannah bereits lange Zeit.

„Es war so kalt… Außerdem hast du gesagt, du wüsstest nicht, ob du heute schon ankommst", rechtfertigte sie sich. Roxi winkte grinsend ab. Gemeinsam suchten sie also die Tür, neben der das Schild mit der Aufschrift 3-7 hing.

„Da ist es ja… Habt ihr einen Schlüssel mit?", fragte Roxi.

„Nein, die bekommen wir von unseren Mitbewohnern, wurde uns gesagt…", antwortete Sabine. Keine der beiden Frauen traute sich so Recht anzuklopfen, ehe Sabine sich durchrang und sich bei ihren neuen Mitbewohnern bemerkbar machte.

Es dauerte eine ganze Weile, bis jemand die Türe öffnete, also wollte Sabine noch einmal anklopfen. Gerade hob sie ihre Hand und ballte diese zur Faust, als die Tür aufgerissen wurde und sie fest daran glaubte völlig verrückt zu sein: Vor ihr stand niemand anderes als Simon von 7MS.

„Guten Tag, Simon!“, beeilte sich Sabine zu sagen. Roxi jedoch blieb stumm. Woher kannte ihre Freundin den Fremden bloß?

„Roxi, bist du sicher, dass das die richtige Wohnung ist?“, zischte Sabine ihrer Freundin zu, die bestätigend nickte. Zum Beweis streckte sie ihr den Zettel hin, auf dem wirklich diese Wohnung angegeben war. „Was ist denn los mit dir?“, fragte Roxane ganz verwundert, die die Aufregung ihrer Freundin nicht verstehen konnte. Diese blickte die Ältere entgeistert an. Das KONNTE sie nicht ernst meinen, oder?

„Roxi, das ist Simon von 7MS! Eine der derzeit erfolgreichsten Bands! Von ihm habe ich dir erzählt!“, klärte Sabine die Freundin flüsternd auf.

„Aha, schön zu wissen“, erwiderte Roxi mäßig interessiert. Die andere sah sie an, als wäre sie von einem anderen Stern. Da stand man mal eben zufällig vor einem aufstrebenden Star und zeigte nur minimales Interesse, als wäre einem gerade irgendein Passant auf der Straße vorgestellt worden?! Naja, so verwunderlich war es nun eigentlich auch wieder nicht, da dieses Musikgenre nicht gerade zu Roxis Lieblingsmusik zählte. Aber trotzdem!

„Sieht er nicht super aus?“, fragte Sabine schwärmerisch. „In echt sieht er ja noch besser aus, nicht?!?!“

„Naja, sooo~ fesch finde ich ihn jetzt auch nicht“, merkte Roxi unschuldig an und erntete wieder nur ungläubige Blicke.

„Worum geht's bei euch eigentlich?", mischte sich Simon nun grinsend ein. Die jungen Frauen hatten angeregt getuschelt und dabei die Stimmen aber soweit gesenkt gehalten, dass er nichts gehört haben konnte. Über ihrer Diskussion hätten sie beinahe die Anwesenheit des Musikers vergessen.

„Kommt ihr nun rein, oder nicht?"

„In einer Woche ist die Party, wir sollten langsam die anderen offiziell einladen... Weißt du wo Lexi ist?", meinte Dennis, der gemeinsam mit Lexi begeistert die Partyorganisation übernommen hatte, zu Josh. Eigentlich wollten sie die Geburtstagskinder allesamt daran hindern ihnen zu helfen, doch das wollten weder Maria noch Andreas oder Josh gelten lassen. Markus wohnte in der Nachbarwohnung, also konnte er da weniger mitreden und wurde von den Vorbereitungen mehr oder weniger ausgeschlossen.

Wenn man von Personen sprach, waren sie meist auch nicht weit, und tatsächlich, in ebenjenem Moment kam Lexi in die Wohnung gesprintet und hätte beinahe die Tür mit umgerissen.

„Maria!!! Mariaaaaah~!!!", rief sie voller Aufregung und stürmte, nach Marias Antwort, sofort in deren Zimmer. Etwas skeptisch blickte die junge Frau von ihrer Schreibarbeit auf, die sie gerade zu erledigen geplant hatte.

„Was gibt's?“, fragte sie ruhig. Lexi musste kurz Luft holen, ehe sie antworten konnte: „Wir haben neue Nachbarn! Aber das ist eine Überraschung“, trällerte die Ältere geheimnisvoll.

"Warum erzählst du es mir dann, wenn es eine Überraschung ist?", meinte Maria grinsend. Lexi winkte jedoch ab. Sobald Maria aufgestanden war, schnappte sich Lexi deren Handgelenk und schleppte sie, vorbei an Andi und Josh, aus der Wohnung. Die Reise war jedoch schnell zu Ende, nämlich genau genommen gleich an der nächsten Tür.

„Lexi, ich weiß, dass Simon hier wohnt, also wozu die Aufregung?“, fragte die Jüngere verwundert. Was genau war da bitte eine Überraschung?

„Ich sagte doch: 'Lass dich überraschen'“, ermahnte sie ihre Mitbewohnerin grinsend. Mit vielsagendem Blick hob sie langsam die zur Faust geballte Hand und klopfte sachte an die Wohnungstür. Als Hannah öffnete und die zwei begrüßte, sah Maria Lexi fragend an. War die Überraschung, dass Hannah in eine andere Wohnung umgezogen war?

„Kommt rein! Hast du sie also schnell geholt“, bemerkte Hannah grinsend und die arme Maria war außer verwirrt nur mehr verwirrt. Zu allem Übel wurde sie auch noch von ihren Freundinnen für ihre verdutzte Miene ausgelacht. Schließlich folgten Lexi und Maria Hannahs Aufforderung und betraten die Wohnung. Doch schon nach ein paar Schritten, genau genommen im Wohnzimmer der Wohnung, sah sie den Grund für Lexis Aufregung: 2 Freundinnen aus der Schulzeit waren nach Aquila gekommen und ab dem heutigen Tag ihre neuen Nachbarinnen. Diese Begegnung löste ein Freudengeheul aus und unter vielen Umarmungen begrüßten die jungen Frauen sich.

„Oh mein Gott! Es ist eeee~wig her!“, rief Sabine. „Soo~ schön euch wieder mal zu sehen!“

„Wir haben euch vermisst!“, merkte Roxi freudestrahlend an.

„Endlich treffen wir uns mal wieder“, meinte Maria fröhlich.

Und lange ging das Wiedersehensfest so weiter. Bald saßen alle Freundinnen am Wohnzimmertisch und unterhielten sich über die „guten alten Zeiten“, die sie gemeinsam während der Schulzeit verbracht hatten.

Simon saß dabei und lachte ausgelassen über die amüsanten Anekdoten, die die Runde machten und steuerte natürlich auch selbst lustige Kommentare bei, bis der Mond die Sonne ablöste und sich das Blau des Himmels in dunkles Schwarz verwandelte.

Kapitel 12: Geburtstagskinder

„Happy birthday to you~, happy birthday to you~…", schallte das altbekannte Geburtstagslied aus allen Kehlen zu Ehren der vier Geburtstagskinder. Da alle vier im Februar Geburtstag hatten, hatten sie beschlossen, alle gleich am selben Tag ihren besonderen Tag zu feiern. Während Maria und Markus, als die beiden jüngsten, das 21. Lebensjahr vollendeten, wurde Andi 22 und Josh 24.

„Sooo~ meine Lieben!", ergriff Dennis als Leader der Band das Wort, sobald der Begeisterungssturm etwas abebbte. Er wartete kurz, bis er die ungeteilte Aufmerksamkeit aller Anwesenden hatte und fuhr schwungvoll fort: „Ich wünsche euch - liebe Geburtstagskinder - alles Gute zum Geburtstag und habe als Leader die einmalige Ehre, euch eure Geschenke, die von uns allen gemeinsam sind, zu überreichen!"

„Dennis, wir sind nicht im Theater!", meinte Konstantin und entlockte damit allen ein Lachen.

„Was? Echt nicht?", gab der Getadelte scheinbar ahnungslos zurück, ganz so, als hätte er sich tatsächlich in der Situation geirrt. Dann sprach er weiter: „Wie auch immer: Hier! Alles Gute zum Geburtstag Maria!" Dabei überreichte er der jungen Dame ein in schillerndes Papier eingepacktes Geschenk und umarmte sie anschließend.

„Danke, Dennis!“

Auch die anderen Geburtstagskinder bekamen ihre Geschenke von dem Ältesten in die Hand gedrückt. Im Gegensatz zu Maria jedoch, die von allen zum Glückwunsch umarmt wurde, geschah dies bei den jungen Männern nur, wenn ihnen eine der jungen Frauen gratulierte. Maximal der allerallerbeste Freund durfte die männlichen Geburtstagskinder ebenfalls umarmen. Alles andere wäre schließlich uncool oder so ähnlich.

„Ja, Konsti, jetzt bist du auch auf deine Rechnung gekommen!“, neckte Markus Konstantin, der Maria soeben zum Geburtstag gratuliert hatte.

„Ja! Und dieses Mal brauch ich mich nicht mal vor Josh in Acht nehmen“, gab dieser lachend zurück.

„Aufmachen!“, verlangte Lexi kurz und prägnant, nachdem die Gratulationszeremonie vorüber war. Wie auch die anderen war sie auf die Reaktion ihrer Freundin, ihres Lieblingsmitglieds der Band, Andreas, und der anderen beiden Geburtstagskinder gespannt.

Als der Älteste wurde Josh als Erster aufgefordert und kam, selbst neugierig wie ein kleines Kind, dem Wunsch der Gäste gerne nach. Aus schier unzähligen Lagen Geschenkpapier und Karton schälte er schließlich eine Riesentube Haargel, was ihm ein wissendes Grinsen entlockte. Er war äußerst eitel. Ganz besonders wenn es um seine Haare ging. Diese waren ihm heilig! Unter Umständen verbrachte er Stunden im Bad, bis er mit seiner Frisur zufrieden war. Als nächstes kam ein neuer Kampfanzug, mit schwarzem Revers zum Vorschein. "Du meintest einer wäre zu wenig und zu umständlich. Daher dachten wir, es schadet bestimmt nicht!", ließ Konstantin vernehmen. Ein zweites Kampfgewand war schließlich immer praktisch.

Lachend streifte Josh das Gewand über und sah voller Freude, dass es perfekt passte. Ein kurzer Blick schoss zu Alex, der sich unwissend und unbeteiligt gab. Allerdings grinste er über das ganze Gesicht, ehe er Andi zustimmte.

„Maria? Danke“, wandte er sich also an seine Mitbewohnerin, die natürlich an dem Kauf des Dobok beteiligt gewesen war, wie auch Alex und Andreas. Das größte Paket lag noch unberührt auf dem Tisch und wurde nun als Letztes in Angriff genommen. Heraus fiel ein wunderschöner neuer Sportbogen.

„Woher wusstet ihr das?!“, rief der Sänger verblüfft. „Ist ja voll krass!!!“, verlieh er seiner Begeisterung Ausdruck. Er hatte vor kurzem begonnen in einem Bogenverein zu trainieren. Allerdings hatte er beschlossen, sich keinen der teuren Sportbögen zu leisten. Darum freute es ihn umso mehr, jetzt einen solchen in der Hand zu halten.

Andreas erhielt ein Autoradio und fand in einem weiteren Umschlag eine Schikarte vor, die ihm Lexi geschenkt hatte, wie er auf einer beigefügten Karte lesen konnte. Ungläubig schaute er sie an. „Danke, Lexi!“, sprach er mit leuchtenden Augen. „Ich war ewig nicht mehr Schifahren!“ Rasch schritt er auf sie zu und schloss sie überglücklich in die Arme. „Wann gehen wir?“

„Ist mir ganz egal! Sobald du Zeit hast!“, freute sich Lexi und war hellauf begeistert, dass ihr Geschenk Anklang gefunden hatte. Billig war das Ganze ja nicht gewesen, aber sie hatte irgendwann aufgeschnappt, dass ihr Schwarm das gerne wieder einmal machen wollte. Da sie selbst eine ausgezeichnete Schifahrerin war, war das doch die perfekte Idee für ein Geschenk gewesen! Natürlich hatten mehrere mit gezahlt, aber sie würde mit ihm Ski fahren und den Tag verbringen. Natürlich hätten sie auch die anderen mitgenommen, doch seltsamerweise hatte keiner sonderlich große Lust auf einen Skiausflug gehabt. Selbst Konstantin, der sonst eigentlich für alles zu begeistern war, hatte sich einfach abgeseilt!

Markus bekam einen neuen Haarspray und eine neue Stereoanlage geschenkt und bestaunte vor allem letztere ausgiebig, während Maria ihre eigenen Pakete öffnete.

Im Ersten, das von allen gemeinsam war, fanden sich ein Schneideprogramm, das erst vor wenigen Tagen auf den Markt gekommen und entsprechend teuer war, und Nunchaku wieder. Vor allem die Nunchaku hatte sie sich schon lange gewünscht. Ihre leuchtenden Augen sprangen von einem zum anderen, während sie sich voller offensichtlicher Freude bedankte. Dann sah sie, dass sie einen kleinen Umschlag fast übersehen hätte und öffnete ihn neugierig. Vor Überraschung weiteten sich ihre Augen und ihr Blick setzte sich an Josh fest, der sie etwas unsicher anblickte. Wie würde sie wohl reagieren?

In ihrer Hand hielt die junge Frau eine Eislaufkarte für zwei Personen. Darauf standen die Namen Maria und Joshua. Ihre Wangen röteten sich leicht ehe sie auf den Sänger zuschritt und ihn zum Dank umarmte.

„Ja ähm… läufst du gerne?“, fragte er und wirkte unsicher, was ihn irgendwie niedlich erscheinen ließ.

„Ja, ja, ich hab es ihm und euch von Anfang an gesagt!“, raunte Andreas mit rechthaberischer Miene Lexi zu. Diese begann zu kichern und hielt sich die Hand vor den Mund, um die Situation nicht durch zu lautes Lachen zu zerstören.

„M-hm“, nickte Maria: „Aber ich bin nicht allzu gut…“

„Das macht nichts, dann zeige ich es dir einfach!“ Leuchtende Augen blickten sie an.

„Sie kann echt gut laufen. Hör ich da etwa Selbstzweifel, hm?“, mischte sich Lexi grinsend ein. Sie holte zu einem freundschaftlichen Hieb aus um ihre Freundin für ihre Selbstzweifel zu „bestrafen“. Normalerweise wich Maria entweder grinsend aus, oder ließ sich zum Spaß „schlagen“, aber dieses Mal passierte etwas, das keine von ihnen bisher kannte: Lexis Faust verharrte auf halbem Weg mitten in der Luft, während ein unnachgiebiger Blick ihr die Sicht auf ihre Freundin versperrte.

„Komm nicht auf die Idee, sie zu schlagen, oder…“, kam es drohend von Josh. Maria stand hinter ihm und war verblüfft über seine Reaktion. Schließlich wusste sie, dass Lexi es niemals ernst meinen würde mit ihren Schlägen. Das war nur ein freundschaftliches Ritual zwischen den beiden, das sich mit der Zeit entwickelt hatte. Somit berührte sie den Kampfsportler sanft an der Schulter.

„Es ist alles in Ordnung, sie macht doch nur Spaß!“ Lachend schüttelte sie den Kopf. Schließlich stimmte die ebenso verblüffte Lexi in ihr Lachen ein und letztendlich auch Josh, was die angespannte Stimmung gänzlich löste. Gut, dass das so ausgegangen war, denn Maria war nicht entgangen, dass Andi ihre beste Freundin und seinen Kollegen äußerst genau beobachtet hatte. *Was wäre wohl passiert, wenn die beiden zu streiten begonnen hätten? Bahnt sich da etwa was an?,* fragte sich die junge Frau grinsend.

„Ostern ist es so weit, dann…“, verkündete Alex soeben wichtigtuerisch Hannah, mit der er sich auf dem Sofa niedergelassen hatte. Sofort sprangen Dennis und Josh, die ebenfalls an dem Couchtisch saßen, auf und hielten dem Musiker den Mund zu, ehe er weiterplaudern konnte. „Du hast wohl zu viel Alkohol erwischt, Alex!“, lachte Dennis den anderen aus, der protestieren wollte. Schließlich wurde der junge Mann von seinen Freunden abgeführt und Hannah wurde mit Maria am Tisch sitzend zurückgelassen.

„Weißt du, was Ostern ist?“, fragte Maria die Jüngere neugierig. Diese schüttelte den Kopf. „Würde mich auch interessieren… aber wir werden es bestimmt bald genug erfahren!“

„Haha, das werden wir wohl!“

Kapitel 13: Geschenke

„Beeil dich, Lexi! Sonst wird der Tee kalt!“, rief Maria aus der Küche. Andi saß bereits am Tisch und genoss das Frühstück, während sie noch den Tee umleerte und dabei die zerkleinerten Kräuter aussiebte.

„Bin ja schon da“, grummelte Lexi.

Maria drückte der Mitbewohnerin wortlos eine Tasse Tee in die Hand.

„Hey, mein Lieblingstee! Danke~!“

„Lass ihn dir schmecken!“ Maria schnappte ihre eigene Kaffeetasse und die beiden gesellten sich zu ihrem Mitbewohner an den Tisch. Sowohl Lexi als auch Andi sahen noch etwas müde aus. Kein Wunder, wie Maria nach einem Blick auf die Uhr, die 5 Uhr morgens anzeigte, entschied. Dennoch waren die beiden voller Vorfreude, denn heute würde Andi sein Geburtstagsgeschenk einlösen und mit Lexi Schi fahren gehen. Nur die beiden.

Nicht lange danach räumten sie gemeinsam den Tisch ab. Maria begleitete ihre beste Freundin und Andi bis zur Wohnungstür. Sie freute sich für ihre Freundin und ihren Mitbewohner und wünschte ihnen einen schönen Tag, während sie sich wieder in ihr Zimmer zurückzog. 5 Uhr morgens war selbst für die notorische Frühaufsteherin in den Ferien ein Problem. Da sie jedoch versprochen hatte beim

Bereiten des Frühstücks zu helfen, war sie schon auf gewesen. Sie versuchte wieder einzuschlafen. Doch es schien als könnte sie ohnehin nicht mehr schlafen. Also beschloss sie kurzerhand ein wenig zu lesen. Als sie auch dafür zu unruhig wurde, stand sie wieder auf und werkelte in der Küche herum. Ein zweites kleines Frühstück wurde angerichtet, dieses Mal für sie alleine, und dann spazierte sie ein wenig in der Wohnung umher. Ihre Gefühlswelt war eine einzige Verwirraktion. Denn einerseits war sie voller Vorfreude andererseits war sie nervös wie vor einer wichtigen Prüfung und konnte keine Minute still stehen oder sitzen.

Wann ist es denn endlich soweit?!

Zeiger auf Uhren hatten wirklich keine Manieren! Entweder sie rasten vor sich hin, wenn man es gar nicht brauchen konnte, zum Beispiel an Ferientagen. Oder aber, sie krochen in einem Tempo dahin, bei dem sich selbst eine Schnecke vor Lachen über so viel Langsamkeit krümmte. Leider war auch an diesem Tag wieder Letzteres der Fall.

Endlich öffnete sich die Tür zu Josh's Zimmer. Ihr Blick sprang sogleich zur Tür. Kurz ballte sie ihre Hand zur Faust. Ein überdeutliches Zeichen ihrer Nervosität.

„Guten Morgen, Maria!“, wurde sie sogleich freudestrahlend begrüßt. „Naaa~h? Freust du dich schon?“, fragte Josh scheinbar unbekümmert. Doch der rosa Schimmer auf seinen

Wangen zeigten, dass er nicht halb so entspannt war, wie er sie gerne Glauben machen wollte.

„J-Ja!“, bejahte die junge Frau..

„Hmmm~ Glaubst du da krieg ich noch was davon?“, meinte er mit sehnsüchtigem Blick auf den Rest der Eierspeise, die sich Maria zum Frühstück gemacht hatte.

„Ich könnte es mir vorstellen, wenn du gaaanz lieb ‚bitte’ sagst“ Ein verblüffter Ausdruck schlich sich auf sein Gesicht. Innerlich seufzte sie leise. Dabei sollte er ihre Art von Humor eigentlich bereits gewöhnt sein.

„Äh, ich meinte: Klar, iss ruhig“, winkte sie schließlich lächelnd ab und schon machte sich der junge Kampfsportler über sein Frühstück her. Als er schließlich fertig war und Maria abgeräumt hatte, begaben sich die beiden in die Garage des Wohnblocks. Dort stiegen sie in seinen Wagen und verließen die Tiefgarage. Sie fuhren durch das dichte Getümmel auf den Straßen Aquilas und stimmten munter in das bunte Hupkonzert ein. Langsam krochen die Kolonnen wie riesige, lärmende Würmer vorwärts.

Als sie das Innere der Stadt verlassen hatten, wurde die Situation auf der Straße deutlich besser. So erreichten sie schließlich ihr Ziel: Die große Eishalle, etwas außerhalb von Aquila.

Das letzte Mal, als Maria mit Schlittschuhen auf dem Eis gestanden war, war schon einige Jahre her.

Dementsprechend unsicher fühlte sie sich, als sie an seiner Seite neben der glitzernden Eisfläche stand, auf der nur wenige Leute gemütlich ihre Runden zogen. Sie traute sich nicht, sich auf das rutschige Etwas zu begeben und verharrte vehement auf dem sicheren, rutschfesten Untergrund.

„Komm, hab keine Angst“, raunte er mit einem aufmunternden Lächeln. „Gib mir deine Hand! Ich pass auf dich auf!“ Damit streckte er seine behandschuhte Hand aus und nach einem Schlucken ergriff Maria sie zögerlich. Vorsichtig lockte er sie immer weiter auf das Eis und gab sein Bestes, damit sie sich langsam wohler zu fühlen begann.

Erfreulicherweise gewann die junge Frau schnell etwas wie Sicherheit auf dem rutschigen Untergrund und klammerte sich nicht mehr ganz so sehr an seine Hand. Bald rauschten die beiden in gemütlichem Tempo, Händchen haltend, über das Eis und zogen fröhlich plaudernd ihre Runden.

Maria bemerkte nur ganz am Rande, dass die anderen Gäste langsam von der Fläche verschwanden und bald waren sie und der Musiker alleine auf dem Eis. Als sie eine Pause machten und sich an der Umrandung ausruhten, stellte er sich plötzlich vor sie und blickte sie mit seinen sanften, braunen Augen an. Links und rechts neben ihr hielt er sich an der Umrandung des Eisplatzes fest und sperrte sie somit zwischen dieser und seinen Armen ein.

„Alles Gute zum Geburtstag!“, wünschte er freudestrahlend. Er war lange nicht mehr derart glücklich gewesen! Dankend umarmte die junge Frau ihn und als sie sich wieder am Rand anlehnen wollte, behielt er sie einfach fest in der Umarmung. Ihre Augen weiteten sich vor Überraschung. Dann gewann Freude die Oberhand und sie lehnte sich an ihn.

Wenn es nach ihr ginge, würde dieser Augenblick niemals vergehen. Langsam näherten sich die Lippen der beiden Studenten und ein sanfter Kuss rundete den Augenblick in grenzenloser Vollkommenheit ab.

Als sich die beiden etwas verlegen von einander trennten, blickte Maria mit glühenden Wangen zur Seite.

„Tut mir Leid! Ich wollte dir nicht zu nahe treten… Ich“, begann Josh sichtlich verlegen. Doch er stoppte abrupt, als sie kurzerhand seine Lippen mit den ihren versiegelte. Freudig ging er darauf ein und vergaß seine Verlegenheit. In diesem Moment schwor er sich, diese Frau für den Rest seines Lebens zu beschützen. Vor allem und jedem. Dabei wusste er noch nicht, wie schnell dieses Versprechen auf die Probe gestellt werden könnte.

Die beiden verbrachten einen wunderbaren Tag gemeinsam. Zuerst auf dem Eis, bis er sie schließlich noch zum Abendessen ausführte. Vor kurzem erst hatte er ein ausgezeichnetes japanisches Restaurant in Aquila ausfindig gemacht. Da er wusste, wie gern sie die japanische Küche mochte, hatte er sich gedacht, das wäre eine perfekte Idee um den Tag ausklingen zu lassen.

Die Zeit verging wie im Fluge, bis die beiden schließlich zurückkehren mussten. Dieses erste Date würde den beiden für immer in Erinnerung bleiben.

Nach einem vorsichtigen Abschiedskuss und besten Wünschen für eine gute, erholsame Nacht, begab er sich ins Wohnzimmer. Sogleich schlenderte sie summend - leise genug um ihre Mitbewohner, sollten sie schon schlafen, nicht zu wecken - ins Bad. Josh hatte ihr den Vortritt gelassen und wartete, das sie fertig wurde. Nach einer kurzen Dusche begab die junge Frau sich ins Bett und genoss die wunderbaren Gefühle, die in ihrem Inneren tobten. Da wechselten sich die wunderschönen Erinnerungen des Tages und die Freude über das gelungene Date ab. Hinzu gesellte sich eine märchenhafte Verliebtheit und das Gefühl der Verbundenheit, die sie bisher noch nie für einen Mann empfunden hatte.

Sie wollte es sich nicht eingestehen, doch sie konnte nicht leugnen, dass sie sich Hals über Kopf in den jungen Sänger verliebt hatte, ungeachtet der Möglichkeit, die ihr ihr berechnender Verstand zuflüsterte: „Freu dich nicht zu früh! Vielleicht bist du nur ein Zeitvertreib für den Star. Er weiß genau um sein gutes Aussehen und auch darum, dass er viele

Frauen auf dieser Welt haben könnte. Warum also, sollte er ausgerechnet dich wollen?“

„Ach was! Halt einfach die Klappe!“ befahl sie ihrer warnenden inneren Stimme und freute sich an den wunderschönen Erinnerungen an diesen Tag. Dennoch schlich sich unterschwellig eine kleine Unsicherheit hinein. Vielleicht war er wirklich nicht das, was er vorgab zu sein…

Bald entschwebte sie sanft in das Land der Träume, in dem sie mit ihrem Schwarm wunderbare Momente verlebte.

Kapitel 14: Überraschung für Lexi!

Eine Tür fiel mit mittlerer Lautstärke ins Schloss, weckte Maria aber dennoch über Gebühr früh auf. Wer bitte, verließ sonntags um sieben Uhr die Wohnung?! Sie rieb sich ungläubig die Augen, doch ein weiterer Blick auf den Wecker bestätigte ihr, dass sie richtig gesehen hatte. Zu müde um weiter darüber nachzudenken, legte sich die junge Studentin wieder hin und schlummerte seelig lächelnd weiter.

Der Tag verlief ohne spezielle Zwischenfälle. Lexi hatte heute ein Extratraining auf der Rennbahn aufgebrummt bekommen und war gleich nach dem Frühstück losgefahren. Andi hatte sich mit Konstantin und Josh zum Einkaufen in die Stadt begeben und somit waren Dennis und Maria alleine in der Wohnung.

Während die junge Frau in gemütlichem Tempo das Abendessen vorbereitete, deckte er den Tisch und suchte auch noch einen guten Wein aus der Vorratskammer.

„Wieso denn ein Wein, Dennis?“, fragte sie verwundert.

„Keine Ahnung?“, antwortete der Leader von 7MS grinsend: „Hab heute Abend einfach Lust auf ein gutes Gläschen Weißwein. Keine Sorge! Ich trinke schon nicht zu viel!“, beeilte er sich, zu beteuern.

„Nicht, dass ich dir das erlauben würde.“ Mit gespielter Strenge hob sie einen Zeigefinger und er lachte.

„Gib mir bitte mal den Korkenzieher rüber…“

„Willst du die Flasche jetzt schon öffnen? Leg den Wein lieber wieder in den Kühlschrank oder in die Vorratskammer, bevor er warm wird!“ Auf warmen Wein konnte sie getrost verzichten! Entweder war das alkoholische Getränk eingekühlt, oder es war ein Glühwein, aber um Himmels Willen bitte keine Mischung aus beiden.

In diesem Moment kam Lexi zurück in die Wohnung.

„Und, wie war dein Tag so?“, begrüßte Maria sie grinsend.

„Anstrengend…“ Lexi schnupperte genüsslich: „Wann ist denn das Abendessen fertig?“

„Wir können eigentlich schon essen“

„Ok, ich komm gleich, mach mich nur noch schnell frisch!“ Und schon machte sie sich auf den Weg. Sie ging in ihr Zimmer, um schnell ein neues Outfit aus dem Schrank zu fischen, und achtete nicht wirklich auf ihre Umgebung, ehe sie sich ins Bad begab. Nachdem sie geduscht war, fiel ihr auf, dass sie das falsche T-Shirt erwischt hatte. Also lief sie schnell noch einmal in ihr Zimmer um sich das andere Shirt zu holen.

Als sie da so in ihrem Zimmer stand und das Oberteil nicht auf Anhieb fand, streifte ihr Blick zufällig den Nachttisch, der neben ihrem gemütlichen Bett stand. Zuerst fiel ihr nur auf, dass er heute irgendwie anders aussah. Moment einmal... Anders? Sie blickte gleich noch ein weiteres Mal hin. Sie glaubte ihren Augen nicht trauen zu können.

„Josh, Andi! Ihr kommt gerade recht zum Abendessen!", begrüßte Maria unterdessen die beiden älteren Mitbewohner, die sich fröhlich am Tisch niederließen. Täuschte das, oder wirkte Andi irgendwie nervös? Maria maß ihren Mitbewohner mit einem langen, nachdenklichen Blick. Sie war sich nicht sicher, ob ihre Intuition sie nicht vielleicht täuschte, hatte aber auch keine Zeit großartig darüber nachzudenken, denn Dennis unterbrach kurzerhand ihre Gedanken: „Abwasch ist heute für euch beiden Faulpelze reserviert!", kommandierte er grinsend. Josh blickte sich suchend um.

„Wo ist denn unser Lexilein?", fragte er.

„Ich weiß nicht, sie sagte, sie wolle sich nur schnell frisch machen…", antwortete die einzige Dame am Tisch.

„Da braucht sie aber ziemlich lange…", murrte Dennis, dessen Magen sich schon lautstark über den Mangel an Arbeit beschwert hatte.

„Lass sie doch", verteidigte Maria ihre Freundin. „Ein bisschen können wir wohl auf sie warten!"

„Es sind halt nicht alle so schnell fertig mit dem duschen wie du, Dennis!", meinte Andi keck.

„Na, wie darf ich denn das bitte auffassen?"

„So wie ich's gesagt habe." Ein unschuldiges Grinsen untermalte die Worte.

„Willst du damit sagen, dass…"

„Es sind halt nicht alle so genau…“, deutete Josh an.

Maria linke Augenbraue wanderte Stück für Stück nach oben. Manchmal fragte sie sich wirklich, wer hier älter und vernünftiger war. Weniger Unsinn als sie hatten die drei Sänger auf alle Fälle nicht im Kopf, beschloss sie für sich. Aber auch sie machte sich inzwischen Sorgen um den Verbleib ihrer Freundin. Auch, wenn sie ab und zu länger im Bad verweilte, so lange war nun auch wieder untypisch.

„Ich sehe mal nach ihr…“, murmelte sie nach einer Weile und stand auf.

In einer eleganten Vase steckte eine blutrote Rose. Langsam näherte sie sich der Blume und roch daran. Der süße Duft gefiel Lexis Nase und somit bemerkte sie erst nach einer Weile, dass die Blume nicht das einzige Neue auf ihrem Nachttisch war. Daneben befand sich eine kleine Schatulle, unter der noch ein Umschlag versteckt war.

Neugierig, und auch ein bisschen unsicher, öffnete Lexi die Schatulle und sank auf das Bett, restlos verwirrt. Sie starrte auf einen Ring, der wunderschön gearbeitet war. Ein Goldring, mit einem feinen Muster aus lauter winzigen Brillianten, die im Licht glitzerten, als sie das Schmuckstück hin und her drehte. Aber wer versteckte so etwas in ihrem Zimmer? War das überhaupt für sie? Die Gedanken rasten in ihrem Kopf umher.

Sie griff gedankenversunken nach dem Umschlag und holte eine Karte hervor, auf dem ein Pferd zu sehen war. Alleine schon der Anblick des Bildes ließ ihr Herz höher hüpfen. Kurz darauf las sie, was auf der Karte geschrieben stand. Eigentlich nicht viel:

Liebe Lexi!

Du weißt, ich bin mit Worten nicht so gewandt, darum sage ich es dir auf diese Weise!

Ich hoffe, er gefällt dir, Lexi, denn ich liebe dich!

Andi

Kurz und bündig auf den Punkt gebracht. Der Ring war ein Geschenk an sie. Aber warum? Sie war gänzlich verwirrt und vergaß komplett, dass die anderen wohl schon auf sie warteten. Sie wusste nicht, was sie tun sollte. Bestimmt war ihr Gesicht mindestens so rot wie eine Tomate! Die fast hilflose Art, mit der Andi ihr seine Liebe gestanden hatte, half ihr nicht gerade damit umzugehen. Klar war sie heimlich in ihn verliebt und hatte sich nichts sehnlicher gewünscht, als dass genau dies passieren würde. Trotzdem war sie völlig überwältigt, als es nun tatsächlich soweit war.

Erst als Maria schließlich klopfte und in ihr Zimmer kam, fand sie wieder zu sich.

„Was ist denn los, Lexi? Ist etwas passiert?“, fragte sie besorgt. „Und was ist das?“ Ihre Augen weiteten sich. Auch ihr war klar, dass der Ring nicht billig gewesen war. Ihre Augen begannen begeistert zu leuchten

„Von wem ist der?“, fragte sie neugierig. "Na?" Statt ihr eine Antwort zu geben, reichte Lexi ihr die Karte und auch Marias Augen weiteten sich.

„Wow! Oh Mann, das ist ja voll cool! Ich freu mich so für dich!“ Etwas unsicher stimmte Lexi ihr zu. Voller Freude für die Freundin umarmte Maria sie. „Er ist übrigens schon hier, wir warten auf dich mit dem Abendessen!“

„Was?! Er… hier… aber ich… Ich kann da nicht rausgehen… Ich…“

„Wieso denn nicht? Freust du dich nicht?“

„Du weißt ganz genau, wie sehr ich mich freue, aber ich bin sicher rot wie eine Tomate und... und überhaupt... und außerdem…“ Maria fasste ihre Freundin fest an den Schultern.

„Jetzt beruhige dich erst mal. Ich kann verstehen, dass du verwirrt bist, wäre ich auch, aber wie wäre es, wenn du den Antrag…“

„Antrag?“

„Ja, was denn sonst, Dummerchen?“, entgegnete Maria grinsend. Lexi zuckte hilflos mit den Schultern.

„Nimmst du an?“ Der Blick, den die Ältere Maria zuwarf hätte nicht deutlicher sein können.

„Dann glaube ich, dass du weißt, was zu tun ist“, sie grinste und machte sich auf den Weg in die Küche.

„Sie kommt gleich!“, verkündete die junge Frau und Andi versteifte sich merklich. Wie hatte sie wohl reagiert? Ein Blick zu Maria half ihm keineswegs irgendetwas zu ergründen, denn die lächelte nur nichtssagend. Frechheit!

Endlich kam Lexi.

Ihre Wangen wurden von leichtem rosa geziert und ihr linker Ringfinger von dem Goldring.

„Danke, Andi!“, sagte sie leise zu dem Sänger, als sie sich neben ihn setzte und ihm mit einem Kuss dankte, was mit anerkennendem Johlen von Dennis und Josh kommentiert wurde. Andi lächelte ihr zu und freute sich, dass sie sein Geschenk angenommen hatte. Somit war sie nun endlich offiziell seine fixe Freundin. Ein glückliches Lächeln wurde von den beiden getauscht, ehe sie die anderen beiden Mitbewohner in Kenntnis setzten. Damit hatte Dennis nun endlich einen Grund, den Wein zu öffnen und auf die freudige Nachricht zu trinken.

Kapitel 15: Unerwartete Wende

Die Ferien näherten sich dem Ende und das neue Semester stand vor der Tür. Damit auch der allsemesterliche Wettlauf um die Kurse an der Universität. Maria saß, wie alle anderen auch, jetzt häufig schon in aller Frühe am Laptop um die Kurse herauszusuchen und ihren Stundenplan für das nächste Semester zusammen zu stellen. Ebenso mussten die Freifächer gewählt werden. Dadurch fiel keinem so richtig auf, dass eine merkwürdige Spannung in der Luft lag. Maria schob es einfach auf den ganzen Stress, den ein jeder von ihnen in dieser Zeit erfuhr. Sie wussten oft lange nicht, ob sie die Kurse, die sie auf der Universität belegen wollten und mussten, belegen konnten, oder ob sie vielleicht gar nicht in selbigem aufgenommen wurden.

Als die Anmeldefrist um Mitternacht begann, saßen alle am Laptop oder Stand-PC und hämmerten wie verrückt auf Tastatur und Maus ein, um sich den einen oder anderen Platz in den Kursen zu ergattern. Die ganze Zeit herrschte emsiges Schweigen in der Wohnung und lediglich das Scheppern der Tastaturen und das Klicken der Mäuse durchbrach die Stille. Erst als alle sich mehr oder weniger erfolgreich bei den Kursen eingetragen hatten, löste sich die Anspannung etwas.

Maria begab sich ins Wohnzimmer und wartete, bis auch die anderen zu ihr stoßen würden. An Schlaf war für sie nicht zu denken. Dafür war sie bei weitem zu aufgewühlt und das Adrenalin schoss zu kräftig durch die Adern.

"Na, überall rein gekommen, wo du rein wolltest?", fragte Josh betont lässig, als er das Wohnzimmer betrat. Maria schüttelte mit einem entnervten Seufzen den Kopf und antwortete: "Nein, wieder nicht. Du?"

Auch ihrem Mitbewohner ging es nicht besser. Er nahm das zwar alles ein klein wenig lockerer als Maria, war aber dennoch sichtlich verärgert über dieses lästige System der Uni. Wenigstens verlor er kein Semester deswegen. Maria schon, es sei denn, sie käme in den letzten Kurs noch hinein. Dafür hatte sie nur noch eine Chance: Sie musste am ersten Termin mit dem Professor sprechen und hoffen, dass dieser sie noch im Kurs aufnehmen würde. Sie hatte absolut keine Lust wegen eines einzigen Kurses ihr Bachelor-Studium nicht in diesem Semester abschließen zu können! Selbst die Abschlussarbeit hatte sie schon beinahe fertig geschrieben. Das würde das Ganze noch ärgerlicher machen!

"Och maaaan!", beschwerte sich Lexi, als sie ebenfalls ins Wohnzimmer kam und sich mit einem lauten Seufzer auf die Couch fallen ließ. "Jedes Semester das Gleiche! Es ist immer wieder einfach nuuur anstrengend!"

"Oh ja, da kann ich dir nur beipflichten", murrte Andi gedehnt. "Aber hoffentlich war es jetzt das letzte Mal für mich...", fuhr er etwas versöhnlicher fort.

"Ah ja, du brauchst ja nur mehr die Bachelorarbeit und drei Kurse, oder?", fragte Maria. So etwas hatte er erst kürzlich erwähnt.

"Genau", bestätigte er mit einem eifrigen Nicken. Ob er noch einen Master drauf setzen wollte, wusste er nicht. Lust hatte er nicht mehr wirklich, aber "nur" einen Bachelor zu haben reichte eigentlich nicht wirklich aus. Sie saßen noch eine Weile beisammen, ehe sie doch noch zu Bett gingen und sich eine gute Nacht wünschten.

Die restliche Nacht war kurz gewesen, aber sie schliefen an diesem Morgen einfach alle länger, sodass sie schließlich um zehn Uhr morgens alle zum Frühstück aufstanden. Maria bereitete gerade den Tee und Kaffee für sich und ihre Mitbewohner zu, während die anderen den Tisch deckten. Lexi kam gerade zu Maria in die Küche um die Teetassen abzuholen, während die letzte Tasse Kaffee noch durch die Maschine lief und den aromatischen Kaffeegeruch überall in der Küche verbreitete.

Gerade wollte Lexi die Tassen nehmen, als Maria begann: "Heeeh! Du trägst ja den Ring! Sieht echt super aus!" Bewundernd betrachtete sie das Schmuckstück in dessen Stein sich das Licht in den winzigen Facetten brach.

"Danke", erwiderte die Freundin mit einem breiten Grinsen, wobei sich ein leichter rosa Schimmer auf ihre Wangen legte.

"Ich nehm den Tee gleich mit!", ließ sie verlauten und trug mit schwebendem Schritt die drei Tassen zum Tisch. Maria wartete noch, bis beide Tassen Kaffee fertig waren und folgte dann zum Frühstückstisch. Die zweite Tasse war für Dennis bestimmt und so stellte sie ihm diese vor ihn auf den Tisch und er bedankte sich leise. Dann setzte auch sie sich und sie begannen schweigend das Frühstück zu verzehren: Brot mit etwas Marmelade oder Honig.

Plötzlich jedoch wurde die morgendliche Stille von einem scharfen Klopfen an der Wohnungstür unterbrochen. Sie schreckten auf und ihre Köpfe wandten sich zur Tür. Verwirrt blickten sich die Studenten an und Maria erhob sich langsam, mit einem seltsamen Gefühl im Magen. Ein Gefühl, das sie schon längere Zeit nicht mehr los ließ.

"Ich geh' schon", meinte sie, als Josh neben ihr ebenfalls aufstand. Dennoch folgte er ihr bis zur Tür. Irgendetwas verursachte auch ihm ein flaues Gefühl in der Magengegend. Da wollte er sie nicht unnötig alleine lassen. Rasch gingen sie zur Tür und Maria öffnete, Joshs Blick im Rücken spürend.

Draußen stand Konstantin mit einem seltsamen Blick auf dem Flur. Seine sonst so scharfe Zunge schien zum ersten Mal nicht wirklich zu wissen, welche beißenden Kommentare sie von sich geben sollte. Zum ersten Mal sah Maria den jungen Mann regelrecht sprachlos vor sich.

"Ein Brief für dich und Lexi...", brachte er schließlich hervor.

"Und das verschlägt DIR die Sprache?", stichelte Josh grinsend über Marias Schulter hinweg.

"Pah, sicher nicht!", entgegnete Konstantin, der langsam wieder zu seinem alten Selbst zurückfand. "Als ob es mir jemals die Sprache verschlagen würde! Aber-...", seine Stimme wurde wieder eine Spur unsicher. "... warum ist der Brief nicht im Briefkasten oder sonst wo, sondern bei uns am Küchentisch?" Maria zog überrascht die Augenbrauen nach oben. Das war tatsächlich ungewöhnlich. Sie nahm den Brief von Konstantin mit einem "Danke" entgegen und ging wieder - an Josh vorbei - in die Wohnung zurück und weiter zum Frühstückstisch, von wo sie drei neugierige Augenpaare fixierten. Maria setze sich und hielt Lexi den Brief hin.

"Was ist das?", wollte die wissen, doch Maria zuckte nur die Schultern. "Konstantin hat ihn gerade gebracht... Mach auf!", erwiderte sie einfach. Unnötig umständlich öffnete Lexi den Brief und zog ein weißes A4-Blatt heraus, das auf einer Seite bedruckt war. Sie entfaltete es und begann zu lesen. Ihre Miene schien mit jeder gelesenen Zeile mehr zu versteinern. Verwirrt beobachtete Maria die Verhärtung von Lexis Miene, in die sich immer mehr Unverständnis einschlich. Wortlos, mit zusammengekniffenen Lippen reichte sie Maria den Brief, als sie fertig gelesen hatte.

Während sie las, zog sie langsam eine Augenbraue immer weiter nach oben.

"Ah ja", lautete ihr Kommentar zu dem Brief, als sie zu Ende gelesen hatte, was darin geschrieben stand:

Es ist wirklich toll, wenn man Freunde hat, die einem dann in den Rücken fallen! Falsche Freunde sind echt das Letzte und genau das seid ihr! Nie da für mich, aber immer hinter meinem Rücken über mich reden! Vielen Dank auch!

Ich kann nur eines sagen. Adieu, ihr falschen Freunde. Auf euch kann ich echt verzichten! Ciao!

Hannah

Maria legte den Brief so auf den Tisch, dass auch die drei Burschen alles lesen konnten.

"Na die hat ja mal Probleme...", meinte Josh mit einem verständnislosen Kopfschütteln. "Was genau ist denn bitte mit der verkehrt?" Maria zuckte die Schultern. Sie wusste nicht, was Hannah da wieder für einem Hirngespinst nachgelaufen war, oder welches Problem sie angeblich hatte.

"Warum das hier?", meldete sich Lexi, deutlich erschrocken, schließlich zu Wort. "Warum so plötzlich? Ich meine ja, sie war nicht immer ehrlich zu uns, aber so was?! Das tut echt weh und geht zu weit!"

Maria zuckte erneut lediglich die Schultern. Sie wusste keine Antwort darauf, wollte aber auch nicht wirklich nach einer suchen, die Lexi besänftigte. Sie selbst und Hannah waren sich ohnehin nie allzu nahe gestanden und in letzter Zeit hatten sie sich immer weiter auseinander gelebt.

Sie hatte sie zwar als gute und nette Bekanntschaft gesehen, aber für eine tiefere Freundschaft hatte es aus Marias Sicht nie gereicht. Dazu war Hannah immer zu unaufrichtig gewesen, zu besitzergreifend und viel zu eifersüchtig. Wenn sie ehrlich war, fühlte Maria sogar so etwas wie Erleichterung. Fast so, als wäre sie aus einem Albtraum erwacht und hatte festgestellt, dass es nur ein Traum gewesen war. Kurz durchzuckte sie deswegen der Anflug von Schuldgefühlen, aber sie dachte nicht weiter darüber nach. Stattdessen seufzte sie unwillkürlich leise, als sie ungewöhnlich erleichtert ausatmete.

"Sei nicht traurig!", bemühte sich schließlich Dennis, Maria zu trösten. Verdutzt starrte sie ihn an. Nur langsam drangen seine Worte zu ihrem Gehirn vor.

"Ach nein, nein! Keine Sorge!", wehrte sie schließlich mit einem Grinsen ab. Doch schnell erstarb es und ließ eine nachdenkliche Miene zurück: "Ehrlich gesagt..." Sie senkte die Stimme zu einem Flüstern, damit Lexi sie nicht hörte: "Ich bin seltsamerweise sogar irgendwie froh darüber... Ich weiß wie sich das anhört... aber ich weiß nicht... ich bin einfach irgendwie... naja, erleichtert? Ja, ich denke, das ist das beste Wort dafür...", gestand sie ihm. Er nickte mit verständnisvollem Blick.

"Ich verstehe dich", sagte er und erntete einen erstaunten Blick von ihr. "Na, so wie sie dich immer behandelt hat, hat es mich oft gewundert, wie du es mit ihr ausgehalten hast", kam es unverblümt. Verblüfft von dieser unerwarteten Direktheit verschlug es ihr kurz die Sprache. Schließlich murmelte sie nur leise: "Na, was man nicht alles für Freunde tut..." und warf dabei einen Seitenblick auf Lexi.

Andi hatte sich unterdessen sogleich um seine Freundin gekümmert, die der Verlust von Hannah weitaus schwerer getroffen hatte, als Maria. Er versuchte sie zu trösten, da ihr leise Tränen von den Wangen kullerten. Schließlich zog er sie in eine Umarmung, wo sie ihren Tränen schließlich freien Lauf ließ. Das Verschwinden ihrer Freundin schmerzte sie sehr. Umso mehr brauchte sie nun ihren Freund und ihre beste Freundin. Also setzte sich Maria zu den beiden und rieb ihr den Rücken, mit mitleidiger Miene.

"W-Warum m-macht sie s-so was?", fragte Lexi schließlich unter Schluchzern. "Ich meine, ja, wir hatten öfter einmal unterschiedliche Meinungen, aber sowas zu...!" Sie unterbrach sich, als ein weiterer Schwall Tränen ihre Stimme erstickte.

"Sie hat nur sich selbst auf uns projiziert. Dadurch glaubt sie selbst besser da zu stehen und glaubt, sich damit rechtfertigen zu können. Darum betitelt sie *uns* als falsche Freunde, obwohl eigentlich *sie* diejenige ist, die uns im Stich lässt...", verlieh Maria ihren Gedanken leise aber nachdrücklich Ausdruck.

"Aber ...! Wie kannst du...?!", begann Lexi wütend aufzufahren, sodass Maria unwillkürlich zurückzuckte und ihre Hand von Lexis Rücken nahm. Dann unterbrach sich Lexi und überlegte noch einmal. Ganz so Unrecht hatte Maria eigentlich gar nicht. Hannah war immer schon ein hinterhältiges Biest gewesen! Nein. Eigentlich war sie es geworden.

"Die nette Hannah von früher gibt es nicht mehr...", stellte Maria klar und deutlich fest, wenngleich nicht ohne Bedauern. Anfangs hatten sie sich blendend verstanden. Nach einiger Zeit jedoch hatte Hannah begonnen, in all ihren Freundinnen nur noch lästige Konkurrenz zu sehen. Sie hatte sich immer mehr aufgetakelt, immer teurere Klamotten und Accessoires gekauft und sie auch immer mehr von oben herab behandelt. Immer mehr hatte sie sich dann abgeschottet und war lieber in zwielichtigen Clubs verschwunden, als mit ihren Mädels gemeinsam etwas zu unternehmen. Jetzt endlich war die Bombe hochgegangen und Hannah Hals über Kopf verschwunden.

Noch eine ganze Weile schluchzte Lexi vor sich hin, immer noch in Andis Armen. Unterdessen unterhielten sich Josh, Maria und Dennis mit gedämpften Stimmen.

"Ich habe sie nicht lange gekannt, aber...", begann Josh, bis Dennis ihn unterbrach und an seiner Statt weiter sprach: "...wie sie sich immer an Alex heran gemacht hat, war schon etwas..." "...seltsam", ergänzte Josh. Maria blieb nur zu nicken. Für sie war es nicht wirklich überraschend gekommen, dass Hannah einfach abhaute. Sie hatte zwar nicht gedacht, dass sie es in dieser Weise machen würde, sondern wenigstens sich verabschieden würde. Aber da hatte sie sich wohl getäuscht.

Doch es hatte sie auch nicht überrascht, dass sie sich Alex derart penetrant an den Hals geworfen hatte. Immerhin hatte sie sich ständig verschiedenen, gutaussehenden jungen Männern an den Hals geworfen und sich von ihnen immer einladen lassen. Verächtlich schnaubte Maria einmal kurz. Für sie war das Thema erledigt und auch Lexi schien sich wieder halbwegs beruhigt zu haben.

"Wir sollten es auch Sabine und Roxi erzählen", sprach Maria sachlich. Lexi nickte etwas gedankenverloren, folgte ihr aber, als sie die Wohnung - den Brief in der Hand - verließ.

Sie läuteten bei ihren Nachbarn und wurden sogleich nach drinnen gebeten. Im Wohnzimmer reichte Maria den anderen den Brief. Dabei beobachtete sie die Gesichter von Sabine,

Roxi, Simon, Markus und Konstantin. Alex war bereits ausgegangen um ein paar Kleinigkeiten zu kaufen. Der Reihe nach überflogen sie den Brief. Während Sabine las, bildeten sich rote Flecken auf ihren Wangen. *Oh, oh!*, dachte Maria und machte sich auf das gefasst, was unweigerlich kommen musste. Inzwischen zitterte Sabine schon vor unterdrückter Wut.

Dann brach der Sturm los: "PAH!", machte sie laut. "So eine undankbare...!" Sie knüpfte eine ganze Tirade Beschimpfungen an, die ihr gerade einfielen. Darüber wie hinterhältig, gemein und dämlich Hannah eigentlich war. Dabei steigerte sie sich so in ihre Rage rein, dass Maria offen grinste und sogar Lexi, der das Ganze ziemlich nahe ging, ein Lächeln entlockt wurde.

Häufig war Sabine mit ihrer temperamentvollen Art für die Verbreitung guter Laune zuständig. So auch jetzt, wo gerade Lexi von diesem Talent profitierte.

Sabine schien vor allem anderen wütend zu sein, über diese feige Art sich von langjährigen Freunden zu verabschieden. Die Jungs waren nicht ganz so berührt von Hannahs Verschwinden, da sie diese noch nicht allzu lange gekannt hatten. Dennoch gaben sie ihre Meinung preis.

"Enttäuschend", meinte Markus kühl und ohne jegliche Gefühlsregung. Dennoch, sein alter Freund tat ihm Leid: "Der arme Alex, wenn er es erst erfährt...", fügte er murmelnd hinzu.

Betretenes Schweigen breitete sich aus. Jeder wusste, dass Hannah für Alex mehr gewesen war, als "nur" eine gewöhnliche Freundin.

"Wir sollten es ihm so bald wie möglich sagen, dass diese Idiotin EINFACH SO! abgehauen ist", sprach Sabine, deren Wut noch lange nicht abgeflaut war. Dabei übersah sie in ihrer Rage völlig, dass Alex bereits im Türrahmen stand.

"Wer ist abgehauen?", wollte er wissen. Alle Köpfe schnellten in seine Richtung.

"Hannah", knurrte Sabine. Lexi warf ihr einen vorwurfsvollen Blick zu, während Markus seinem besten Freund erklärte, dass Hannah an diesem Morgen beschlossen hatte, andere Wege zu gehen, als die anderen. Alex' Miene versteinerte zusehends. Er stellte die Einkaufstaschen in der Küche ab und bewegte sich dabei wie ein Roboter. Er hastete in Hannahs Zimmer und riss die Tür mit solcher Wucht auf, dass sie mit lautem Knall an die Wand schlug. In ihrem Zimmer sah alles nach einem überhasteten Aufbruch aus.

Wie erwartet war Alex von der Nachricht tief getroffen. "Hab' ich was falsch gemacht?", fragte er sich murmelnd immer wieder. "Sie hätte doch wenigstens etwas sagen können!"

Mit diesen Worten verließ er Hannahs Zimmer um in sein Eigenes zu gehen und die Tür unsanft ins Schloss zu werfen. Er wollte von niemandem gestört werden, ließ er noch wissen.

Sie alle respektierten seinen Wunsch. Einstweilen machte Sabine weiter ihrem Ärger Luft, wobei sie sich jetzt bemühte ihre Energie konstruktiv einzusetzen, indem sie Lexi aufmuntern wollte. Mit wütenden Ansagen, Witzen und Blödeleien.

Maria war unterdessen eingefallen, dass sie noch einige Selbstverteidigungstechniken üben wollte. Sie musste sich ablenken und abreagieren. Josh kam ihrer Bitte ihr zu helfen gerne nach.

"Also, wenn ich schon dein Angreifer sein soll, dann behandle mich gefälligst auch so!", wies er sie nach der ersten Technik zurecht. "Du glaubst doch nicht wirklich, dass sich jemand davon einschüchtern lässt?", zog er sie weiter auf, mit leicht belustigtem Unterton, der die junge Frau reizen sollte. "Ich sag es dir schon, wenn du zu fest zuschlägst", fügte er mit einem Zwinkern hinzu. Da endlich grinste er auch ein bisschen.

"Aber, diese Schlag tut nicht weh, wenn er trifft, oder?", fragte er und hieb ihr mit dem Handrücken in die fliegenden Rippen. Ein leichter Schlag, aber perfekt getroffen und bei voller Kraft bestimmt sehr schmerzhaft. "Der tut mir nicht weh, aber du bekommst ein Gefühl für die Distanz. Wenn du dann richtig und ernsthaft zuschlägst, tut er weh auch noch. Erschrecken wirst du deinen Gegner damit auf alle Fälle" Wieder grinste er. Konnte er das Grinsen nicht sein lassen? Er sollte sich nicht über sie lustig machen! Aber wenn er es unbedingt wollte, sie konnte treffen und auch fester schlagen. Endlich, nach dem nächsten Versuch nickte er.

"Besser", konstatierte er.

Sie probierten noch mehrere Techniken aus. Wenn nötig korrigierte er sie und ließ sie die Technik üben, bis sie richtig saß. Sie trainierten weiter, bis Alex wieder in das Wohnzimmer stürzte.

"Er ist wieder da!" Alle der Jungs sprangen auf und rannten aus der Wohnung und weiter auf die Straße.

"Was? Wer ist wo?", fragte Maria überrumpelt. Sie eilte in Alex' Zimmer und weiter zum Fenster, das auf die Straße hinaus führte. Die anderen Studentinnen hefteten sich sofort an ihre Fersen. Sie blickten hinunter und sahen...

Nichts.

Keine Spur von "ihm" oder den Jungs.

"Wo sind die denn so schnell hin?", fragte Maria. "Kein Mensch ist so schnell!"

"Vielleicht sind sie ja gar keine Menschen", witzelte Sabine.

"Lass die dummen Witze!", maulte Lexi sie zurecht und boxte ihr in die Rippen. Sabine protestierte gegen die unsanfte Behandlung.

Keine Menschen?, überlegte Maria. Auch, wenn Sabine es als Scherz gesagt hatte, es würde einiges erklären: Dieses seltsame Grollen beim Ball, dass Josh hatte hören lassen, genauso wie dieser komische Fremde. Warum dieser Mörder nicht gefasst wurde, obwohl er seit geraumer Zeit in der Straße sein Unwesen trieb und nur hier. Und jetzt diese Geschwindigkeit, mit der die Jungs verschwunden waren.

Sie war sicher die Haustüre zuschlagen gehört zu haben, just in dem Moment, als sie aus dem Fenster geblickt hatte. Gesehen hatte sie jedoch keinen einzigen von ihnen auf der Straße und das, obwohl man von diesem Fenster sehr genau sehen konnte, wer durch die Haustüre ging. Ob sie wohl noch im Flur oder Treppenhaus waren?

Sie hastete an Sabine und Lexi vorbei, die sie mit seltsamen Blicken verfolgten. Sie blickte in den Flur und lauschte auf Geräusche.

Nichts.

Sie mussten also rausgegangen sein.

Damit war Marias Neugier endgültig geweckt: Wie hatten sie das gemacht?

Jetzt konnte sie nichts mehr halten. Sie musste der Sache auf den Grund gehen!

Kapitel 16: Die Wahrheit

Die Tür fiel laut klickend ins Schloss. Maria und Lexi saßen am Küchentisch ihrer Wohnung und warteten. Sie hatten sich über Hannah ausgesprochen und Maria hatte ihre beste Freundin aufgemuntert, mit den scherzhaften Bemerkungen, die sie sich von Sabine abgeguckt hatte. Doch auch Lexi war über diese Scherzereien misstrauisch geworden. Was, wenn diese Scherze wirklich mehr waren als Blödeleien? Das wäre doch…

Dennoch konnte sich keine von ihnen im Moment darüber Gedanken machen, denn soeben betraten Andi, Josh und Dennis die Küche. Mit glühenden Augen fixierten die Mädels ihre Mitbewohner. Sie standen auf und verschränkten ihre Arme vor der Brust.

"Wo wart ihr?", verlangten Lexi und Maria wie aus einem Mund zu wissen. Dabei beobachteten sie die drei abwechselnd ganz genau aus neugierigen Augen. Eine Spur Misstrauen war zu erkennen, aber es war vor allem Neugier die aus ihnen sprach.

"Spazieren", antwortete Josh betont lässig, als wäre er nicht vor Kurzem wie von einer Tarantel gestochen aus der Wohnung gehastet sondern gemütlich durch den Park spaziert. Dabei vergrub er seine Hände tief in seinen Hosentaschen.

Vermutlich glaubte er, dass er dadurch seinen Auftritt noch ein ganzes Stück cooler gestalten konnte. Doch damit kam er bei seinen Mitbewohnerinnen nicht durch.

"Spazieren?!" Der mitschwingende Unterton in Marias Stimme triefte nur so vor Sarkasmus als sie ihn nachäffte. Sie hatte reichlich wenig Lust sich auf den Arm nehmen zu lassen! Ein 'Willst du mich vergackeiern?' lag ihr zwar auf der Zunge, aber sie schluckte es mit äußerster Selbstbeherrschung qualvoll hinunter. „Das sah aber nach einem *sehr* überhasteten *Spaziergang* aus!“, fügte sie stattdessen hinzu. So würde sie sich definitiv nicht abspeisen lassen! Oh nein! Nicht sie!

"Ich glaube, ihr müsst uns etwas erklären", setzte nun auch Lexi nach. Andi kam auf sie zu und wollte sie in eine beschwichtigende Umarmung ziehen. Lexi jedoch befreite sich sogleich aus dieser und schubste ihn weg. Gleichzeitig wich sie einen Schritt zurück und signalisierte deutlich ihren Wunsch auf Abstand.

"Lexi...", begann er mit sanfter Stimme.

"Nichts 'Lexi'!" Sie verschränkte die Arme erneut vor der Brust. "Wer ist 'er'?", leitete sie mit der ersten Frage das geplante Verhör ein. Das war erst der Anfang! Die konnten sich auf was gefasst machen! Sie würden ihr und Maria Rede und Antwort stehen!

"Und warum seid ihr so ausgeflippt?", setzte Maria sogleich weiter nach. Bloß nicht nachlassen! Doch die drei schwiegen eisern, ihre Mienen waren von einem Moment auf den anderen hart wie Stein geworden. Die Mädels sahen sich an. Jetzt waren sich die beiden sicher, dass etwas im Busch war. Mit grimmigen Blicken bestärkten sie sich gegenseitig.

Die Temperatur im Raum wurde unterdessen merklich kühlere, je länger die drei Männer schwiegen. Die Selbstsicherheit der jungen Frauen fiel zunehmend in sich zusammen, als sie sahen, wie sich die Mienen ihrer Mitbewohner veränderten und sie sich immer weiter anspannten.

"Was ist los mit euch?", wollte Lexi wissen. Ihre Haltung verriet Unsicherheit und eine dunkle Vorahnung beschleunigte ihren Atem. Hatten sie es etwa übertrieben? Nein! Sie hatten schließlich nichts Unrechtes getan! Sie waren hier die Guten! Sie hatten nur einige Fragen gestellt! So versuchte sie zumindest sich Mut zuzureden, während sie unsicher zu Maria hinüber schielte.

"Geht!", wies Dennis die anderen beiden jungen Männer an. Die Stimme klang mit einem Mal befehlsgewohnt, etwas, das er bisher nie von sich hatte hören lassen. Maria glaubte sogar wieder jenes seltsame Grollen zu hören, das sie das letze Mal auf dem Ball vernommen hatte. Von Dennis‘ sonst so beruhigender, warmer Stimme war kaum mehr etwas zu vernehmen. Jetzt schien er viel mehr um Beherrschung zu ringen. Was war nur los mit ihm?!

"Aber, Dennis...? Du wirst doch nicht...", setzte Andi an und wurde prompt von Dennis unterbrochen: "Raus!", grollte der dunkel mit tiefer, bedrohlicher Stimme. Josh und Andi zuckten leicht zusammen.

Maria lief ein eisiger Schauer über den Rücken. Diesen Dennis kannte sie nicht. Mit einem Mal war sein Blick eiskalt. Er starrte sie an und durchbohrte sie praktisch mit seinen Blicken. Sie erstarrte. Langsam aber sicher kroch Angst in ihr hoch. Was um alles in der Welt war nur los mit ihm? Und warum war er plötzlich so anders? Wo war der nette, freundliche, zuvorkommende Dennis hin? Unwillkürlich wich sie einen Schritt zurück, während sie ihn mit ihrem Blick fixierte. Dabei stieß sie mit ihrem Bein gegen den Stuhl hinter sich. Dieser gab dem Druck mit lautem Scharren nach. Erschrocken blickte sie auf das Möbelstück. Plötzlich, als sie wieder aufblickte, war Dennis bei ihr. Er stand ihr gegenüber sodass kaum ein Millimeter sie trennte. Sie blickte zu ihm auf, direkt in seine kalten, zusammengekniffenen Augen. Dann ging alles ganz plötzlich.

Keinen Augenblick später schoss ein scharfer Schmerz durch ihren Rücken, als sie gegen die Küchenwand geschmettert wurde. Mit seinem Körper presste er sie an die Wand und eine Hand legte sich unbarmherzig um ihre Kehle. Langsam zog sie sich zu, wie ein Schraubstock. Immer schwerer fiel es ihr nach Luft zu schnappen. Sie krallte ihre Fingernägel in seine Hand. Langsam aber sicher wurde ihr Atem knapp. Dennis jedoch ließ sich davon nicht beeindrucken, sondern drückte mit unnachgiebigem Blick einfach immer weiter zu. Sie wusste nicht, wie weit er gegangen wäre, hätte sich nicht plötzlich Josh dazwischen gestellt: "Nein!", bellte er erzürnt.

"Hatte ich nicht gesagt: 'Raus'?", fragte Dennis ruhig und mit eisiger Kälte in der Stimme. Noch immer hatte er die Hand an Marias Hals, die sich nach wie vor zur Wehr setzte, leider jedoch ohne sonderlichen Erfolg. Also musste Josh handeln. Er zwang Dennis' Finger gewaltsam aus einander. Maria schnappte japsend nach Luft, während sie sich den malträtierten Hals hielt. Langsam sank sie an der Wand entlang zu Boden, als ihre weichen Knie sich weigerten, weiter das Gewicht ihres Körpers zu tragen.

Lexi hatte unterdessen versucht die Gunst der Stunde zu nutzen und wollte weglaufen um Sabine und Roxi zu warnen. Allerdings sollte sie mit ihrer panischen Flucht nicht sonderlich erfolgreich sein.

"Halt sie auf", lautete Dennis' leiser Befehl. Andi stellte sich vor Lexi und umklammerte ihre Arme mit festen, unnachgiebigen Griffen.

"Lass' mich looos!", verlangte sie mit panischer Stimme. Dabei wand sie sich in dem Griff und versuchte sich irgendwie zu befreien. Nichts ließ sie unversucht. Sie versuchte sich aus dem Griff zu winden und gleichzeitig auf seine Füße zu treten.

Leider ebenfalls ohne Erfolg. Andi ließ sich nicht erwischen und auch nicht erweichen.

"Heee?! Was soll das?!", schrie Maria und wollte zu Lexi um sie aus Andis Griff zu befreien. Just in diesem Augenblick spürte sie selbst einen stahlharten Griff um Brust und Taille. In ihrem Rücken spürte sie Joshs muskulösen Torso. Verbissen versuchte sie sich zu wehren. Zwecklos. Sämtliche Techniken aus dem Kampfsport-Training schienen wirkungslos an ihm abzuprallen. Hatte der verdammt noch mal kein Scherzempfinden? Die Techniken hätten wohl jeden normalen Menschen langsam dazu gebracht sie los zu lassen! Doch er schien es nicht zu spüren. Außerdem war er viel zu stark. Somit ließ sie schließlich frustriert von ihren Versuchen ab, als ihr Repertoire erschöpft war. Sie verlegte sich darauf, sich ungehalten herum zu werfen, in der Hoffnung, er würde loslassen.

Dennis schritt unterdessen zur Wohnungstür und schloss diese ab. Das finale Klicken des Schlüssels hatte etwas endgültiges, das Maria einen erneuten Schauer über den Rücken jagte. Sie stellte ihre zwecklosen Versuche ein und begann in Joshs unnachgiebigem Griff zu zittern. Dann zog Dennis den Schlüssel mit einem ratschenden Geräusch aus dem Schloss, ehe er ihn kurzerhand in seine Hosentasche steckte. Das war's dann wohl mit Fluchtmöglichkeiten..., dachte Maria sarkastisch und ließ resigniert den Kopf hängen. Aus dem Fenster zu springen würde wohl tödlich oder zumindest mit zahlreichen schweren Verletzungen enden. Also schied diese Möglichkeit aus.

Dennis kehrte wieder zurück in das Esszimmer, in welchem Maria und Lexi nach wie vor versuchten sich aus den Griffen von Andi und Josh zu befreien. Kurz blickte er seine beiden Mitbewohnerinnen an. Er atmete einmal tief durch und begann zu sprechen: "Ich würde euch bitten, kurz in Marias Zimmer zu gehen. Wir müssen etwas besprechen." Seine Stimme war ruhig und beherrscht. "Solltet ihr versuchen abzuhauen, töte ich euch."

Mit kugelrunden Augen starrten die beiden Frauen Dennis an. T-töten? Was war denn bitte in ihn gefahren?! Kurz blickten sich die beiden Freundinnen an, ehe Maria langsam nickte. Was hätte sie auch sonst tun sollen? Somit brachten Josh und Andi die beiden perplexen Mädels in Marias Zimmer und schlossen die Tür ab.

Sobald sie alleine waren, atmete Maria erst einmal tief durch. Überfordert ließ sie sich einfach auf ihr Bett sinken und Lexi setzte sich neben ihre beste Freundin. Das war etwas viel auf einmal gewesen. Das war schlimmer als jeder Albtraum. Aus diesem konnte man schließlich wieder aufwachen. Doch das hier? Das war bittere Realität. Lexi stand immer noch unter Schock und wusste nicht, was diese unerwartete Wende zu bedeuten hatte.

"Was war denn DAS eben?!", fragte sie hysterisch. Das war doch alles hoffentlich nur ein blöder Scherz! Ein sehr unlustiger noch dazu! Aber irgendwie hoffte Lexi immer noch, dass jemand durch die Tür geplatzt kam und „April! April!" schrie. Doch ihre Hoffnungen wurden sogleich wieder zunichte gemacht, als ihre beste Freundin das Wort ergriff: "Na, aber wir wissen jetzt, dass da etwas im Busch ist...", begann Maria.

"Vielleicht hätten wir nicht fragen sollen..."

"Bist du verrückt? Ich meine, dein Freund verheimlicht was vor dir und es ist dir egal? Außerdem bedroht dich Dennis plötzlich und Andi geht nicht dagegen vor? Sei mir nicht böse, aber was soll das?", entgegnete Maria, immer noch fassungslos. Natürlich wollte sie wissen, was es damit auf sich hatte! Zurück konnten sie ohnehin nicht mehr, also half nur die Flucht nach vorne. Leise unterhielten sich die beiden weiter, während im Wohnzimmer angeregt diskutiert wurde.

"Warum bist du so ausgerastet, Dennis?", fragte Andi.

"Warum? Glaubst du ich will, dass sie wissen, was wir sind?", gab Dennis zurück. "Wie lange werden wir wohl hier bleiben können, bevor wir wieder weg müssen? Was, wenn uns die Jäger wieder finden? Langsam sollten wir endlich diesem Streuner den Garaus machen... Wenn wir ihn nur finden würden! Argh!" Wütend ließ er die Faust auf den Tisch knallen. Ein Netz von Sprüngen durchzog den Glastisch. Beinahe wäre er unter der Wucht gebrochen, doch er hielt Dennis' wüstem Schlag stand.

"Ich versteh ja, dass du unter Strom stehst, Dennis. Aber jetzt wissen sie mit Sicherheit, dass etwas im Busch ist. Dass wir keine normalen Studenten und Musiker sind", warf Josh ein. "Das müssen wir jetzt irgendwie ausbaden. Es gibt genau zwei Möglichkeiten, entweder wir erzählen es ihnen, oder..." Er wollte nicht an die zweite Möglichkeit denken. Er wollte Maria nicht verlieren! Vielleicht würde er das mit der Wahrheit ohnehin, aber er wollte ihr Blut nicht an seinen Händen haben! Ein Blick zu Andi zeigte ihm, dass dieser ähnlich fühlte.

Auch, Dennis entging das nicht. "Ich habe euch doch gesagt, dass ihr euch nicht verlieben sollt...", seufzte er genervt.

"Sollen wir unser ganzes Leben nur alleine fristen? Ohne Liebe?! Nur… nur weil sie halt nicht so sind wie wir? Weil es kaum Frauen gibt, die so sind wie wir?!", fuhr Andi auf. "Diese Regel… Mir ist diese Regel langsam echt egal! Die haben wir nun lange genug befolgt! Ich will einfach nur ein friedliches Leben!"

"Und du glaubst, das funktioniert mit Lexi? Was, wenn sie die Wahrheit erfährt? Wie wird sie reagieren?", meinte Dennis zu Andi. Dann wandte er sich an Josh: "Und Maria? Glaubst du, sie wird zu dir halten?" Dieser blickte betreten zu Boden. Er wusste es nicht. Er hoffte es, aber wissen würde er es erst, wenn er sie damit konfrontiert hatte.

"Ich will es in jedem Fall versuchen. Ich will nicht schon wieder jemanden verlieren...", konstatierte Andi. Josh stimmte zu, meinte aber: "Jetzt weißt du, wie wir fühlen... Aber du weißt auch, dass du der Anführer bist. Wir folgen deinen Entscheidungen... Wir möchten dich nur bitten... Töte sie nicht. Keine von beiden."

Dennis war hin und her gerissen. Klar, auch er wollte sein eigenes Glück finden. Aber bisher waren er und sein Rudel nur sicher gewesen, weil sie ausnahmslos jeden, der ihr Geheimnis erfahren hatte, getötet hatten. Er wusste nicht, was die bessere Entscheidung war. Natürlich war er der unumstrittene Anführer, aber er wollte seine Freunde und deren unbedingte Loyalität nicht verlieren. Ohne sie wäre er alleine auf dieser Welt. Obwohl sie sich seinen Anweisungen beugen würden, Josh und vor allem Andi würden ihm sehr wahrscheinlich nie verzeihen, wenn er darauf bestand, dass die beiden Mädels sterben mussten. Andererseits, sie lebten lange, also hätten die beiden lange Zeit ihm zu vergeben. Maria und Lexi würden ohnehin irgendwann sterben. Sie waren nichts weiter als gewöhnliche Menschen.

Er atmete noch einmal tief durch. Er konnte sich nicht wirklich zu einer Entscheidung durchringen. Mit gebannten Blicken fixierten Josh und Andi ihn. Wie würde er entscheiden? Ihr Standpunkt war klar, wenngleich keiner wusste, wie Maria oder Lexi auf die Eröffnungen reagieren würden.

"Was wenn sie uns verraten?", fragte Dennis.

"Werden sie nicht...", warf Andi ein.

"Was macht dich so sicher?" Darauf hatte Andi keine Antwort. Er zuckte die Schultern: "Ich weiß es einfach..." Er vertraute Lexi. Genauso, wie Josh Maria vertraute. „Außerdem, wer würde ihnen denn bitte Glauben schenken? Behörden oder Polizisten würden sie wohl eher in die Psychiatrie einliefern. Lediglich die Jäger würden ihnen wohl Gehör schenken. Dennoch… Sie werden uns nicht verraten…", fügte Josh hinzu. „Sollten sie es doch tun, werden wir sie eigenhändig töten und alle, denen sie davon erzählt haben könnten", sprach Andi. Josh zögerte einen Augenblick, stimmte dann jedoch zu. Die Gruppe, ihre Band hatte absolute Priorität.

"Ich will sie nicht in diese grausame, brutale Welt holen...", gab Josh nach einigem Zögern zu: "Aber erstens wittern sie ohnehin etwas... Wäre es da nicht besser, ihnen gleich reinen Wein einzuschenken? Sonst ist es wahrscheinlich, dass sie selbst Nachforschungen anstellen und sich damit in Gefahr bringen. Willst du das, Dennis? Es sind doch auch deine Freundinnen..."

Ja, das waren sie. Sie hatten ihn und seine beiden Kollegen mit offenen Armen empfangen, obwohl sie Fremde waren. Vielleicht würden sie es wieder tun? Nur dieses Mal mit der ganzen Wahrheit.

Langsam nickte Dennis und atmete tief durch: "Gut, wie ihr wollt…“, gab er schließlich mit einem resignierenden Laut nach. „Ich werde euch beim Wort nehmen. Ein Wort zu der falschen Person und sie werden sterben…. Also: Lasst es uns versuchen. Holst du sie?", wandte er sich an Andi. Dieser erhob sich sofort und auf seiner Miene stand eindeutig Erleichterung. Die beiden bekamen noch eine Chance! Hoffentlich würden sie das alles gut aufnehmen! Er wusste, so viel sie Dennis auch bedeuteten, für ihn stand sein Rudel an allerersten Stelle. Jede Gefahr wurde ausgeschaltet. Gnadenlos und ohne Ausnahme.

Rasch, fast schon euphorisch eilte Andi zu Marias Zimmer. Kaum dort angekommen, klopfte er gleich ungestüm an. Nach dem gedämpften "Herein" von Maria schloss er die Tür auf und betrat das Zimmer. Sogleich fand er sich mit zwei Paar ängstlich blickender Augen konfrontiert. Dass gerade Lexi ihn mit derartiger Furcht anblickte, versetzte ihm einen schmerzhaften Stich.

"Kommt ihr bitte kurz?", fragte er.

"Wenn nicht, schleifst du uns dann einfach mit?", gab Maria bissig zurück.

"Nein, ich...", stammelte er überrumpelt und senkte kurz etwas verlegen den Blick. Das fing ja schon mal vielversprechend an. Die Ablehnung in Marias Stimme war allzu deutlich gewesen. Sie war sauer und zwar *sehr* sauer. Unsicher blickte er zu Lexi, die allerdings starr geradeaus sah und ihn keines Blickes würdigte.

"Kommt mal eben mit. Bitte!", setzte er also mit Nachdruck hinzu um die Dringlichkeit in seiner Stimme deutlich zum Ausdruck zu bringen. Obwohl Maria mehr als nur eine fiese Bemerkung auf der Zunge lag, biss sie sich auf die Lippen, um ihre Zunge im Zaum zu halten. Dabei biss sie eine Spur zu fest zu, sodass sie zu bluten begann. Ein kleines Rinnsal bahnte sich den Weg von ihrer Lippe zu ihrem Kinn. Anstatt es jedoch zu beachten, sah sie zu Lexi. Diese nickte sachte und so erhob sie sich, während sie sich mit einer Hand nachlässig das Blut wegwischte. Was hatten sie auch für eine Wahl? Das angebotene Taschentuch von Andi ließ sie unbeachtet. Das konnte er getrost selbst behalten!

Lexi klammerte sich an Marias Arm. Dadurch konnte Maria spüren, dass ihre beste Freundin zitterte wie Espenlaub in einem Windstoß. Maria legte ihr die Hand auf den Arm, unsicher, ob sie eigentlich Lexi oder doch eher sich selbst damit beruhigen wollte. Als Andi, dem ihr Zittern nicht entgangen war, Lexi beruhigend an der Schulter berühren wollte, zuckte sie zurück. Der schmerzliche Blick in seinen Augen entging ihr nicht. Aber sie hatte nicht vor sich davon erweichen zu lassen! Schließlich hatte er damit angefangen! War ja wohl verständlich, dass man sich fürchtete, wenn man nicht wusste, was mit einem geschehen sollte! Vor allem, wenn ein bisher stets freundlicher und fröhlicher Mitbewohner plötzlich so auszuckte, wie Dennis und sie obendrein gleich massiv bedrohte!

Mit einer gehörigen Portion Vorsicht im Blick schritten sie langsam und unsicher ins Wohnzimmer. Dort warteten Dennis, der auf dem bequemen Stuhl saß und sie mit berechnenden Augen fixierte, und Josh, der neben der Tür an der Wand lehnte. Letzterer warf Maria einen Blick zu, den sie schwer deuten konnte. Es war irgendeine Mischung aus Schuldbewusstsein und der Bitte um Vergebung.

Die beiden Mädels setzten sich, eng an einander gedrückt, auf das Sofa. Gehetzt blickten sie zwischen den drei Männern hin und her. Was mochte sie wohl erwarten?

Dennis holte tief Luft, ehe er zu sprechen begann: "Das vorhin tut mir Leid. Ehrlich..." Erstaunt blickten sich Lexi und Maria kurz an. Er blickte schuldbewusst auf die dunklen Male, die sich langsam an Marias Hals bildeten. Mit einem Mal schien der alte Dennis wieder zurück zu sein.

Damit hatten sie nicht gerechnet. Dann sprach er weiter: "Ihr habt Recht. Wir sind keine gewöhnlichen Studenten, gewöhnliche Musiker oder überhaupt gewöhnliche Menschen."

Also hatten sie Recht gehabt! Innerlich triumphierte Maria. Doch das aufwallende Hochgefühl verflog sehr schnell wieder, als sie sich an die Situation erinnerte, in der sie und Lexi sich befanden. Dennoch, ein kleines bisschen Neugier blieb auf jeden Fall zurück: Was mochten diese Andeutungen zu bedeuten haben?

"Wenn ihr keine Menschen seid, was seid ihr dann?", wagte Lexi vorsichtig mit zittriger Stimme den Vorstoß.

"Jetzt sind wir Werwölfe...", antwortete Josh, während er sich von der Wand abstieß und sich neben Dennis' Stuhl stellte. Mit ungläubiger Miene wirbelte Maria zu ihm herum und verfolgte ihn mit ihren Blicken, als er zu Dennis ging. Werwölfe?! War das sein Ernst? Das war doch wohl ein Scherz?! Doch bevor sie etwas sagen konnte, fragte Lexi vorsichtig nach: "Wie: 'Jetzt'?". Nicht einmal Maria konnte sagen, was Lexi zu der Eröffnung dachte.

"Lange Geschichte...", erwiderte Andi "Die erzählen wir euch ein anderes Mal." Dennis nickte zustimmend. Dann nahm er wieder das Wort: "Für heute reicht es, wenn wir euch in die Gegenwart und die gegenwärtige Situation einweihen." Die Vergangenheit würde auf einen anderen Zeitpunkt warten müssen. Aber Maria war noch nicht überzeugt: "Das ist ein Scherz, oder?", versuchte sie der Szene das Absurde zu nehmen. Aber Josh schüttelte den Kopf. "Ich zeige es ihnen?", fragte er Dennis, der kurz nickte. Also entledigte er sich seines Hemdes und der Hose.

"Was soll das, Josh?!", warf Maria ein. Wollte er etwa strippen? Sie blickte weg, ebenso wie Lexi. Das gehörte sich nicht! Obwohl... Gut gebaut war er ja, wie sie aus dem

Augenwinkel erkennen konnte. Zumindest bis er begann sich zu verwandeln. Er begab sich auf alle Viere, denn das würde die Verwandlung weniger schmerzhaft machen, meinte er.

"Verwandlung? Die veräppeln uns grade richtig, oder?", fragte Maria unsicher ihre beste Freundin. Dabei hatte sie ihre Stimme zu einem nervösen Flüstern gesenkt. Doch zu ihrem Unglück schüttelte Lexi nur mit vor Schreck geweiteten Augen den Kopf. "G-guck!", stammelte sie und zeigte auf Josh. Langsam blickte Maria zu dem jungen Mann. Ein Stich durchzuckte sie, als sie sah, dass sein Gesicht vor Schmerz verzerrt war. Er hatte sich inzwischen nach vorne gebeugt, gerade so als würde er fürchterliche Magenschmerzen ertragen müssen. Doch, das war bei Weitem nicht das Einzige, das die Sorge in Maria anwachsen ließ. Immer größer wurden ihre Augen, während sie das Schauspiel beobachtete, dass sich ihr und Lexi bot: Rasch bildeten sich die Oberschenkel und Unterschenkel zurück und verkürzten sich unter grauenhaften Geräuschen, die so klangen, als würden die Knochen immer wieder gebrochen werden. Zeitgleich wuchsen die Füße in die Länge und wurden dünner. Zusehends wuchs die Ferse in die Luft, sodass er bald nur noch auf den Zehenballen zu stehen schien. Die Zehennägel verwandelten sich in scharfe Krallen, ebenso wie die Fingernägel. Seine Fingern und Hände stauchten sich ebenfalls, sodass Josh bald auf Pfoten anstatt Händen und Füßen stand. Die Arme wurden dünner und bildeten sich zu schlanken Vorderbeinen. Dabei stand er nicht länger nur auf zwei Beinen, sondern auf allen Vieren. Ehe sie es sich versahen, spross ihm nun überall dichtes, schwarzes Fell aus den Poren und bedeckte seinen ganzen Körper.

Der Rumpf bildete sich um, sodass er dünner wurde und der Kopf wurde länger als sich Mund und Nase nach vorne schoben, bis sie eine wohlgeformte Schnauze bildeten. Am Schluss wuchsen ihm aus seinen Eckzähnen noch lange weiße Reißzähne, die seinem Aussehen etwas Bedrohliches verliehen. Die kalt stechenden, eisblauen Augen taten ihr Übriges. Ehe es sich die beiden versahen, stand ein vollständiger Wolf vor ihnen. Ein gutes Stück größer als ein gewöhnlicher, wildlebender Wolf und etwas breiter gebaut. Aber er war wohlgeformt und das Fell, das schwärzer war als die tiefste Nacht, glänzte regelrecht. Josh schüttelte sich kurz und leckte sich mit der rosa Zunge über seine Schnauze.

Mit offenen Mündern betrachteten Maria und Lexi das Schauspiel vor sich. Sie drückten sich enger an einander und so weit in das Sofa, wie das Möbelstück zuließ. Sie wollten hier nur weg. Aufwachen aus diesem Albtraum. Maria sah zu ihrer besten Freundin, in der festen Hoffnung, sie würde wirklich nur träumen. Doch als Lexi sie kniff, tat es weh und sie wachte nicht auf. Oh mein Gott!, dachte Maria. Langsam kam Josh auf sie zu und stellte sich in voller Wolfsgröße vor sie. Sie drückte sich noch weiter in die Rückenlehne des Sofas. Ihre Atmung beschleunigte sich rasant und ihr Herz pumpte das Blut mit schier unmenschlicher Schnelligkeit durch ihren Körper. Angst erfüllte sie. Ein ureigener Instinkt, der ihr sagte, sie solle so schnell und so weit wie möglich laufen und zwar JETZT! Unsicher und ängstlich blickte sie in seine eisblauen Augen. Sie wusste nicht, was sie tun sollte. Sie wollte nur weg hier.

Aber sie hielt den Instinkt zurück und fragte leise mit zittriger Stimme: "Josh?" Der schwarze Wolf nickte, soweit das mit seinem Körperbau möglich war und knurrte zur Bestätigung. "Oh mein Gott...", flüsterte sie.

"Das kannst du laut sagen...", murmelte Lexi überwältigt zurück.

"D-Darf ich ...?", fragte Maria, während sie vorsichtig ihre zittrige Hand ausstreckte. Josh kam ein paar Schritte näher, sodass sie ihm vorsichtig die Backen und den Hals kraulen konnte. Noch immer war sie völlig fassungslos. Hätte sie vorhin noch geglaubt, dass es sich bei dem Wolf um eine Illusion handelte: Jetzt war sie eines besseren belehrt. Dieses weiche, warme Fell fühlte sich so *echt* an. Wie zur Bestätigung strich sie noch einmal durch den dichten Pelz.

„Dann warst du es also tatsächlich…“, murmelte sie und der schwarze Wolf blickte sie mit seinen eisblauen Augen an. „Du hast mich damals gerettet… Vor dem Auto… Darum kam mir deine Stimme so bekannt vor!“ Nachdenklich blickte sie dem Wolf in die Augen. Darin konnte sie Bestätigung erkennen, vermutlich auch Belustigung. Immerhin knurrte er erneut. Sie wusste jetzt endlich, dass sie sich bei ihrem ersten Treffen nicht getäuscht hatte. Der fremde Schutzengel war niemand anderes gewesen als Josh!

„Hast lange genug gebraucht“, meinte Andi scherzhaft.

„Ihr wusstet es und habt nichts gesagt?!“, Maria war schlichtweg überrumpelt und vergaß dabei die Streicheleinheiten weiter fort zu führen. Deutlich amüsiert legte sich Josh einfach bei ihren Füßen entspannt auf den Boden.

"Aber jetzt zu der gegenwärtigen Situation. Glaubt ihr, das schafft ihr noch?", übernahm Dennis wieder. Maria und Lexi nickten lediglich. Zu sehr waren sie noch mit sich selbst und ihren rasenden Gedanken beschäftigt. Keine von beiden traute ihrer Stimme.

"Dann will ich mit den wichtigsten Regeln beginnen:

1. Ihr dürft NIEMANDEM sagen, dass ihr Bescheid wisst. Wenn ihr darüber reden wollt dann nur unter euch oder mit einem von 7MS. Wir sind alle Werwölfe.

2. Solltet ihr die erste Regel missachten und es doch jemandem sagen, werdet ihr das nicht lange überleben. Warum kommt ein anderes Mal. Erzählt es einfach auf keinen Fall!

3. Erzähle ich euch jetzt, ein paar grundlegende Sachen zu uns, die auch unter uns bleiben müssen. Einverstanden?"

"W-wir werden nichts sagen", versprach Maria mit brüchiger Stimme und Lexi nickte lediglich zustimmend. Ihrer Stimme traute sie keine Sekunde länger. Wie konnte Maria das so locker wegstecken, dass sie noch einen halbwegs geraden Satz heraus brachte? Doch falls Dennis das Unwohlsein seiner Mitbewohnerinnen auffiel, so verlor er kein einziges Wort darüber. Ganz wie ein professioneller Geschäftsmann sprach er weiter: "Also, im Grunde sind die Grundzüge recht einfach: Wie gewöhnliche Wölfe leben Werwölfe in Rudeln..."

"Darum die Band?", schlussfolgerte Lexi spontan und unterbrach ihn einfach. Mist, sie hatte nicht nachgedacht und völlig vergessen, dass sie sich eigentlich fürchten sollte. Doch auch das überging Dennis indem er einfach nickte.

"Die Rangordnung ist im Prinzip auch leicht geklärt. Es gibt in jedem Rudel einen Alpha. In unserem Rudel bin das ich. Die anderen sind einfache Mitglieder, aber natürlich mit unterschiedlicher Stellung. Bei uns ist es so, dass es einen Beta gibt, also quasi einen Stellvertreter des Alpha. Das ist Konstantin. Dann kommt Josh..." Der schwarze Wolf knurrte zustimmend. "und anschließend kommen Andi, Alex und Simon. Markus als der Jüngste ist im Moment ganz unten in der Rangordnung, die wir als Wölfe einnehmen. Aber das kann sich mit Kämpfen immer wieder ändern.

Es gibt mehrere Rudel. Wie viele, das wissen wir nicht sicher. Aber im Prinzip bauen sie sich immer ähnlich auf: Alpha,

Stellvertreter und die anderen Mitglieder in Abstufungen. Für ein Rudel gilt gewöhnlich, dass es immer zusammenhält. Das heißt, Nichts und absolut gar nichts ist wichtiger als das Rudel. Wenn ein Mitglied des Rudels bedroht wird, ist das Rudel für dieses Mitglied da und verteidigt es bis zum letzten. Und dabei meine ich wirklich das letzte!" Der Fortsatz „Bis zum Tod" schwang unausgesprochen durch den Raum.

"Und dieser Mörder, der hier in der Straße sein Unwesen treibt und dich entführt hat, Lexi, ist auch ein Werwolf. Einer, den wir schon lange suchen und verfolgen. Er ist sehr wahrscheinlich ein Abtrünniger aus einem anderen Rudel und macht ständig Probleme."

Langsam nickten Maria und Lexi. Die Information sickerte langsam in ihr Gehirn und nahm dort Zusammenhänge an, die Sinn ergaben. Es war noch etwas viel, aber sie würden damit fertig werden.

"D-Darf ich was fragen?", setzte Maria vorsichtig an. Josh blickte auf und fixierte sie mit seinen eisblauen Augen. Dennis nickte. Also fragte sie: "Ich weiß nicht, wie weit das stimmt... Aber... Habt ihr - außer der zweiten Gestalt noch andere spezielle Fähigkeiten? Ihr seid extrem schnell, ziemlich stark und... dieses Grollen...ähm...", sie brach ab. Sie war eindeutig unsicher wie sie weitersprechen sollte. Stattdessen färbten sich ihre Wangen rosa.

"Ja. Gut beobachtet... Wir sind viel schneller und stärker als gewöhnliche Menschen. Das Knurren können wir auch in unserer menschlichen Form von uns geben. Für Menschen klingt es nur bedrohlich, aber Werwölfe werden dadurch eindeutig gewarnt, dass eine Auseinandersetzung folgen wird, wenn sie nicht augenblicklich die Grenzen achten. Abgesehen davon hören wir aber auch besser als Menschen und unser Geruchssinn ist extrem gut ausgeprägt."

Überwältigt von so viel Offenheit saßen die beiden neben einander auf dem Sofa. Josh legte jetzt seinen Kopf auf sie Sitzfläche des Sofas neben Marias Beinen. Verwirrt blickte sie ihn an, ehe sie ihn vorsichtig zwischen den Ohren kraulte. Als er die Augen schloss, entspannte sie sich etwas. Er wirkte gleich ein ganzes Stück weniger furchteinflößend, wenn er da so harmlos und scheinbar tiefenentspannt da lag.

"Was sagt ihr?", wollte Andi wissen. Was würden sie antworten? Würde Lexi ihn deshalb verlassen? Würde sie ihn vielleicht sogar hassen?

"Ich... Ich würd mir das gern noch mal alles in Ruhe durch den Kopf gehen lassen...", meinte Lexi schließlich schwach. "Aber wir können euch schon einmal versprechen, dass wir nichts sagen...", meinte Maria. Jetzt aber wollten die beiden nur weg. Zumindest in ihre Zimmer, denn Dennis machte klar, dass er sie nicht aus der Wohnung raus lassen würde.

"Alles klar. Nehmt euch die Zeit die ihr braucht...", gab Dennis nach. Die Mädels erhoben sich, so steif wie Roboter, und gingen jede in ihr Zimmer zurück. Sie wollten alleine mit sich und ihren Gedanken sein. Es gab viel, worüber sie nachdenken mussten.

Kapitel 17: Zurück in Normales Leben

Maria hatte schon lange nicht mehr so lange wach gelegen und dann noch so schlecht geschlafen wie letzte Nacht. Ein Teil von ihr hoffte immer noch, dass sie das alles nur geträumt hatte. Doch, als sie schließlich an den Frühstückstisch kam, sah sie, dass alles Wahrheit gewesen war. Die Jungs waren alle schon auf und musterten sie mit ernsten, teils angespannten Blicken.

Etwas unsicher setzte sie sich an den Tisch. Dabei konnte sie sich nicht ihrer Fantasie erwehren. Diese zeigte ihr Bilder, in denen sich alle der drei Jungs mit einem Mal in riesige, schwarze Wölfe verwandelten. Hastig verdrängte sie diese Bilder. Sie machten ihr Angst. Sie blickte schweigend auf den Tisch. Irgendwie fehlten ihr die Worte. Was sollte sie sagen? Was konnte sie überhaupt sagen.

"Das kam etwas überraschend, nicht?", half ihr mit einem Mal Josh. Dankbar für die Rettung nickte sie langsam. Alles andere wäre eine glatte Lüge gewesen.

"Darf ich was fragen?", meinte sie schließlich, als sie all ihren Mut zusammen nahm. Dabei blickte sie in die Runde der Werwölfe. Diese nickten einstimmig. "Dieser... Dieser Irre, der Lexi entführt hat... Der war doch auch... Ich meine, der ist doch auch so wie ihr, oder? Also ein Werwolf?"

"Ja", antwortete Dennis. "Einer, den wir schon eine ganze Weile jagen. Er mordet zu viel und zieht zu viel Aufmerksamkeit auf sich. Ich weiß nicht, was sein Ziel ist, aber wir dürfen ihn nicht länger gewähren lassen. Nicht, dass wir noch enttarnt werden... Außerdem besteht die Möglichkeit, dass Jäger hier her kommen. Jäger, die Jagd auf Werwölfe machen und jeden töten, den sie in die Finger oder vor den Lauf bekommen." Langsam nickte Maria. Das hörte sich alles halbwegs verständlich an. Zumindest versuchte sie, die Information als „logisch“ abzuspeichern. Doch, sie wollte den Jungs nicht alleine die Arbeit überlassen. Immerhin hatte dieser Irre ihre beste Freundin entführt und bedroht! "Gibt... Gibt es irgendetwas, womit wir, oder zumindest ich euch helfen können?"

Dennis lächelte sachte, doch er schüttelte den Kopf. "Danke für das Angebot, aber nein, es gibt nichts, das ihr tun könnt... Er ist ein Werwolf und damit viel schneller und stärker als ihr. Wenn ihr etwas tun wollt, dann haltet euch an die Regeln, die wir euch gestern gesagt haben. Bleibt nachts möglichst im Haus und wenn, dann geht nicht alleine raus. Damit helft ihr uns am allermeisten." Maria wirkte etwas enttäuscht. Wie gerne hätte sie geholfen! Doch sie war ehrlich genug um sich einzugestehen, dass sie den Männern wohl eher im Weg als eine Hilfe war. Unzufrieden mit sich selbst und ihren mangelnden Fähigkeiten starrte sie einen Moment mit zusammengekniffenen Lippen auf ihre Hände. Allerdings war diese Unzufriedenheit recht schnell vergangen, denn sie hatte noch eine riesige Menge an Fragen. Also blickte sie wieder auf und Dennis direkt ins Gesicht. Wie weit durfte sie mit ihren Fragen gehen? Sie zögerte.

"Was ist?", fragte Dennis und zog seine Augenbrauen fragend hoch.

"Immer raus mit den Fragen!", forderte Josh sie mit einem ermunternden Grinsen auf. "Du gibst ja doch keine Ruhe!", neckte er sie. Maria verzog einen Schmollmund, aber Josh hatte Recht. Bis sie Antworten auf ihre Fragen hatte, würde sie weiter bohren und fragen. Sie holte tief Luft... "Jetzt kommt's", raunte Andi Josh mit einem Grinsen zu.

... und fragte drauf los: "Also: Wie wird man ein Werwolf? Wie ist eure Welt im Gesamten aufgebaut? Gibt es eine Möglichkeit wieder ein "normaler" Mensch zu werden?"

Dennis kam nicht umhin ob der vielen Fragen zu schmunzeln. Doch er würde sein Bestes geben, alle zu beantworten: "Es gibt drei Möglichkeiten um ein Werwolf zu werden: Entweder man wird als solcher geboren, man wird von einem Werwolf, der sich in seiner Wolfsgestalt befindet, gebissen, oder man wird von einer starken Hexe in einen solchen verwandelt."

"Wie soll das denn gehen?", fragte Maria dazwischen.

"Den genauen Prozess kenne ich nicht, aber wenn ein Zauberer oder eine Hexe über ausreichend Macht verfügen, können sie Menschen, oder andere Lebewesen in etwas

Anderes verwandeln, als ihre von Natur aus zugeschriebene Gestalt. So kann zum Beispiel ein Mensch in einen Wolf verwandelt werden, oder sie können dich in ein Mischwesen aus beidem verwandeln, sodass du zwischen beiden Formen wechseln kannst oder musst. Genau das, was ein Werwolf eben ist.

Allerdings sind diese Magier zum Glück äußerst selten. Die Zutaten für den Zauber sind meines Wissens sehr schwer zu beschaffen, so viel Macht ist fast unmöglich zu erlangen und der Preis soll äußerst hoch sein. Doch es ist möglich... Ebenso, wie es theoretisch möglich ist, den Werwolf wieder in einen gewöhnlichen Menschen zu verwandeln. Genaues weiß ich darüber aber auch nicht. Ich kenne keine Hexen oder Zauberer die das können und selbst wenn ich sie kennen würde, sie würden ihre Geheimnisse wohl nicht preisgeben."

"Wie seid ihr zu Werwölfen geworden?", wollte sie nun wissen. Schließlich gab es drei Möglichkeiten und sie wollte so viel wie möglich über ihre Mitbewohner, und vor allem auch über Josh, erfahren.

"Das ist eine lange Geschichte. Ich schlage vor, wir machen uns Tee oder Kaffee und setzen uns mit Keksen zusammen..."

"Moment, ich hol' Lexi! Sie wird das auch alles wissen wollen!" Maria sprang auf und eilte zum Zimmer ihrer besten Freundin. In aller Kürze erzählte sie von dem, was sie soeben erfahren hatte. Ganz wie sie es erwartet hatte, war Lexi mindestens so neugierig wie sie selbst. Auch sie wollte Andi und seine Vergangenheit besser kennen lernen. Also gingen die beiden Freundinnen gemeinsam zurück in das Wohnzimmer, wo schon eine heiße Tasse Tee auf Lexi und eine Tasse Kaffee auf Maria warteten. Die jungen Männer hatten es sich bereits gemütlich gemacht und blickten zur Tür, als die Mädels den Raum betraten. Erst, als beide saßen, regte sich Dennis ein wenig. Er würde die Geschichte erzählen:

„Wo soll ich beginnen? Ich sagte bereits, es gäbe drei Wege um zu einem Wolf zu werden. Kurzum: Wir alle wurden gebissen. Ich war der Erste und wurde von einem sadistischen Wolf namens Theo – eigentlich Theodor – gebissen. Damals, bevor ich ein Wolf wurde, hatte ich ein... sagen wir für damalige Zeiten ein schwieriges Umfeld. Als Sohn eines Fleischers gehörte ich zur niedrigsten gesellschaftlichen Schicht der Menschen. Dadurch wurde ich häufig... nennen wir es: „nicht anständig“ behandelt. Mein Vater ließ sich das nicht gefallen und machte sich schnell Feinde mit seiner aufbrausenden Art. So kam es, wozu es kommen musste...

Eines Tages waren meine Schwester und ich am Markt in der Stadt unterwegs um ein wenig einzukaufen. Als wir zurückkamen sahen wir, dass unsere kleine Hütte in Flammen stand. Irgendwelche Jungen hatten den Brand gelegt. Nie werde ich diesen Tag vergessen. Die Flammen, die Hitze und vor allem den Geruch. Es war schrecklich. Meine Eltern hatten das Feuer nicht überlebt… Lediglich meine Schwester und ich überlebten.“ Kurz brach er ab, als das Bild wieder allzu deutlich vor seinen Augen stand. Sein Gesicht bekam für einen Augenblick, auch nach all den Jahren, immer noch einen schmerzlichen Ausdruck.

„Ist sie auch ein Wolf?“, fragte Lexi in die Pause hinein. Dennis nickte. „Sie lebt jetzt bei dem japanischen Rudel. Wie auch immer. Wo war ich stehen geblieben? Ach ja… Das Feuer. Ohne ein Dach über den Kopf hatten wir nicht viele Möglichkeiten. Verwandte hatten wir keine und Kinder aus der untersten Schicht der Gesellschaft, wollte sich niemand ins Haus holen. Diese waren nach damaligen Vorstellungen schmutzig und unrein und brachten lediglich Unglück. Also irrten wir lange alleine durch die Wälder. Dort fand uns eines Tages dann Theo. Hungrig, durstig und starrend vor Dreck. Doch wir lebten!

Er nahm sich unserer an und nahm uns bei sich in seiner Hütte im Wald auf. Es wäre gelogen, wenn ich sagen würde, dass er uns allzu gut behandelt hat. Genau genommen mussten wir tagein tagaus wie Sklaven für ihn schuften. Doch dafür hatten wir ein Dach über dem Kopf und bekamen alles, was wir brauchten. Kleidung, Nahrung… Alles eben. So vergingen die Tage und lange wussten wir nicht, was er eigentlich wirklich war. Wir wussten lediglich, dass er immer wieder mal eine Weile verschwand. Wenn wir aber nachfragten wich er aus oder gab uns einfach neue Aufgaben, sodass wir irgendwann mit den Fragen aufhörten.

Nach einer Weile fanden wir trotz seiner Vorsicht durch Zufall heraus, was er war. Wir entdeckten ihn, während er sich gerade in einen Wolf verwandelte. Bevor wir jedoch Gelegenheit hatten uns einen Reim darauf zu machen, hatte er uns bereits gebissen. Ich wurde ohnmächtig, meine Schwester vermutlich ebenfalls. Als wir erwachten befanden wir uns in einem Raum ohne Fenster und mit dicken Wänden und Türen. Kurzum, wir waren gefangen. Was folgte waren viele Tage und Nächte voller grausamer Schmerzen und der schmerzerfüllten Schreie meiner Schwester und von mir. So erinnere ich mich an meine allererste Verwandlung… Keine schöne Erinnerung…

Nachdem wir schließlich beide zu Wölfen geworden waren, behandelte uns Theo nicht sonderlich viel besser als vorher. Nach wie vor waren wir seine Sklaven. Doch jetzt waren wir irgendwie auch mehr als das. Wir waren sein Rudel! Seit Ewigkeiten gab es endlich wieder ein Rudel in Österreich! Theo hatte lange den Gedanken an ein eigenes Rudel aufgegeben. Nun aber, da es so *einfach* war, hatte er beschlossen, dass er sein eigenes Rudel aufbauen wollte und langsam wurden wir immer mehr. Immer wieder fanden wir über die Jahre hinweg verschiedene verwaiste Kinder im Wald, derer wir uns annahmen. Sobald sie alt genug waren, wurden sie entweder selbst zu Wölfen, oder aber sie starben bei der Verwandlung.

Während dieser Zeit kam auch Konsti zu uns. Er war wie auch ich damals alleine durch den Wald geirrt. Er hatte jedoch zusätzlich noch das Problem, dass tiefster Winter war und so war der Ärmste kurz vorm erfrieren. Doch Theo hatte sich selbst übernommen. Er konnte die vielen Wölfe die er geschaffen hatte, irgendwann nicht mehr kontrollieren. Viele von ihnen hatten es satt wie Sklaven behandelt zu werden und wollten sich seiner Herrschaft nicht länger beugen. Sie schlossen sich zusammen und ein Teil des Rudels erhob sich gegen die anderen und ein interner Krieg entbrannte. Ich weiß nicht genau, wie viele starben. Um die zwanzig Wölfe müssen es gewesen sein. In Anbetracht dessen, dass nur wenige Wölfe die erste Verwandlung überleben, war es ein riesiges Gemetzel und eine ungemeine Verschwendung… Wie auch immer… Ich weiß nur, dass am Ende nur Theo, meine Schwester, Konstantin, ich und ein weiterer Wolf überlebten.“ Er machte eine Pause und holte tief Luft.

„Obwohl Theo grausam war und Spaß dabei hatte andere zu drangsalieren und ihnen Schmerzen zuzufügen, er hatte uns gerettet. Also folgten wir ihm weiterhin. Nach einigen weiteren Jahren kamen auch Josh und Andi zu unserem Rudel. Eine Weile lebten wir wirklich wie ein Rudel, wir waren wie eine Familie mit einem besonders strengen Vater. Doch dann…“

Die Gesichter der Wölfe verdunkelten sich. Noch einmal atmete Dennis tief durch.

„Doch dann wollte Theo meine Schwester, als die einzige Wölfin, also die einzige Frau im Rudel, in sein Bett zwingen. Sie jedoch liebte einen anderen und wies Theo zurücl. Also versuchte er es mit Gewalt. Ich weiß nicht, wie weit er gegangen wäre, hätten wir ihn nicht gestoppt. In dem darauffolgenden Handgemenge tötete ich unseren Alpha. Seither bin ich der Alpha unseres Rudels. Die anderen Drei, also Simon, Alex und Markus sind erst viel später zu uns gestoßen. In etwa zu der Zeit, als meine Schwester vor vielen Jahren nach Japan ging. Nun... das war im Großen und Ganzen unsere Geschichte.

Er atmete tief durch. Dabei blickte er in die Augen der beiden jungen Frauen. Wie würden sie wohl reagieren?

Maria hatte Dennis die ganze Zeit über angestarrt, als säße ein leibhaftiges Marsmännchen vor ihr. Nahm er sie gerade auf den Arm?! Ihr Blick fiel auf Josh. Nein, wohl kaum. Sie hatte seine Verwandlung schließlich mit eigenen Augen gesehen! All diese Information war einfach zu viel für sie. Die Welt, die sie bisher geglaubt hatte zu kennen, existierte nicht mehr. Oder zumindest mit einer völlig neuen und viel größeren Wahrheit. Langsam aber sicher begann ihr bisheriges Weltbild zu bröckeln, als sie sich langsam Dennis‘ Worte noch einmal durch den Kopf gehen ließ.

Natürlich kannte sie Werwölfe, Hexen und so weiter. Allerdings bisher nur aus Büchern, Computerspielen und Filmen. Nun fühlte sie sich, als wäre sie mitten in eines davon hinein geworfen worden. Konnte das wahr sein? Und noch schlimmer zu verdauen war, dass Dennis Theo getötet hatte. Dass er *überhaupt* getötet hatte. Dass sie vermutlich *alle* schon *mehrmals* getötet hatten.

Vorsichtig blickte sie zur Seite. Lexi war völlig erstarrt. Sie stand wohl auch unter Schock.

„Kneif' mich mal.... Ich glaube ich träum-... AU!", sprach sie und unterbrach sich, als Maria ihrer Aufforderung nachkam. „Nicht so fest! Das hat weh getan!", protestierte sie.

„Was? Du wolltest es doch!", gab Maria leise zurück. Geistesabwesend blickte sie auf ihre nunmehr leere Tasse. Dennis' Geschichte wollte noch immer nicht so Recht in ihren Kopf vordringen. Es klang immer noch alles wie ein schlechter Scherz aus einem zweitklassigen Film. Und doch war es so real. So *echt*.

„U-...", begann Maria schließlich stotternd. Sie räusperte sich um ihre Stimme etwas klarer klingen zu lassen. „Also... Es ist vielleicht eine dumme Frage und so... ähm... Also: Gibt es außer euch und den Japanern noch mehrere... naja, du weißt schon... W-Werwölfe also mehrere Rudel?" Das Wort kam nur sehr zögerlich über die Lippen. Kein Wunder, schließlich glaubte sie immer noch an einen Scherz, oder hoffte das wenigstens. Irgendwie tief in ihrem Inneren hoffte sie, dass gleich jemand aufspringen und „April, April!“ rufen würde, oder „Hahaha! Reingelegt!“. Doch nichts dergleichen passierte.

Dennis war kurz in nachdenkliches Schweigen verfallen. Je mehr sie wussten, umso gefährlicher wurde es für sie. Als hätte Andi seine Gedanken gelesen, meinte er: „Da sie schon wissen, dass wir Werwölfe sind, wird der Rest sie nicht mehr in Gefahr bringen als sie schon sind…“

„G-Gefahr?“, piepste Lexi dazwischen.

„Alleine, dass ihr wisst, was wir sind bedeutet laut unseren Regeln eigentlich, dass wir euch töten müssten“, erklärte Dennis ruhig. Dabei ignorierte er Lexi, deren Augen sich deutlich weiteten. Ne, oder? Das ging ja wohl schon etwas weit für den Geschmack der beiden jungen Frauen.

„Zu deiner Frage…“, leitete Dennis über und blickte dabei Maria forschend an. „Ja, es gibt noch weitere. Auch der Typ, der Lexi entführt hat, ist wie gesagt ein Wolf. Aber er ist – anders als wir – ein Abtrünniger. Früher war er Teil eines anderen Rudels, doch aus unbestimmten Gründen hat er es entweder freiwillig verlassen, oder ist hinaus geworfen worden. Ebenso die beiden seltsamen Begegnungen, die du hattest, Maria, das waren beides der gleiche Werwolf. Der Typ beim Ball war derselbe, der auch Lexi entführt hat, ich wette allerdings, du hast ihn nicht erkannt, da er sich völlig anders gekleidet und gegeben hat. Doch seinen Geruch konnte er nicht ändern. Darum haben wir ihn trotzdem erkannt." Er holte tief Luft. Gab es für den Moment noch mehr, was er erzählen musste?

„Also *gibt* es mehrere Rudel?", nutzte Maria die entstandene Pause. Mit neugierigen Augen fixierte sie Dennis. Irgendwie glaubte sie das alles immer noch nicht so ganz, aber mit jeder weiteren Facette dieser... neuen Welt ergab alles immer weiter Sinn. Langsam fiel es immer schwerer die Existenz dieser neu entdeckten Parallelwelt abzustreiten. Wollte sie also tatsächlich immer mehr wissen? Sie brauchte sich das eigentlich gar nicht zu fragen. Ja, sie wollte! Ihre Neugier machte leider vor kaum etwas Halt. Schon gar nicht vor einer Welt, von der sie geglaubt hatte, sie könnte gar nicht existieren. Zumal das hier eine ausgezeichnete Quelle für neue Ideen war! Ab und zu schrieb sie schließlich ganz gern die eine oder andere Fantasy-Geschichte. Was für bessere Inspiration konnte sie bekommen, als live in einer solchen „Fantasy-Story" mitten drin zu sein? Doch Dennis unterbrach ihre Begeisterung, indem er auf ihre Frage antwortete: „Ja, es gibt mehrere Rudel. Wie viele genau, wissen wir selbst nicht so genau. Es gibt 7 große Rudel, eines davon sind wir, und vermutlich unzählige kleinere, mit nur zwei, drei, maximal vier Wölfen." Kurz machte er eine Pause.

„Und was wisst ihr über diesen Wolf in unserer Straße? Dem der Lexi entführt hat?" Bevor sie sich selbst stoppen konnte hatte sie die Frage bereits ausgesprochen. Irgendwie hatte ihr diese Frage schon eine ganze Weile auf der Zunge gebrannt. Dennis‘ Augen verengten sich einen Moment zu dunklen Schlitzen. Unwillkürlich hielt Maria den Atem an. Dennis‘ Aussetzer vom Vortag kam ihr wieder allzu deutlich in Erinnerung. War sie mit ihrer Frage zu weit gegangen? Doch anstatt seine Finger wieder an ihrer Kehle zu spüren, entspannte er sich wieder.

„Soweit wir wissen, ist er ein Abtrünniger des russischen Rudels. Eines der sieben großen Rudel. Möglicherweise sogar das größte. Was genau er damit erreichen will, indem er in Aquila Aufmerksamkeit auf uns zieht, wissen wir nicht. Aber wir wollen ihn auf jeden Fall stoppen. Einerseits soll er nicht noch mehr Aufmerksamkeit auf uns lenken und andererseits wird er vom russischen Rudel mit ziemlicher Sicherheit verfolgt und wir wollen verhindern, dass die Russen uns hier einen Besuch abstatten.“ Maria blickte Dennis fragend an. Ihr waren die ganzen Zusammenhänge immer noch ziemlich rätselhaft. Also atmete er einmal tief ein, so als würde er seine Gedanken sammeln.

„Grundsätzlich muss jedes Rudel seine Abtrünnigen selbst töten. Schließlich stellen sie eine Gefahr dar unsere Existenz zu verraten und beschmutzen die Ehre des ehemaligen Rudels. Der eine Russe macht das ja schon recht gut, indem er Aufmerksamkeit heischt. Doch, da er auf unserem Territorium ist, jagen wir ihn natürlich auch. Allerdings ist es den Rudeln grundsätzlich untersagt das Territorium eines anderen zu betreten, da das wie bei wildlebenden Wölfen zu Kämpfen führen könnte. Daher wollen wir den Abtrünnigen finden und ihn den Russen übergeben, bevor sie auf unserem Territorium aufkreuzen. Was sie dann mit ihm machen, ist ihre Angelegenheit.“

Als erneut eine Pause entstand fügte Josh noch etwas hinzu, als Maria immer noch etwas skeptisch aussah: „Wir könnten ihn natürlich auch töten. Allerdings könnte der russische Alpha das – obwohl der Wolf in unserer Straße ein Abtrünniger ist – das als Angriff auf ein Mitglied seines Rudels werten, wenn er wollte. Daher gibt es die Regel, dass nur das eigene Rudel über die Abtrünnigen richten darf. Das erspart eine Menge Kämpfe…“ Unausgesprochen schwang in seiner Stimme mit, dass das Zusammenleben der verschiedenen Rudel durchaus nicht immer friedlich war. „Genau genommen haben wir eine der längsten Perioden mit halbwegs einem Frieden. Klar gibt es ab und zu Reibereien, aber nichts Ernstes. Darum sind wir auch so sehr drauf bedacht nicht wieder einen Krieg zwischen den Rudeln aufflammen zu lassen. Der letzte ist letzten Endes in den ersten Weltkrieg gemündet…“

„Moment mal! Der erste Weltkrieg wurde doch von Österreich und Serbien gestartet, nicht? Also wegen der Ermordung des Thronfolgers und so…“, unterbrach Maria. Josh lächelte milde und nickte mit Verständnis im Blick. „Das ist die offizielle Version. Jene, die sich die Menschen zurecht gelegt haben. Doch die Vorgänge die dazu geführt haben, dass der Krieg erst überhaupt ausbrach, war durch den letzten Weltkrieg der Werwölfe bedingt. Eigentlich sollte gar nicht der Thronfolger sterben, sondern ein anderer Rudelführer. So gesehen war die Ermordung des Thronfolgers genau genommen eher ein Unfall als tatsächlich ein Attentat. Allerdings ist es richtig, dass eine andere, menschliche Verschwörergruppe das Attentat tatsächlich geplant hat. Doch die Schützen haben in Wahrheit ihr eigentliches Ziel, den Thronfolger verfehlt. Lediglich seine Ehefrau ging tatsächlich auf ihr Konto. Aber das ist eigentlich jetzt auch egal…", unterbrach sich Josh und Dennis sprach wieder weiter: „In jedem Fall wollen wir keinesfalls einen weiteren Krieg riskieren. Darum waren wir so aufgeregt, als wir ihn gesehen hatten. Wir wollten ihn fangen, doch leider ist er uns wieder erwischt und langsam spitzt sich die Lage zu, denn es scheint als würde das russische Rudel langsam beginnen etwas zu unternehmen und das macht mir ehrlich gesagt ziemliche Sorgen…"

Und Dennis' Sorgen sollten nicht von ungefähr kommen, auch wenn das im Moment keinem der Betreffenden auch nur annähernd klar war. Vielmehr hatten Maria und Lexi immer noch eine Menge zu verarbeiten, doch langsam freundeten sie sich irgendwie mit der Vorstellung an. Manchmal glaubten sie zwar immer noch, dass das alles nur ein dummer Scherz sein konnte, aber im Großen und Ganzen begannen sie langsam die neuen Facetten der Realität zu akzeptieren und mit ihr auch ihre Freunde. Josh und Andi freuten sich, dass die beiden Mädels sie – wie die beiden es vorausgeahnt hatten – tatsächlich von Neuem akzeptiert hatten und gerade Andi fiel es auf, wie wunderbar es war, endlich nicht mehr allen etwas vorspielen zu müssen, vor allem nicht Lexi, seiner Freundin.

Die nächsten Tage schwebte er förmlich durch die Gegend und beantwortete jede von Lexis Fragen. Maria beobachtete die beiden mit einem stillen, heimlichen Grinsen bei ihrem Geturtel. Sie freute sich für ihre langjährige beste Freundin, die nun so richtig aufzublühen schien. So sehr sie sich auch zu Beginn vor Andis zweitem Wesen gefürchtet hatte, umso verliebter war sie, als sie den schlimmsten Schrecken schließlich überwunden hatte. Irgendwie waren die beiden richtig süß zusammen. Nun gut... Ganz so war es nun auch wieder nicht, denn die ständige Turtelei ließ Maria teilweise auch etwas ungeduldig werden. Dennoch sagte sie nicht ein einziges Mal etwas, sondern zog sich, wenn es ihr denn wieder einmal zu viel wurde, einfach zurück. So auch heute. Sie wünschte Lexi und Andi eine schöne Zweisamkeit, ehe sie sich ihren Laptop schnappte und die Wohnung verließ, angeblich um sich mit einer Studienkollegin im Kaffee zu treffen. Schließlich mussten die beiden noch eine Teamarbeit ausarbeiten. Der Vorwand war nicht einmal gelogen, also hatte Maria nicht einmal einen Anflug schlechten Gewissens. Die „Studienkollegin“ war zwar niemand anderes als Sabine, die sie einfach als Vorwand nutzte und somit in jenem Moment mit fröhlichem Lächeln der Wohnung entkam und somit auch dem Liebesgetue der beiden Mitbewohner. Ach, wie schön war es, wenn einem nicht buchstäblich pinke Herzchen um die Ohren schwebten!

Den Weg bis zum Kaffee legte sie unbehelligt zurück. Dort angekommen, setzte sie sich an ihren Lieblingsplatz und wartete, bis Sabine endlich kam. Etwas komisch war es ihr schon vorgekommen, dass Sabine meinte, sie solle schon vorgehen. Dennoch hatte Sabine darauf bestanden, dass sie bereits aus der Wohnung raus war und noch eine Kleinigkeit einkaufen musste. Sie hatte zwar partout nicht sagen wollen, in welchem Geschäft sie sich befand – denn Maria hatte schließlich angeboten sie dort abzuholen – aber sie hatte Maria hoch und heilig versprochen „gleich“ nach zu kommen. Also hatte sich Maria wohl oder übel schon einmal alleine ins Kaffee gesetzt und einen Kaffee Crema bestellt. Schön schwarz, mit etwas Zucker und ohne Milch. So konnte man einen Kaffee am allerbesten genießen!

Sabine war noch nicht angekommen. Daher beschloss Maria kurzerhand den eigentlich zur „Tarnung“ mitgenommenen Laptop doch noch zu verwenden. Sie schaltete das Gerät ein und wollte an der Geschichte, an der sie gerade arbeitete, weiterschreiben. Doch sie kam nicht wirklich weit mit ihrem Vorhaben. Gerade fuhr das Gerät hoch und sie öffnete das Word-Dokument, als auch schon jemand am Stuhl ihr gegenüber stehen blieb und damit gerade so in ihrem Blickfeld war.

„Da bist du ja endlich, Sabi-…“, begann Maria, während sie ihren Kopf hob. Dadurch erkannte sie erst spät ihren Fehler. Das war nicht Sabine! Das war… Das konnte doch nicht sein!

„Yo“, meinte ihr Gegenüber betont lässig und grüßte sie mit seinem breitesten Grinsen. „Du? Aber… Wo ist Sabine? Was..?“, versuchte Maria verdattert einen Satz heraus zu bringen. „Sie hatte anderes zu erledigen…“, sprach er und ein leicht gepresster Unterton schwang in seiner Stimme mit. Maria zog lediglich in einer stummen Frage die Augenbrauen nach oben. Sie war viel zu erfreut darüber, dass Josh ihr gegenüber stand. Seit ihrem großartigen Geburtstagsgeschenk im Februar waren die beiden nicht mehr alleine unterwegs gewesen, und immerhin war es fast Ostern!

„Du hättest doch auch einfach so was sagen können, anstatt Sabine vor zu schicken“, tadelte sie ihn grinsend. Doch recht schnell verschwand das Grinsen von ihrem Gesicht, als Josh plötzlich sehr verlegen drein blickte und sogar einen roten Schimmer auf den Wangen bekam. Das war ungewöhnlich. Mit fragendem Blick sah sie ihn an. Sie waren nicht wirklich zusammen oder so, auch wenn Maria sich das manchmal wünschen würde. Dennoch, sie war viel zu traditionell in dieser Hinsicht, als dass sie den ersten Schritt machen würde!

„Setz dich und steh nicht wie angewurzelt da“, versuchte sie die langsam aufkommende Spannung in der Luft zu zerstreuen. Sie beobachtete ihn dabei, wie er ihren Worten mit steifen Gliedern und deutlicher Anspannung nachkam. Etwas unsicher, worauf das ganze nun hinaus laufen würde, wartete sie erst einmal ab.

„Also…“, begann er schließlich. „Ich wollte dich fragen, ob wir nicht nach dem Kaffee vielleicht ins Kino gehen wollen? Da spielen sie derzeit einige gute Filme. Was meinst du?“

Überrascht über diese Wendung nickte Maria. „Klar sehr gern!“ Sobald sie diese drei magischen Worte gesagt hatte, schien der Großteil der Anspannung von Josh abzufallen. Er strahlte plötzlich mit der Sonne um die Wette und bestellte sich selbst einen Cappuccino und ein Stück Schokoladenkuchen.

Maria rang sichtlich mit sich, ob sie sich nicht doch noch ein Stück dieser Köstlichkeit bestellen wollte, entschied sich jedoch dagegen. Stattdessen beobachtete sie ihr Gegenüber dabei, wie er genüsslich von dem Schokokuchen naschte, als die Kellnerin ihn schlussendlich gebracht hatte.

Obwohl sie sich eigentlich geschworen hatte, dem Schokokuchen nicht zu verfallen, erwies sich das als ziemlich schwierig. Immerhin wusste Josh um ihre Liebe zu Schokokuchen und versuchte sie ständig scherzhaft davon zu überzeugen sich doch mit einem Stück Kuchen füttern zu lassen. Eine Weile widerstand sie dieser süßen Versuchung. Doch Josh ließ nicht locker und schließlich nahm sie doch den

Schokokuchen an. Genießerisch schloss sie die Augen und Josh grinste triumphierend.

„Sooo lecker!“, schwärmte sie, als sie ihre Augen wieder öffnete. „Danke“, fügte sie noch hinzu und lächelte selig. Augenscheinlich hatte sie so glücklich ausgesehen, dass sie sogar noch einige weitere Gabeln voller Schokokuchen abbekam. Die beiden scherzten und hatten sichtlich Spaß dabei. Natürlich versuchten sie, die anderen Gäste nicht zu stören. Manchmal jedoch, wurden sie etwas zu laut. Die meisten der anderen Gäste nahmen es gelassen und freuten sich für das junge, turtelnde Pärchen. Lediglich einige ältere Damen schüttelten missbilligend den Kopf.

Nach einer Weile war der Schokokuchen dann doch verzehrt und die Kaffeetassen standen leer auf ihren Untertellern.

„Welchen Film möchtest du ansehen?“, fragte Josh dann plötzlich, nachdem er die Rechnung bei der Kellnerin bezahlt hatte.

„Keine Ahnung... Weißt du, was läuft?“

Josh zückte sein Smartphone und suchte nach der Webseite seines Lieblingskinos, direkt im Zentrum von Aquila. Schnell hatte er eine Übersicht der neuesten Filme aufgerufen und hielt sie Maria hin.

„Was meinst du zu Iron Man 2?“, wollte er wissen. Maria wirkte nicht sonderlich begeistert. „Wie wäre es mit das Bildnis des Dorian Gray?“, fragte sie zurück. „Du weißt aber schon, dass die Kritiken nicht besonders gut waren?“, entgegnete Josh. Er wollte sich den Film eher nicht ansehen. „Was meinst du zu Robin Hood mit Russel Crowe?“ schlug er also stattdessen vor.

„Das war doch der Schauspieler von Gladiator, nicht?“, überlegte sie laut. Als er nickte, war die Sache beschlossen. „Gut, ich glaub der klingt interessant“, meinte sie und nickte zustimmend. So schnell sie sich für den Film entschieden hatten, so schnell waren sie auch aus dem Kaffee draußen. Direkt vor dem Kaffee parkte Joshs teurer Wagen und einige junge Männer hatten sich versammelt und betrachteten das wunderbare Gefährt fasziniert. Neidische Blicke folgten ihnen, als Josh die Tür zum Beifahrersitz für Maria aufhielt. Sie stieg ein und er ging um das Auto herum, ehe er sich auf den Fahrersitz setzte. Der Motor heulte herausfordernd auf, als er den Wagen startete. Rasch schlängelte sich das Gefährt durch die Straßen Aquilas. Es dauerte nicht lange und sie hatten das Kino inmitten der Stadt erreicht.

Galant wie eh und je half er ihr aus dem Wagen und bot ihr seinen Arm an. Sie hakte sich unter und suchend blickten sie sich um, um den Ausgang zu finden. Sie hatten das Auto in der Tiefgarage des Kinos geparkt, da die wenigen Parkplätze an der Oberfläche wie immer restlos zugeparkt waren. In der Tiefgarage selbst standen kaum je allzu viele Wägen, denn die Preise für gewöhnliche Nutzer waren unverschämt hoch. Für Kinobesucher jedoch, war die Garage gratis. Somit hatten sie sich gar nicht erst die Frage zu stellen gebraucht, ob es sich lohnen würde, in der Garage das Auto abzustellen.

„Dort“, sagte Maria schließlich, als sie das leuchtende Schild gefunden hatte, das ihnen den Aufgang zum Kino wies. Mit gewisser Vorfreude im Blick, zog sie ihren Mitbewohner zu der Tür, hinter welcher ein Treppenhaus auf sie warten würde. Von dort aus ging es dann direkt in die Lobby des Kinos.

„Da ist ja wer voller Vorfreude, na?“, neckte Josh sie. Sie streckte ihm als Antwort nur grinsend die Zunge heraus und zog ihn einfach weiter. Das Mädel wusste definitiv, was sie wollte! An der Kassa angelangt kaufte Josh zwei Karten in der letzten Sitzreihe und bezahlte natürlich mit aller Selbstverständlichkeit. Marias Einwände, sie hätte ihn dieses Mal eigentlich einladen wollen, überhörte er einfach.

Wohl oder übel musste sie sich also geschlagen geben. Doch bei den Popcorn! Da würde sie dieses Mal bezahlen! So zumindest war ihr Plan gewesen. Doch wieder einmal hatte sie ihre Rechnung ohne den Sturkopf ihres Freundes gemacht. Er vertrat immer noch die traditionelle Denkweise, der Mann müsse für alles bezahlen. Sollte diese Masche nicht ziehen, kam er damit, dass er viel besser verdiente als sie als Studentin, also wäre es nur angemessen, wenn er auch bezahlte. Da musste sie sich leider geschlagen geben. Die Stunden die sie in der Firma arbeitete hatte ihr gerade genug Geld eingebracht, dass sie die Wohnung bezahlen konnte und

Lexi verwendete ihr Gehalt für die restlichen anfallenden Kosten des Haushaltes: Essen, Wäsche und vieles mehr. Allzu viel fürs Ausgehen war ihnen da nicht mehr geblieben. Das hatte sich mit dem Einzug ihrer Bewohner drastisch verbessert. Dennoch… Sie konnte sagen was sie wollte, Josh verdiente eindeutig viel besser als sie. Damit gab sie sich auch bei den Popcorn für ihn, den Nachos für sie und je einen Becher Cola geschlagen und ließ ihn die Scheine aus seiner Geldtasche zaubern.

Die restliche Zeit zum Filmstart hatten sie damit vollständig aufgebraucht und machten sich sogleich auf den Weg in den Kinosaal. Drinnen empfing sie die düstere Ausstattung und die verdunkelten Wände, wie man sie eben aus Kinosälen kannte. Noch war der Saal hell erleuchtet, sodass sie keinerlei Schwierigkeiten hatten, ihre Plätze zu finden. Es dauerte nicht mehr lange und die Lichter gingen aus. Nach einem schier endlosen Vorspann, begann endlich der eigentliche Teil des Filmes. Maria war begeistert. Josh fand den Film zwar auch nicht unspannend, aber bei weitem nicht so spannend wie das glückliche Gesicht seiner Freundin. Immer wieder lächelte er, wenn sie ihre Gefühle, die durch den Film entstanden, ob nun Spannung, Traurigkeit oder Fröhlichkeit, offen auf dem Gesicht trug. Das war leider etwas, das ihr unter allzu vielen Menschen teilweise recht schwer fiel, wie ihm aufgefallen war. Dabei war ihr Gesicht noch um so vieles schöner, wenn sie glücklich aussah und ihre Gefühle nicht unter Verschluss hielt.

Hin und wieder bemerkte sie, dass sie beobachtet wurde. Immer wieder erwiderte sie den Blick und jedes Mal legte sich ein sanftes Lächeln auf ihre Lippen. Ja, sie war definitiv einfach nur glücklich hier zu sein und neben ihm zu sitzen. Doch immer wieder blickte sie zur Leinwand zurück und verfolgte weiter den Film.

Während sie selbst so nur wenige Momente des Filmes nicht mitbekommen hatte, hätte Josh beim besten Willen nicht mehr sagen können, worum genau es bei dem Film gegangen war. Klar, Robin Hood und dessen Kampf gegen die Mächtigen im Dienst der Armen, aber das war auch schon alles. Nichts weiter hatte ihn so sehr fasziniert und gefesselt wie Marias Mimik.

„Der Film war echt cool, oder?", wollte Maria mit Begeisterung wissen, kaum, dass sie den Kinosaal verlassen hatten. Josh druckste ein wenig herum, nickte dann aber. Er wusste nicht wirklich, ob er ihm gefallen hatte. Er hatte ja kaum etwas davon mit bekommen. Schließlich blieben sie an einer abgelegeneren Ecke stehen. Einen kurzen Moment zögerte Maria, ehe sie Josh einfach küsste. Überrascht starrte er die junge Frau an, machte sich aber keine weiteren Gedanken und schlang seine Arme um sie. Dabei vertiefte er den Kuss und gab sich ganz dem berauschenden Gefühl hin, als seine Hormone Tango tanzten.

Erst, als sie ihn energisch auf die Brust klopfte ließ er sie wieder los. Sie schnappte nach Luft. Beinahe wäre sie ihm noch in seinen Armen erstickt! Er sollte kein weiteres Mal vergessen, dass Werwölfe einen weitaus längeren Atem hatten, als Menschen! Doch er war viel zu vertieft in seinen Glücksgefühlen gewesen um sich darüber Sorgen zu machen. Jetzt jedoch machte sich eine gehörige Portion schlechten Gewissens breit. Schließlich wollte er sie keineswegs verlieren!

Ihre Wangen waren deutlich gerötet und sie war glücklich. Die Schmetterlinge in ihrem Bauch tanzten verrückt. Als sie wieder etwas Luft bekommen hatte, küsste sie ihn erneut. Wieder erwiderte er den Kuss, doch dieses Mal viel sanfter und zärtlicher als vorhin. Allerdings mindestens genauso verlangend. Sie gehörte ihm. Keiner würde sie ihm wegnehmen. Keiner!

Sie kamen erst spät nach Hause. Ihr Gekichere hielten sie so leise wie möglich, um ihre Mitbewohner nicht zu wecken, als sie sich gemeinsam in Joshs Zimmer zurückzogen. So kam es, dass sie ihre erste Nacht gemeinsam verbrachten und ab diesem Tag waren sie endlich ein festes Paar. Lange hatten sie es abgestritten, doch nun war es endlich so weit.

Kapitel 18: Eröffnung

So sehr sie sich auch bemühten, sie schafften es partout nicht den abtrünnigen Wolf zu finden. Frustriert saßen Dennis, Andi und Josh im Wohnzimmer. Inzwischen waren sie ziemlich ratlos, was sie noch alles versuchen könnten um ihn zu fangen. Jeder ihrer Versuche war bisher gescheitert und nichts deutete darauf hin, dass sich das ändern sollte. Es war zum Verrückt werden. Der Abtrünnige war kaum irgendwann zu erspähen, und wenn, dann war er so schnell verschwunden, dass wieder jede Spur von ihm fehlte. Doch von seiner Anwesenheit waren sie nach wie vor überzeugt, da er immer wieder versuchte, jemanden aus dem Rudel anzugreifen oder einer der jungen Frauen aufzulauern.

Auch die anderen vier Wölfe aus dem Rudel hatten langsam ihren Ideenreichtum ausgeschöpft. Somit kam es wie es kommen musste. Sie hatten alles versucht und dabei gleichzeitig darauf geachtet, dass den Mädels keine Gefahr von dem abtrünnigen Wolf drohte. Das war nicht immer ein leichtes Unterfangen gewesen.

„Wir waren offensichtlich noch nicht gründlich genug…“, meinte Andi.

„Es muss doch einen Weg geben, ihn zu finden…“, warf Josh ein. Frustriert wuschelte er sich mit der Hand durch die kreuz und quer stehenden Haare.

„Ähm…“, kam es mit einem Mal von der Tür, die ins Wohnzimmer führte. Überrascht wandten sich die drei Werwölfe um. Dort stand Lexi. Zögerlich kam sie näher und setzte sich neben Andi, der sogleich seinen Arm um sie legte.

„Ich weiß nicht, ob ich euch wirklich helfen kann, aber…“, begann sie.

„Nein. Wir hatten das schon! Weder du noch Maria braucht uns zu helfen, es würde euch nur unnötig in Gefahr-…“, unterbrach Dennis sie vehement.

„Lass mich erst einmal ausreden!“, hielt Lexi dagegen und funkelte den Alpha an. Dieser klappte, etwas überrascht von Lexis Widerspruch, den Mund wieder zu. Andi konnte sich unterdessen ein amüsiertes Grinsen nicht verkneifen. Es gab nicht viele Leute, die dem Alpha ungestraft derart Konter gaben. Ähnliches schien auch Lexi durch den Kopf zu gehen, denn sie hatte immer noch lebhaft jenen Tag vor Augen, als sie erfahren hatten, was die Mitglieder von 7MS wirklich waren.

„Ähm… Also, was ich sagen wollte war…“, druckste sie kurz herum, ehe sie sich wieder fasste und mit kräftigerer Stimme weiter sprach: „Ich hätte eine Idee, wie wir euch helfen könnten. Also weniger ich als vielmehr Maria…“

Überrascht zog Josh seine Augenbrauen nach oben. Wie sollte seine Freundin helfen können? Sie war eine fähige Kampfsportlerin – für menschliche Verhältnisse – doch sie war einem Werwolf in keinem Fall gewachsen. Zudem war sie unerfahren und hatte sich bisher eher auf Technik als auf Kampf spezialisiert.

„Wie denkst du, dass sie uns helfen könnte?“, fragte Dennis und versuchte dabei nicht allzu ungeduldig zu klingen.

„Naja… also sie ist echt gut darin Informationen zu finden. Du weißt schon am Computer… Also Informationen, die nicht jedem zugänglich sind… manches Mal sogar bewusst geheim gehalten werden und äh…“

„Du meinst, sie ist eine Hackerin?“, fragte Josh gerade heraus. Lexi nickte und dem Werwolf schienen beinahe die Augen aus dem Kopf zu fallen. Natürlich wussten alle, dass Maria gut am Computer drauf war, immerhin beinhaltete ihr Studium das. Aber eine Hackerin?

„Soweit ich weiß, hat sie schon einige der großen Firmen erfolgreich gehackt. Legal natürlich! Aber vielleicht…. Vielleicht könnte sie was herausfinden?“

„Wieso hast du bisher nichts gesagt?“, wollte Andi wissen.

„Weil ein gewisser Jemand gemeint hat, er bräuchte definitiv keine Hilfe von uns und würde den abtrünnigen Wolf ohne Probleme auch so finden…“, antwortete Lexi und verschränkte die Arme vor der Brust. Dabei schoss sie Dennis unmissverständliche Blicke zu. Selbst wenn sie helfen könnten, man musste schließlich niemandem seine Hilfe aufdrängen!

„Sag bloß, ich bin daran Schuld“, knurrte Dennis leise.

„Niemals“, gab Lexi sarkastisch zurück. Lebhaft stand ihr die Diskussion noch vor Augen. In jener hatte Dennis felsenfest und wiederholt behauptet, dass menschliche Mädchen definitiv keine Hilfe darstellen könnten. Es war nicht direkt so, dass er beleidigend geworden wäre, aber allzu freundlich war er im Endeffekt auch nicht gewesen.

Doch da sie augenscheinlich Probleme hatten den flüchtigen Wolf zu finden, hatte Lexi beschlossen über ihren eigenen Schatten zu springen. Somit hatte sie ihnen von Maria erzählt. Ob diese jedoch helfen würde, wusste sie natürlich nicht. Sie hatte nur von ihren Fähigkeiten berichten können.

„Weißt du, wann sie heute heim kommt?“, wollte Dennis nun wissen. Zu seiner Enttäuschung jedoch, zuckte Lexi die Schultern. „Sie hat gemeint, sie hätte heute zwar kurz Vorlesungen, aber vielleicht bleibt sie da um zu lernen...“ Mehr hatte ihre beste Freundin nicht erzählt. „Kann also theoretisch jederzeit sein, dass sie zurückkommt“, fügte Lexi noch hinzu.

Beinahe als hätte Maria geahnt, dass sie erwartet wurde, hörten die Wölfe plötzlich das Geräusch des Schlüssels im Schloss der Wohnungstür.

„Jetzt“, meinte Josh grinsend und erhob sich mit einer fließenden Bewegung. Er begab sich in den Flur und begrüßte seine Freundin mit einem langen Kuss. Diese genoss die Geste und lehnte sich an ihn.

„Wofür war der denn?", wollte sie wissen, mit einem neckischen Grinsen auf den Lippen. Doch er antwortete nicht darauf. Stattdessen legte er lediglich seinen Arm um ihre Schultern und führte sie ins Wohnzimmer, wo die anderen bereits auf sie zu warten schienen. Erstaunt sah sie in die Runde. Hatte sie etwas verpasst? Allerdings hatte sie nicht allzu lange Zeit darüber nach zu denken, denn Josh bugsierte sie zum Sofa und drückte sie neben Lexi auf das bequeme Möbelstück. Ihr gegenüber saß Dennis und maß sie mit undurchdringlichem Blick. Unbehaglich rutschte sie auf ihrem Hintern hin und her und wich dem intensiven Blick aus. Mit einem Mal wirkte der Glastisch vor ihren Knien sehr spannend.

„Du bist eine Hackerin", durchbrach Dennis plötzlich die Stille. Schlagartig schnellte ihr Blick nach oben.

„Was?"

„Du bist eine Hackerin und eine verdammt gute wie es aussieht…", sprach er unbeirrt weiter. „Ich möchte dich um Hilfe bitten. Wir schaffen es nicht, den abtrünnigen Wolf zu finden. Aber wenn wir ihn nicht bald erwischen, werden wir richtige Probleme bekommen."

„Und warum denkst du, dass ich das kann?"

„Weil du eine Hackerin bist und dafür schon mit der Polizei zu tun hattest."

„Dann solltest du auch wissen, dass ich aufgehört habe!", meinte sie aufgebracht. Die Zeit in der Obhut der Polizei war alles andere als lustig gewesen! Damals hatte man sie gehen lassen, weil sie noch Minderjährig war und keinen Schaden angerichtet hatte. Damals hatte sie sich geschworen, dass sie das nicht mehr machen würde! Darum bekräftigte sie sich selbst noch einmal: „Ich mach das nicht mehr!"

„Aber du könntest uns helfen!", beharrte Dennis und fixierte sie mit seinen dunklen Augen. Er erhob sich von seinem Platz.

„Nein. Es tut mir Leid Dennis. Ich würde euch wirklich gern helfen aber,...", versuchte sie sich noch einmal zu wehren. Doch Dennis fiel ihr aufgebracht ins Wort: „Hast du schon vergessen, was Lexi passiert ist?! Willst du ihr das noch einmal antun?!" Während er gesprochen hatte, hatte er sich erhoben und seine Stimme war stetig lauter geworden. Erschrocken zuckte Maria zusammen.

„N-Natürlich nicht...", stammelte sie überrumpelt. Tränen sammelten sich in ihren Augen.

„Na also! Hilf uns, dass wir ihn endlich finden! Dann haben wir alle unsere Ruhe und Lexi definitiv nichts mehr zu befürchten!" Er machte einen Schritt auf sie zu und machte Anstalten sie an den Armen zu fassen. Doch sie erhielt Hilfe, denn Josh stellte sich seinem Alpha mit beschwichtigender Geste entgegen.

„Dennis, so hat das keinen Sinn... Du kannst sie nicht zwingen, wenn sie nicht will... oder kann." Ihm war nicht entgangen, dass sie irgendwelche negativen Erinnerungen damit zu verknüpfen schien. Außerdem war ihm durchaus bewusst, dass halbherzige Arbeit wohl kaum Ergebnisse bringen würde.

Mit missmutigem Schnauben wandte sich Dennis um. Dabei war Maria so etwas wie ein Lichtblick gewesen! Was für eine Enttäuschung! So stapfte er unzufrieden davon und verließ das Wohnzimmer.

„Danke Josh…“, sagte Maria leise und drückte sachte seinen Arm. Kurz schloss er sie in seine Arme. Doch sie löste sich recht schnell wieder daraus.

„Lexi… warum hast du es ihm erzählt?“, wollte sie dann wissen und wandte sich zu ihrer Freundin um.

„Ich dachte nur… Keine Ahnung… Tut mir Leid Maria, ich wusste nur keine andere Möglichkeit mehr… Ich möchte doch nur wieder in aller Ruhe auf die Straße gehen können, ohne mich vor dem Typen fürchten zu müssen… Der Abend… du weißt schon, wo ich entführt wurde war…“ Sie brach ab und war augenscheinlich nicht mehr in der Lage weiter zu sprechen. Tröstend zog Andi sie in eine Umarmung und warf Maria einen bösen Blick zu.

Sie schoss einen finsteren Blick zurück, ehe sie sich umwandte und ebenfalls das Wohnzimmer verließ.

Kapitel 19: Mädelstag mit Folgen

Eine Weile war das Verhältnis zwischen Maria und Dennis merklich gespannt. Doch nach einiger Zeit schien der Alpha des Rudels zu akzeptieren, dass sie ihm nicht helfen konnte. Damit nahm der gewöhnliche Alltag wieder seinen Lauf. Die Wölfe suchten den abtrünnigen Wolf weiterhin, ohne ihn jedoch zu finden, und sie alle gingen wieder zur Universität, da die Osterferien wieder vorüber waren.

Heute war Maria mit Sabine, Roxi und Lexi zu einem Mädelstag unterwegs. Kaum, dass die Vorlesungen zu Ende waren, hatten sich die vier vor der Mensa getroffen.

„So, was wollen wir heute machen?“, fragte Sabine voller Motivation. Viel zu lange hatten sie nichts mehr gemeinsam unternommen, ohne ihre Mitbewohner.

„Shoppen, einen Kaffee holen und dann einfach irgendwo im Park unter den Bäumen sitzen und das schöne Wetter genießen?“, antwortete Lexi, nicht minder euphorisch. Recht schnell stieß der Vorschlag auf Begeisterung und so machten sie sich gleich auf in die angesagteste Einkaufsmeile.

Mit der U-Bahn waren es nur wenige Stationen bis sie inmitten der belebten Einkaufsstraße aus dem Aufgang traten. Die vier jungen Frauen genossen die warmen Sonnenstrahlen, die ihnen aufs Gesicht fielen und wandten sich einer Boutique nach der anderen zu. Wann immer ihnen Klamotten oder

Accessoires zusagten, probierten sie diese an und hatten einen Riesenspaß. Dabei bemerkten sie nur am Rande, dass die Sonne immer weiter auf ihrer Laufbahn voranschritt. Wie sie vorhin beschlossen hatten, gönnten sie sich auch einen Kaffee und sonnten sich in einer nahe gelegenen kleinen Parkanlage. Dabei plauderten sie unbeschwert über Gott, die Welt und Jungs. Vor allem Maria wurde wegen Josh regelrecht traktiert. Seit die beiden nun so „richtig“ zusammen waren, hatten die Mädels einfach keine Zeit gefunden um mit Maria über ihre neue Beziehung zu reden. Dafür wurde die Gelegenheit nun umso mehr genutzt. Wild redeten sie durch einander. Natürlich wollten sie wissen, wie ihre Dates mit ihm gewesen waren. Schließlich hatten sie im Prinzip schon zwei hinter sich, als würde sie doch wohl etwas erzählen können! Genauso interessant war natürlich auch der Fortschritt, den Andis und Lexis Beziehung machte und ganz besonders wichtig war es auch zu erörtern, ob Sabine nun in Simon verliebt war oder nicht. Auch, wenn sie es ungewöhnlich schüchtern verneinte, der rote Schimmer auf ihren Wangen verriet sie. Schließlich gab sie dann doch zu, dass sie ihn möglicherweise tatsächlich ein klein wenig mochte. Dieses Eingeständnis stieß selbstverständlich auf gute Zuhörerinnen, die sich sogleich daran machten, Verkupplungspläne für Sabine und ihren Schwarm zu schmieden.

Als es schließlich kälter wurde, beschlossen sie noch einige der Geschäfte abzuklappern, zu denen sie bisher noch nicht gelangt waren. Das letzte Geschäft auf ihrer Liste war ein angesagter kleiner Klamottenshop, der nur Kleider verkaufte. Von eleganten Cocktailkleidern im Business-Look über lange Ballroben bis hin zu luftigen Sommerkleidern und Minikleidern zum Abfeiern in der Disco war alles zu finden. Hier hatten sich damals Maria und Lexi ihre Ballkleider gekauft und seither waren sie Feuer und Flamme für den Laden. Leider war die Ware hier nicht billig, sodass sie nicht immer ganz nach Herzenslust kaufen konnten. Aber manchmal konnte man sich schon eines dieser Teile leisten!

Maria hielt sich etwas abseits. Sie hatte schon eine relativ große Auswahl an Kleidern in ihrem Schrank und das obwohl sie kaum welche trug. Ihr waren Hose und Oberteil schlichtweg lieber als Kleider oder Röcke. Dennoch wurde ihr keineswegs langweilig. Gleich zu Beginn hatten ihre drei Freundinnen sie in einen Sessel vor den Umkleiden verfrachtet. Von diesem Aussichtspunkt aus, musste sie den anderen dreien nun beratend zur Seite stehen.

Gerade stand Lexi mit einem Sommerkleid vor ihr. Maria runzelte etwas die Stirn.

„Eher nicht… Ich finde es lässt dich irgendwie dick aussehen… Das vorherige war um Längen besser!“, meinte Maria. Lexi wirkte nicht sonderlich glücklich, denn ihr hatte das Kleid gefallen. Aber sie hatte Maria immerhin gefragt und die war nun einmal ehrlich.

„Was meinst du?“, fragte Sabine. Sie trug ein feuriges rotes knielanges Kleid, das oben eng anlag und damit ihre Oberweite gut zur Geltung brachte. Unten herum jedoch fiel das Kleid locker und verspielt, sodass es ihre Figur schön umschmeichelte. Genau das sagte Maria ihr auch. Mit einem: „Kurzum echt klasse!“ beendete sie ihre Lobrede. Als nächste wartete schon Roxi mit einem hautengen, schwarzen Minikleid. Maria kam aus dem Staunen nicht heraus. Das Kleid sah Hammer aus. Zu den schwarzen Haaren und dem dunkleren Hautton passte das Kleid perfekt.

„Damit darf ich dich nicht in die Disco lassen, du kämest vermutlich vor lauter Bewunderern nie wieder da raus“, scherzte Maria. Roxi grinste und ging wieder in die Kabine um ein weiteres Teil anzuprobieren.

Lexi hingegen hatte sich inzwischen umgezogen: „Was meinst du zu diesem?“ Maria nickte. Das Kleid stand ihr wahnsinnig gut! Ein elegantes in royalblau gehaltenes Cocktailkleid, das sich wie angegossen an ihre Figur legte. „Wow! Das ist wunderbar Lexi!“ Mehr musste Maria auch nicht sagen, denn schon hüpfte Lexi glücklich wieder in ihre Kabine zurück.

Als sie eine kurze Verschnaufpause bekam, checkte sie die Nachrichten, die sie bekommen hatte und stellte fest, dass die meisten von Josh stammten. Er machte sich Sorgen, vor allem wegen dem abtrünnigen Wolf, der immer noch durch Aquila streifte. Ihm war nicht wohl dabei, dass die Mädels ohne wölfischen Schutz unterwegs waren. Also rief sie ihn kurz an.

„Bevor du fragst, ja, wir sind immer noch shoppen“, hob sie ab.

„Ich hab dich auch lieb, mein Engel“, kam es sogleich zurück.

„Ich dich auch. Du brauchst dir keine Sorgen zu machen. Ich habe deine Nachrichten gelesen, aber es ist wirklich alles gut! Wir haben gut aufgepasst, aber niemanden sehen können! Keine Auffälligkeiten, alles in Ordnung!“, beruhigte sie ihn weiter.

„Wenn du meinst…“, kam es widerstrebend zurück. Allzu überzeugt wirkte er nicht.

„Mir wäre nur wohler wenn ich wüsste, dass ihr da nicht alleine draußen seid…“

„Wir haben doch uns! Jetzt mach dir keine Sorgen, sonst bekommst du noch Falten“, neckte sie ihn und schickte ihm einen Kuss durch das Telefon.

„Jaja…“, grummelte er gespielt beleidigt. „Also dann, viel Spaß noch und passt auf auf euch!“

„Danke, bis am Abend, mein Lieblingswolf!“, verabschiedete sie sich mit einem Grinsen. Dieses jedoch wurde ihr schnell vom Gesicht gewischt, als sie sah, dass ihre Freundinnen das Telefonat mitbekommen hatten.

„*Lieblingswolf*?!“, meinte Sabine scheinbar fassungslos. „Von allen Kosenamen fällt dir keine bessere ein als *Lieblingswolf*?“ Sabine schien den Kosenamen äußerst lustig zu finden, ebenso wie Roxi. Sie begannen wild Scherze darüber zu reißen. Lediglich Lexi wusste, wie Maria auf den Namen gekommen war und grinste ihr wissend zu. Sie verstand die Wahl zwar auch nicht so wirklich, aber es reichte doch, wenn sich Sabine und Roxi über ihre beste Freundin lustig machten. Da brauchte sie nicht noch einen oben drauf legen.

Nach einer Weile war ihnen das Spiel langweilig geworden und die Geschäftszeit näherte sich dem Ende, wie die Verkäuferin sie mit ausgesuchter Höflichkeit erinnerte. So trugen die Mädels ihre Kleider, die sie nicht kaufen würden wieder an ihren Platz zurück. Eine jede von ihnen hatte sich für eines der teuren Stücke entschieden, jenes, das Maria am besten gefallen hatte, denn sie hatte einen guten Sinn für Mode, auch wenn sie selbst lieber in bequemen als ausschließlich gutaussehenden Klamotten durch die Welt wandelte.

Schnell wurden die Kleider bezahlt und sie entließen die Verkäuferin in ihren wohl verdienten Feierabend. Auf der Straße angelangt, erwartete sie ein eisiger Wind, der die jungen Frauen frösteln ließ. Maria lief eine Gänsehaut über den Rücken. Obwohl es nicht ganz so kalt war, wie in jener schicksalsreichen Winternacht, als sie Josh kennen gelernt hatte, fielen ihr gewisse Parallelen auf. Sie fühlte sich ähnlich unwohl und sie fühlte sich ähnlich beobachtet. Unauffällig blickte sie sich um und bemerkte, dass auch Lexi nach etwas Ausschau zu halten schien.

„Glaubst du, dass er in der Nähe ist?“, raunte sie ihrer besten Freundin zu.

„Was?“, quietschte diese erschrocken. „Möglich… Ich hatte nur ein seltsames Gefühl. Genau wie in jener Nacht als… Na, du weißt schon…“ Maria nickte. Diese Nacht und ihr eigenes Erlebnis mit dem Fremden würde sie nie vergessen. Wobei, sie selbst hatte nur vermutet, dass er es gewesen war, der sie beobachtet hatte. Gesehen hatte sie ihn allerdings nicht.

„Kommt, beeilen wir uns, ich will nicht hier von dem eisigen Luftzug hier weg geweht werden!“, wandte sie sich an die anderen drei.

„Sollen wir Andi und Josh anrufen?“, meinte Lexi ängstlich. Maria überschlug die Möglichkeiten. Ihr Stolz verbot ihr zwar, Lexis Vorschlag anzunehmen, ihre Vernunft jedoch sprach sich eindeutig dafür aus. Zumal es von hier aus ein ganzes Stück zur U-Bahn Station war und auf einem „ganzen Stück“ konnte bekanntlich viel passieren. „Ja, klingt gut. Rufst du sie an?“, erwiderte Maria also. Sie selbst würde die Umgebung im Auge behalten, damit Lexi ungestört telefonieren konnte.

„Was ist?“, meinte Sabine unterdessen locker. Sie wusste zwar von den Vorfällen, die ihre Freundinnen durchgemacht hatten, wusste aber nichts davon, wer oder was der Fremde war.

„Lexi fühlt sich nicht wohl wegen… Na du weißt schon. Irgendwie fühlt es sich offenbar an wie damals als… na, du weißt ja was ich meine.... Sie ruft Andi und Josh an, damit wir nicht alleine in die U-Bahn müssen. Ich muss gestehen, mir ist auch nicht sonderlich wohl...", antwortete Maria.

„Seit wann bist du denn so ein Angsthase, Maria?", fragte Sabine unbekümmert mit scherzhaftem Ton.

„Ich bin kein Angsthase!", gab diese trotzig zurück. „Ich habe nur gelernt auf meine und Lexis Intuition zu hören. Die lagen bisher nie falsch..." Sabine starrte ihre Freundin mit vor Unglauben geweiteten Augen an. Die meinte das ernst, oder?

„Sie kommen...", ließ Lexi verlautbaren. Verständnislos schüttelte Sabine den Kopf, sagte aber nichts mehr. Die jungen Frauen machten sich auf den Weg in Richtung der U-Bahn Station. Immer wieder blickten sich Maria oder Lexi um, wenn sie meinten etwas zu hören. Einmal drehten sich sogar Sabine und Roxi um, als sie seltsame Geräusche hörten.

„Ok... irgendwie ist das hier gruselig...", gab Sabine dann doch zu. Zu einer Erwiderung ansetzend, wandte sich Lexi um und ihre Augen weiteten sich entsetzt.

„SABINE!", schrie sie aus voller Kehle. Doch da war es schon zu spät. Mit einem lauten Knurren stürzte sich ein übergroßer Wolf auf Sabine. Mit gefletschten Zähnen von denen Sabber triefte versuchte er sie zu beißen. Erschrocken wehrte sich Sabine nach Leibeskräften, trat und schlug um sich, während sie wie am Spieß schrie. Unterdessen versuchten auch die anderen drei den riesigen Wolf von Sabine weg zu bekommen und bearbeiteten ihn mit ihren Gliedmaßen, Einkaufstüten und Handtaschen. Kurz ließ er dadurch tatsächlich von seinem Opfer ab, das immer noch panisch um sich schlug. Als er sich wieder auf Sabine stürzen wollte, wurde er von der Seite von einem anderen, schwarzen Wolf angegriffen. Dichtauf kam ein weiterer schwarzer Wolf mit hellen Flecken im Fell. Josh und Andi waren gerade noch rechtzeitig gekommen!

Maria würde Josh jederzeit wieder erkennen und da Andi ihn begleiten sollte, war der zweite Wolf wohl eben genau der. Sie hatte Lexis Freund noch nie in dieser Gestalt gesehen. Doch anstatt in Schockstarre zu verfallen handelte Maria geistesgegenwärtig, während die beiden Wölfe den Angreifer verjagten.

„Roxi, ruf einen Krankenwagen! Lexi, du hilfst mir!“, kommandierte sie. Während Roxi mit zitternder Stimme die Begebenheit schilderte, versuchten Lexi und Maria Sabine zu beruhigen, damit sie ihre Wunden begutachten konnten. Sie war auf und auf mit Blut und Straßenschmutz bedeckt, sodass es schwierig war eine Diagnose zu stellen. Während die Mädels vorsichtig die Wunden mit einigen frisch gekauften Kleidungsstücken verbanden und Sabine in warme Jacken hüllten, hörten sie in der Nähe schon die Sirenen der Rettungsfahrzeuge. Die Polizei kam nicht lange danach, als Sabine schon fachmännisch versorgt wurde. Die Beamten befragten alle der jungen Frauen und auch Josh und Andi, die soeben hinzugekommen waren. Andi hinkte leicht am linken Bein, tat besorgte Fragen aber mit lässigen Antworten ab.

Sabine wurde ins Krankenhaus gebracht. Sie stand immer noch unter Schock und war kaum ansprechbar. Somit durfte sie das Krankenhaus noch nicht verlassen. Die Ärzte hatten festgestellt, dass sie tatsächlich von einem Tier angegriffen worden war, wollten sich aber nicht auf ein bestimmtes Tier festlegen. Und egal, wie oft sie nachfragten, keiner der Ärzte ließ etwas über Sabines genaue Verletzungen verlautbaren. Das ginge sie allesamt nichts an, da sie keine Familie seien. Er benachrichtigte noch die Eltern von Sabine. Diese rief auch sogleich ihre Eltern an, die sich besorgt nach dem Befinden ihrer Tochter erkundigten. Sabines Mutter meinte sogar, sie würde sofort ins Auto steigen um zu ihr zu fahren. Sabine jedoch lehnte es ab, dass ihre Eltern zu Besuch kamen. Ihr ging es schließlich gut, der Arzt habe nur seine Pflicht getan. Sie müssten also nicht zu Besuch kommen. Morgen würde sie das Krankenhaus schon wieder verlassen können. Sie würde nur zur Beobachtung hier behalten.

Mit ähnlichen Worten schickte sie auch ihre Freunde nach Hause. Vor allem Andi wehrte sich nicht sonderlich dagegen, denn sein Bein machte ihm mehr zu schaffen als er hatte zugeben wollen. Doch er wusste, es würde schnell heilen. Morgen, spätestens übermorgen wäre wieder alles wie neu.

Kapitel 20: Der Wolf

Sabines Verletzungen waren glücklicherweise nicht sonderlich tief gewesen. Sie war mit dem Schrecken, einer Platzwunde am Kopf und einigen Schrammen davon gekommen. Maria und Roxi waren in Begleitung von Josh und Andi aufgebrochen um ihre Freundin aus dem Krankenhaus abzuholen. Die Ärzte hatten beschlossen sie noch über Nacht da zu behalten, für den Fall, dass sie noch irgendwelche weiteren Symptome zeigen würde. Glücklicherweise jedoch war das nicht der Fall gewesen und so konnte Maria Sabine nun zur Begrüßung in die Arme schließen.

Josh suchte sich eine Schwester und fragte: „Hat man Bisswunden an der Patientin gefunden?“ Die Schwester meinte, sie könne keine derartige Auskunft geben. Nach einigen äußerst charmanten Worten jedoch, rückte sie damit heraus. Nein. Sie war nicht gebissen worden. Augenscheinlich verwirrt zog die Krankenschwester von dannen, während Josh erleichtert einatmete.

Maria kümmerte sich unterdessen mit Sabine gemeinsam um den ganzen Papierkram, während Josh und Andi möglichst unauffällig die Umgebung beobachteten. Maria konnte sich kaum vorstellen, dass der abtrünnige Wolf hier zuschlagen würde, doch die beiden waren da nicht so zuversichtlich. Ganz gemäß dem Motto: better safe than sorry.

Endlich waren die Schwestern des Krankenhauses mit dem Papierkram zufrieden und die fünf jungen Leute konnten sich auf den Weg zu Andis Auto machen. Maria, Josh und Sabine verfrachteten sich selbst auf den Rücksitz, während Andi schon den Motor anließ, der mit röhrendem Geräusch zum Leben erwachte.

Er fuhr aus der Tiefgarage des Krankenhauses und steuerte sogleich auf die Straße zu, in welcher sie wohnten. Nach recht kurzer Fahrt fuhren sie schließlich in die Tiefgarage unterhalb ihres Hauses ein. Das dicke Gitter an der Einfahrt schloss sich wieder, kaum dass der teure Wagen durch gefahren war. Sobald Andi sein Auto abgestellt hatte, bewegten sie sich gemeinsam über die Stufen nach oben in ihre jeweiligen Wohnungen. Dabei lieferten sie Sabine direkt vor ihrer Haustür ab und überließen sie der Fürsorge ihrer Mitbewohner.

Erst als sie sicher die Wohnungstür hinter sich geschlossen hatte, kehrten die anderen vier in ihre eigene Wohnung zurück. Dort wurden sie sogleich von einem genervten Dennis empfangen.

„Habt ihr eigentlich eine Idee wie anstrengend das gerade war?!“, klagte er leidend.

„Was ist los?“, wollte Maria wissen.

„Unsere lieben Nachbarn sind mir bis vor wenigen Sekunden in den Ohren gelegen, dass eigentlich *sie* Sabine abholen wollten. Dabei habe ich euch schon Andi und Josh mit geschickt…“

„Nicht, dass wir uns hätten abhalten lassen, Dennis“, entgegnete Josh grinsend. Dennis seufzte. Er wusste, dass Josh Recht hatte.

„Dennoch… vor allem Konstantin und Simon waren ziemlich ungehalten“, beschwerte er sich weiter und wirkte bei weitem nicht wie der Alpha, der er eigentlich war oder sein sollte. Darauf wurde er auch gleich angesprochen.

„Du bist der Alpha. Sie haben das akzeptiert und respektieren deine Entscheidungen“, griff nun Andi mit beschwichtigender Geste ein. Dennis schnaubte lediglich, sagte jedoch nichts mehr. Josh, Andi und Lexi verschwanden irgendwo in der Wohnung und ließen Dennis und Maria alleine zurück.

„Danke, dass du uns Sabine hast abholen lassen…“, begann sie. Er nickte lediglich. Gerade wollte er sich umwenden, als sie ihn am Ärmel fest hielt. Mit hochgezogenen Augenbrauen wandte er sich wieder um.

„Ich… Ich möchte versuchen euch zu helfen. Ich weiß zwar nicht, ob ich das noch kann und so… aber ich werde versuchen ihn zu finden“, ließ sie die Katze aus dem Sack. Überrascht blickte Dennis sie an. Er hatte zwar immer irgendwie darauf gehofft, aber nicht geglaubt, dass sie sich je durchringen würde. Somit war es rational gesehen wohl ganz gut gewesen, dass Sabine verletzt worden war. Natürlich würde er das nie so sagen. Aber jetzt hatte er endlich was er wollte! Dann nickte er langsam und grinste einen Moment lang.

„Was brauchst du dafür?“, wollte er dann wissen. Jegliche Regung war aus seinem Gesicht verschwunden.

„Im Moment nichts, ich melde mich, wenn ich was brauchen sollte. In Ordnung?“

Dennis nickte. Das erste Mal seit ihrer kleinen Auseinandersetzung lächelte er wieder. Er schien nicht länger böse über ihre ursprüngliche Weigerung. Hauptsache, sie würden endlich den abtrünnigen Wolf finden.

„Weißt du, wie er heißt?“, wollte Maria dann wissen.

„Nein.“

„Nicht einmal eine Idee?“

„Nein.“ Er schüttelte wie zur Bestätigung den Kopf.

Maria blickte zwar nicht glücklich drein, doch es half nichts. Somit musste sie sich etwas anderes überlegen. Sie setzte sich an ihren Computer und begann zu schreiben. Zum ersten Mal seit einiger Zeit nahm sie wieder die Identität als Hackerin im Netz an. Als „Wolf“ war sie zu ihrer Zeit ziemlich berüchtigt gewesen. Irgendwie kam sie nicht umhin einen Augenblick über diese interessante Ironie des Schicksals zu schmunzeln. Heute war der Wolf wieder aktiv. Er hatte seine Beute gewittert und begab sich wieder auf die Jagd.

Sie versuchte zu allererst herauszufinden, inwieweit das Video-Netz in Aquila ausgebaut worden war, seit sie sich das letzte Mal durch die vielen Augen der Stadt umgeblickt hatte. Erstaunlicherweise hatten sie es um einige Kameras erweitert, sodass Maria einen umfassenderen Blick auf die Stadt haben würde, was es ihnen erleichtern sollte, ihn zu finden. Ein Wermutstropfen war dennoch, dass die Kanalisation quasi ein blinder Fleck war, was ihr ziemlich gegen den Strich ging. Doch als sie weiter suchte, erkannte sie, dass viele der Eingänge zu diesem System über Kameras ersichtlich waren. Das war zwar nicht ideal, aber immer noch besser als gar nichts.

Lange Tage und noch längere Nächte war sie auf der Suche. Ebenso wie die Werwölfe. Maria hackte sich in die Kameras und im Wechsel suchten Maria, Lexi und die Wölfe die Bildschirme nach dem fremden Wolf an. Maria konnte am Wenigsten dazu beisteuern die Kameras im Auge zu behalten, denn meistens musste sie dafür sorgen, dass sie nicht von Sicherheitsscans oder –Spezialisten entdeckt wurde. Lexi versorgte sie mit Mahlzeiten und Getränken. Manches Mal war auch sie es, die Maria zuredete, sie solle endlich etwas Schlaf bekommen. Tatsächlich waren Marias Augenringe so tief und dunkel wie schon lange nicht mehr. Lexi begann, sich ernsthafte Sorgen um ihre beste Freundin zu machen. Maria fand wenig Schlaf, lediglich so viel wie absolut nötig war. Einige Tage hatten sie die Bewegungen des Wolfes verfolgt und heute war es wieder so weit. Die Wölfe waren wieder auf der Jagd. Sieben Werwölfe waren draußen, über Headphones mit Maria vernetzt, die sie möglichst akkurat durch die Stadt lotste. Doch es war wie verhext. Obwohl sie immer wieder einen Blick auf den Abtrünnigen erhaschen konnten, immer und immer wieder schaffte er es, ihnen zu entwischen.

Josh und Konstantin waren dieses Mal nahe an ihm dran. Maria konnte durch die Kameras die abenteuerliche Verfolgungsjagd beobachten. Dennoch, irgendwie entkam er ihnen auch dieses Mal. Nachdem sie ihn einige Zeit lang weiter erfolglos verfolgt hatten, rief sie die Wölfe wieder zurück. Die Jagd war erfolglos geblieben. Sie mussten ihre Kräfte nicht unnötig erschöpfen. Er kannte sich gut aus in Aquila, vor allem in den Kanälen. Obwohl es dort manch eine Kamera gab, war es viel zu wenig um das Rudel gefahrlos hinein schicken zu können. Dort war der Abtrünnige im Vorteil. Das hatte er auch heute wieder bewiesen. Nur mit knapper Not war Markus der Klinge des anderen entkommen. Anstatt seiner Brust hatte es den Arm erwischt. Glück im Unglück. Dennoch machte sich Dennis große Sorgen um den jungen Wolf. Die Wunde blutete zwar nicht sonderlich stark, doch Markus war auf dem recht kurzen Rückweg ungewöhnlich blass geworden. Konnte es Gift sein?

Am Ende musste ihn Simon sogar stützen. Sorge verschleierte Dennis‘ Blick und verzerrte sein Gesicht. „Wo ist Alex? Er soll sich gleich um Markus und seine Wunde kümmern."

„Mache ich…", sagte plötzlich eine Stimme neben ihm. Wann

war Alex neben ihm aufgetaucht? Die Sorge um das jüngste Mitglied hatte ihn unvorsichtig werden lassen. Doch diesen Gedanken schüttelte er schnell ab.

„Gib mir Bescheid, sobald du was genaueres weißt“, wies er den Heiler des Rudels noch einmal an. Alex nickte. Sein sorgenvoller Blick beruhigte Dennis nicht im Geringsten. Im Gegenteil. Er bestätigte lediglich seine Vermutung.

Alex konnte natürlich noch nicht sagen, was genau das Problem war, aber auch ihm war Markus‘ schnell schlechter werdender Zustand aufgefallen. Und auch ihn füllte diese Tatsache mit Sorge. So sah er zu, dass Markus schnell in sein Bett verfrachtet wurde und kümmerte sich sogleich um den jungen Wolf.

Unterdessen kehrte Dennis mit Josh und Andi in seine eigene Wohnung zu Maria zurück. Die anderen, Simon und Konstantin, hatte er mit Alex geschickt. Sie sollten auf die beiden Acht geben. Dennis hatte beschlossen, dass niemand, kein Wolf und keine der jungen Frauen mehr einen Schritt alleine tat. Da Markus außer Gefecht war, musste Alex von jemand weiterem unterstützt werden. Und wer eignete sich dazu besser als seine, Dennis‘, rechte Hand? Außerdem sollten Konsti und Simon Alex zur Hand gehen, damit er Markus möglichst schnell verarzten konnte.

„Das war nichts…“, grummelte Dennis. Maria nickte niedergeschlagen. Das war nun schon das dritte Mal, dass er ihnen so knapp entwischte. Natürlich waren sie noch nie so nahe an ihn herangekommen, bevor Maria ihnen geholfen hatte. Aber dennoch. Er lief immer noch frei herum.

„Es wird uns nichts übrig bleiben als ihm eine Falle zu stellen. Überlegen wir mal, was wir von ihm wissen, und was sein Ziel sein könnte, beziehungsweise seine Persönlichkeit…", schlug Maria vor. Sie setzten sich alle gemeinsam, LExi eingeschlossen, ins Wohnzimmer und überlegten.

„Bisher hat er immer nur Frauen angegriffen, oder?", begann Andi.

„Ja, alle seine Opfer waren Frauen…", bestätigte Dennis. Dass bei den Opfern Maria, Lexi und Sabine gemeint waren, schwebte unausgesprochen im Raum und trotzdem war es jedem von ihnen klar.

„Meistens scheint er des Nachts unterwegs zu sein", fügte Maria hinzu. Das waren bereits zwei Punkte auf der Liste.

„Er hält sich großteils in der Kanalisation auf und bewegt sich dort unerkannt…", meinte Lexi.

„Und wann kommt er raus?", fragte Andi. Maria überlegte. Sie spürte die Blicke der anderen, die sie erwartungsvoll musterten. Doch sie ließ sich davon nicht beirren. Schließlich sollte sie eine gute Antwort liefern.

„Eigentlich recht selten. Wenn, dann um sich Lebensmittel oder ähnliches zu besorgen. Zumindest sah es auf den Kameras so aus… Ansonsten nur, wenn er wieder sein

Unwesen treibt. Allerdings habe ich, abgesehen davon, dass er nur Frauen angreift, keine sonderlichen Muster erkennen können…“, sprach sie schließlich. Natürlich war sie keine Kriminalistin und auch keine Psychologin, aber es hätte ihr doch eigentlich irgendetwas auffallen müssen, nicht wahr? Da dem jedoch nicht so war, verfiel sie wieder in nachdenkliches Schweigen. Sie brütete schon seit geraumer Zeit an einer Idee herum. Josh bemerkte, dass ihr irgendetwas auf der Zunge lag.

„Was ist, Maria?“, fragte er.

„Also… Es ist so. Ich habe mir da was überlegt…“, begann sie. Dann stürzte sie sich in einen ausführlichen Bericht.

Kapitel 21: Jagd

Wenige Tage später waren die Vorbereitungen abgeschlossen. Weder Lexi noch Maria hatten herausfinden können, von welchen „Vorbereitungen" die Jungs sprachen. Irgendetwas sagte ihnen jedoch, nicht genauer nachzufragen. Sie würden es vermutlich ohnehin früh genug erfahren.

Maria hackte sich gerade wieder in die Videoüberwachung der Stadt ein. Recht schnell hatte sie die Kameras und deren Bilder vor sich auf dem Bildschirm. Lexi hatte sich neben sie gesetzt und gemeinsam suchten sie nach dem abtrünnigen Wolf. Die letzten Tage hatten ihn die Wölfe immer abwechselnd beschattet und somit Muster in seinem Ablauf gefunden. Gerade war Alex wieder auf seiner Spur. Markus' Verletzungen waren wieder soweit geheilt, dass er sich ebenfalls zu Maria und Lexi gesellte. Was genau Sabine und Roxi machten, wusste Maria nicht. Dennis hatte sie mit Simon auf irgendeinen Ausflug geschickt. Sabine war hellauf begeistert gewesen und Roxi wollte mitkommen um ihre Eltern zu besuchen, die dort in der Gegend wohnten.

Markus war zwar sichtlich unglücklich damit, nicht bei der Jagd dabei sein zu dürfen, doch das Gift hatte ihm mehr zugesetzt, als er zugeben wollte. Somit hatte Dennis ihm den Befehl gegeben auf Maria und Lexi Acht zu geben und ihnen zu helfen. So saßen sie zu dritt in Marias Zimmer und starrten auf die aufgestellten Bildschirme.

„Da!“, sagte Lexi plötzlich als sie den Wolf gefunden hatte. Perfekt, genau wie sie vorausberechnet hatten.

„Der Wolf ist in eurer Nähe!“, funkte Maria Josh und Dennis an. Dennis gab den Befehl auch die anderen Wölfe in der Nähe zu positionieren und Maria kam dem Befehl nach. Alex war hinter ihm, Dennis und Josh vor ihm. Gerade machte sich der Wolf auf den Weg in eine Gasse, die von den Kameras aus nicht einzusehen war. Nun waren die Wölfe auf sich alleine gestellt. Mit angespanntem Seufzen lehnte sie sich in den weichen Bürosessel zurück. Sie konnten nicht sehen, was in der Gasse passierte. Lediglich, dass die anderen Wölfe sich ebenfalls der Jagd angeschlossen hatten. Dennis und Josh verschwanden an einem Eingang in die Gasse, Konsti, Alex und Andi am anderen. Bange Minuten verstrichen, während starrten Markus und die beiden Frauen auf die Kamerabilder starrten, ohne jedoch etwas erkennen zu können. Lexi knetete nervös ihre Hände, während Maria ungewöhnlich flach atmete. Markus saß an der Kante seines Stuhles und war kurz davor von ebenjenem zu rutschen, als schließlich Dennis auftauchte.

„Mission erfolgreich!“, ließ er sie per Funkspruch wissen. Die drei Beobachter brachen in Jubel aus. Maria und Lexi fielen sich mit erleichtertem Lachen in die Arme. Damit war endlich der Mörder weg aus den Straßen! Maria beobachtete, wie

Josh und Konsti den sich sträubenden Wolf, den sie inzwischen gefesselt hatten, in ein Auto verfrachteten. Genauer gesagt in dessen Kofferraum und davon fuhren.

„Wohin fahren sie?“, fragte sie Dennis. Doch seine Antwort war lediglich Schweigen.

Es dauerte nicht lange, bis er mit Andi und Alex wieder zurückkehrte. Gemeinsam feierten sie die erfolgreiche „Gefangennahme“. Doch egal, wie oft Maria oder Lexi nachfragten, keiner sagte ihnen, was nun mit dem Abtrünnigen passieren sollte.

„Ihr solltet euch darüber keine Gedanken machen. Wir werden versuchen herauszufinden wer er ist und werden ihn dem Russischen Rudel übergeben. Ihr Beta ist bereits auf dem Weg“, meinte Dennis leichthin. Andi schaffte es erfolgreich, Lexi auf andere Gedanken zu bringen, sodass sie nicht mehr nachfragte. Also beorderte Dennis Simon zurück und schickte ihn anschließend los um mit Josh zu tauschen. Vielleicht konnte der, als Marias Freund, diese etwas beschäftigen und ihre Fragen abblocken. Alex blieb hier und kümmerte sich um Markus‘ alte Verletzung. Ebenso kümmerte er sich auch um eine Schnittwunde an Andis Arm und eine Stichwunde in Dennis‘ Schulter.

Bald darauf kehrte auch schon Josh zurück und nahm sich um seine aufgeregte und überaus neugierige Freundin an. Aber

Dennis‘ Plan ging auf und Josh schaffte es tatsächlich Maria auf andere Gedanken zu bringen. Plötzlich war es ihr nicht mehr ganz so wichtig, wenn jemand von den Wölfen für einige Zeit spurlos verschwand. Zu sehr war sie glücklich darüber, dass sie nun endlich wieder sicher waren. Sie konnten sich problemlos auf den Straßen bewegen. Diese neu gewonnene Freiheit genossen die jungen Frauen in vollen Zügen. Sabine hatte ebenfalls ihren Schock überwunden und spazierte wieder munter mit ihren Freundinnen durch die Stadt.

Stutzig wurden sie jedoch, als mit einem Mal alle der Wölfe für einen ganzen Tag fort waren. Die Wohnung war den ganzen Tag über absolut still, während Maria und Lexi rätselten, wohin ihre drei Mitbewohner wohl verschwunden waren.

Doch als sie am Abend wieder heimkehrten, erzählten sie nicht, wo sie gewesen waren oder was sie getan hatten. Maria und Lexi konnten fragen was sie wollten, sie bekamen keine Antwort. Die einzigen Regungen, die den drei Wölfen entlockt werden konnten war, dass sie endlich glücklich und zufrieden waren. Also luden sie die jungen Frauen zur Feier des Tages zu einer großen Studentenparty ein, bei der sie es so richtig krachen ließen. Der Albtraum war vorbei! Der Mörder verschwunden und fürs Erste wollten sie alle einfach die neue, widergewonnene Freiheit genießen und taten dies in vollen Zügen.

Josh und Maria waren sich nach diesem Abenteuer so nahe wie noch nie und genossen die gemeinsame Zeit. 7MS hatte ihre Tätigkeit als Musiker wieder aufnehmen können, sodass sie nun viel Zeit in Ton- und Tanzstudios verbrachten. Die jungen Frauen wurden zu jedem ihrer Konzerte eingeladen, natürlich mit VIP-Karten, die ihnen Zutritt hinter die Bühne verschafften. Sooft sie konnte, besuchte Maria die Konzerte. Am Ende des Semesters hatte sie ihre Bachelorarbeit endlich abgeschlossen und hielt stolz das Zeugnis hoch. Somit durfte sie sich fortan als Bachelor bezeichnen und stürzte sich voller Eifer auf den darauffolgenden Master. In ihrer aller Leben war wieder Ruhe eingekehrt und sie genossen jeden der friedlichen Tage die folgten. So ließ es sich definitiv leben!

Epilog:

Und was war mit dem abtrünnigen Wolf passiert? Sein Schicksal war nicht ganz so rosig. Er lag in dem stickigen Kofferraum, zusammengeschnürt wie ein Paket. Die Fesseln erlaubten ihm keine Freiheiten. Er konnte nicht einmal durch Klopfen auf sich aufmerksam machen. Diese verdammten Wölfe, die meinten mit einer Band im Licht der Öffentlichkeit stehen zu können, wussten definitiv, was sie da taten. So ein Mist!

Wie lange die Fahrt gedauert hatte, wusste er nicht. Er wusste lediglich, dass sein ganzer Körper schmerzte. Nicht nur die ganzen Schläge, die er hatte kassieren müssen – obwohl er selbst mit seinem kleinen Taschenmesser ebenfalls ordentlich ausgeteilt hatte! Sondern auch die zusammengeschnürten Gliedmaßen, in denen das Blut nur schwerlich zirkulieren konnte.

Schließlich jedoch endete die Fahrt und er musste seine Augen blinzelnd zusammenkneifen, als ihn zwei der Wölfe aus dem Auto zerrten. Das Halbdunkel, das ihn umgab war immer noch zu hell nach der völligen Dunkelheit im Kofferraum. Bevor er jedoch mehr von seiner Umgebung erkennen konnte, als dass es wohl eine Tiefgarage oder ähnliches war, hatte man ihm ein Tuch vor die Augen gebunden. Sehr clever, wirklich sehr clever diese verdammten….

Murrend versuchte er sich zur Wehr zu setzen, kassierte jedoch nur herbe Schläge in die Magengrube. Das hatte sich wirklich ausgezahlt. Jetzt hatte er sich nur noch ein paar extra Schmerzen geholt und nichts erreicht.

Sie schleiften ihn über den Boden, während er glaubte ein schweres Tor rattern zu hören. Seine Beine wollten ihn nicht mehr tragen. Schließlich hörte er das Rasseln von Ketten und das grausame Quietschen wenn Eisen auf Eisen scharrte.

Schließlich wurde er auf einen ungemütlichen Betonboden gepfeffert, wo er einfach erschöpft liegen blieb. Doch man wollte ihm diesen Gefallen augenscheinlich nicht tun. Stattdessen wurde ihm die Augenbinde abgenommen und an den Haaren wurde er in eine halb aufrechte Haltung gezogen.

Konstantin sah dem fremden Wolf abschätzend und kalt in die unsicher flackernden Augen. Sein Blick bohrte sich regelrecht in die Augäpfel des Fremdlings.

„Wie heißt du?“, wollte er wissen. Der Fremde schwieg beharrlich.

„Na gut, dann nicht... Du wirst schon noch reden“, prophezeite er unheilvoll. Er war ein Experte darin, wenn es darum ging, jemanden zum Sprechen zu bringen. Meistens versuchte er es auf die nette Tour, bei diesem Individuum jedoch schien derartige Mühe schlichtweg vergebens.

Somit besah er sich sein Arsenal an Verhörwerkzeugen. Welches davon er wohl als erstes nehmen sollte? Josh stand lediglich daneben. Er hatte kein Bedürfnis den Fremden zu quälen. Selbst, wenn dieser um ein Haar Maria verletzt hätte, er war kein derartiger Sadist. Das ließ er lieber Konstantin machen. Der hatte manches Mal sogar ziemlichen Spaß damit. Etwas, das Josh nicht verstehen konnte. Doch er hoffte, dass Konstantin nie einen Grund hätte ihn zu verhören. Josh wusste es allzu gut: Konstantins Methoden hielt niemand lange stand. Nicht einmal die zähesten Burschen waren dazu in der Lage. Irgendwann packte ein jeder aus.

„Du kannst ruhig was zum Essen machen oder so. Du brauchst nicht zusehen und Hunger hab ich auch“, meinte Konstantin freundlich zu seinem Rudelmitglied. Er wusste, dass Josh zwar im Kampf ordentlich und gerne austeilte, aber Folter war nicht auf der Liste seiner Hobbys zu finden.

Erleichtert nahm Josh die Anweisung entgegen und verschwand aus dem Keller. Recht bald waren aus ebenjenem in regelmäßigen Abständen grausame Schreie zu hören. Er wusste nicht, was Konsti mit dem Gefangenen machte und wollte es auch nicht wissen. Lieber bereitete er eine ordentliche Mahlzeit zu.

Kaum, dass er fertig geworden war, tauchte Konstantin mit einer blutigen Hand aus dem Keller auf und sprach: „Hmm, hier duftet es schon lecker!“ Damit wusch er seine Hand am Waschbecken sauber und setzte sich an den Tisch, wobei er sich vor Vorfreude die Hände rieb. Dann langte er ordentlich zu. Josh freute sich, dass es ihm zu schmecken schien und verdrückte selbst Unmengen der zubereiteten Mahlzeit.

„Und? Hat er schon was gesagt?“, wollte er wissen.

„Er heißt scheinbar Dimitri Ivanov... Also lagen wir richtig mit der Vermutung, dass er ein Russe ist. Ich hab Dennis schon Bescheid gegeben“, antwortete Konstantin beiläufig.

„Ah und ich soll dir ausrichten, du sollst zurück nach Aquila, Simon wird dich hier ablösen. Offenbar macht deine Freundin Stress. Bring sie lieber auf andere Gedanken. Sie kann richtig nervig sein, wenn sie unbedingt etwas wissen will...“, fuhr er zwischen einigen Bissen fort.

Bei dem Gedanken an Maria schlich sich ein glückliches Lächeln auf Joshs Gesicht. Er wusste besser als jeder andere, dass sie unglaublich starrköpfig sein konnte. „Ich werde mein Bestes geben“, erwiderte er also grinsend. Kaum, dass er fertig gegessen hatte, war Simon auch schon angekommen und so machte Josh sich auf den Rückweg nach Aquila.

Konsti hatte viele Informationen aus Dimitri heraus gequetscht. Dieser hatte tatsächlich zum russischen Rudel gehört und hatte dieses nach einem herben Streit mit dem Alpha verlassen. Seither herrschte eine Blutfehde zwischen den beiden und der russische Alpha hatte Dimitris Sohn im Alter von zehn Jahren töten lassen. Als er damit Dimitri nicht in die Finger bekommen konnte, hat er die Jagd auf diesen eröffnet.

Das bedeutete, jeder Wolf des russischen Rudels konnte Dimitri töten und hätte eine fette Belohnung für den Kopf des Abtrünnigen kassiert. Dadurch hatte Dimitri ziemlich das gesamte Rudel auf den Fersen gehabt und war gezwungen gewesen, aus Russland zu fliehen.

Allzu viele Informationen über die Russen und ihr Rudel hatte er nicht preisgeben können. Er war seit gut 15 Jahren auf der Flucht und hatte keine Ahnung von den Vorgängen in Moskau, dem Hauptsitz des Rudels.

Warum er den Arbeitsplatz des österreichischen Rudels durch den Brandanschlag durch diesen gescheiterten Musiker hatte angreifen lassen? Und warum er die Mitglieder des Rudels selbst attackieren wollte? Auch auf diese Fragen hatte Konstantin eine Antwort aus Dimitri quetschen können: Hätte er den amtierenden Alpha getötet, wäre er selbst zum neuen Alpha geworden. Damit hätte er dann ein eigenes Rudel gehabt, um gegen die Russen vorzugehen. Selbst eines zu kreieren wäre ihm ohne jegliche Basis zu gefährlich gewesen. Frisch verwandelte Wölfe konnten durchaus zu blutrünstigen Bestien mutieren, die sich kaum unter Kontrolle hatten. Aber warum hatte er auch die jungen Frauen angegriffen?

„Druckmittel. Ich wollte euren Alpha heraus locken um ihn zu töten. Leider ist es mir nicht gelungen…“, sprach Dimitri. Er lachte rau und spuckte dabei etwas Blut. Maria hatte es ursprünglich rein zufällig erwischt. Er hatte gedacht, sie hätte ihn bei der Verwandlung gesehen, als sie sich umgedreht hatte. Dafür hätte er sie nach dem Gesetz der Wölfe töten müssen. Doch Josh und das Rudel waren ihm dazwischen gekommen.

„Werdet ihr mich zurück an die Russen übergeben?“, fragte er möglichst gefasst und versuchte seine Angst im Zaum zu halten. Doch Konstantin konnte er damit nicht täuschen. Zu stark war der Gestank nach Angstschweiß.

„Das entscheidet unser Alpha“, antwortete Konstantin kurz angebunden, ehe er den Russen alleine ließ.

Dennis war gemeinsam mit den anderen Wölfe in ihr Hauptquartier gekommen und er war äußerst zufrieden mit der Arbeit seiner rechten Hand und den Informationen, die Konsti ihm gegeben hatte. Heute hatte er alle Wölfe zum Hauptsitz beordert, sodass sie alle zugegen waren. Heute sollte die Übergabe des abtrünnigen Russen stattfinden. Mirkov, der Beta der Russen würde heute in Österreich landen um den abtrünnigen Wolf mit in seine Heimat zu nehmen.

Dass der Russische Alpha den Beta, seine rechte Hand, schickte, bewies, dass ihm der Vorfall durchaus unangenehm war. Schließlich schadete es seiner Autorität, wenn er seine eigenen Deserteure nicht unter Kontrolle halten konnte und sie es obendrein noch schafften abzuhauen und Probleme im Revier eines anderen Rudels machten. Doch Dennis sollte das nur Recht sein. Es würde den Weg für Verhandlungen ebnen, denn der Russe stand nach den Regeln der Werwölfe nun in seiner Schuld und das konnte sich immer bezahlt machen.

Mit vielen Hämatomen, einem deutlich geschwollenen Auge und mit zusammengekrümmter Haltung wartete Dimitri neben dem österreichischen Rudel auf die Ankunft von Mirkov. Vor einer Weile war seine Maschine gelandet und es dauerte nicht mehr lange, bis der großgewachsene Mann von knappen 2 Metern aus den Türen trat. Dimitri zuckte zusammen und quiekte ängstlich.

Dennis entging das nicht. Er wusste, er sollte diesen Mirkov nicht unterschätzen. Beunruhigende Nachrichten waren ihm zu Ohren gekommen. Angeblich war er brutal und unbarmherzig. Obendrein grausam und seinem Alpha loyal ergeben, bis in den Tod. Angeblich war er ein exzellenter Assassine oder Straßenschläger, was auch immer der russische Alpha gerade benötigte. Doch heute sollten sie keine Rolle spielen. Der Austausch funktionierte tadellos. Dimitri wurde an Mirkov übergeben und der übergab Dennis den Koffer mit der abgemachten Summe Geld, die er für die Auslieferung gewollt hatte. Und auch, um die Schande des russischen Alpha für sich zu behalten.

Die beiden schüttelten sich zum Abschied die Hände und bald darauf hob die Maschine des Russen wieder ab. Dieses

Problem war erfolgreich gelöst worden. Endlich waren der mysteriöse Mörder und der Drahtzieher hinter dem Brandanschlag aus Aquila verschwunden. Ein großes Problem war beseitigt worden und sie sollten wieder eine Weile in Frieden leben können. Zum ersten Mal seit geraumer Zeit war es nicht nur ihr Rudel das glücklich zusammen lebte, sondern auch noch zwei junge Frauen, die quasi schon zum Rudel gehörten und deren beide Freundinnen, die auch den anderen Mitgliedern des Rudels ans Herz gewachsen waren.

44220664R00152

Printed in Poland
by Amazon Fulfillment
Poland Sp. z o.o., Wrocław